Royal Kiss more

ワケあり王子様と治癒の聖女

～患部に触れないと治癒できません！～

綾瀬ありる

JN102587

この物語はフィクションであり、実在の人物・団体・事件等とは、いっさい関係ありません。

1　下着は穿いて

　神殿の治癒室には、今日も長蛇の列ができている。聖女歴一年、いまだ新人扱いの聖女ロレッタは、忙しく患者の治癒にあたっていた。

　腰痛を訴える老人から、血まみれの怪我人まで。治癒室は常に満杯だ。同僚の聖女たちも忙しく立ち働いている。

　聖女たちの勤務体制は、だいたい二交代制と決められているが、患者にはそんなの関係のない話だ。早く呼んでくれ――彼らの顔には、だいたいそう書いてある。

　そんな中、次の患者を呼ぼうと廊下にひょいと顔を出したところを上級聖女のラモーナに捕まったロレッタは、彼女に連れられて神殿の奥の間に来ていた。

「あの、私、まだ勤務時間なんですが……」

「わかってるわよ。だけど、神殿長様が誰か連れて来いって……ほら、入って」

　部屋に押し込まれ、背後で扉がばたんと閉められる。ぎょっとしたのも束の間、部屋の中に吊るされたカーテンの中から神殿長が顔を出した。

　老齢の神殿長は、絵に描いたような長いあごひげを擦《さす》ってロレッタの顔を見る。ふむ、と唸った後しばらく何かを考えていたようだが、程なく彼の中で答えが出たらしい。

「ロレッタか。うむ、ちょうどいいじゃろ」

「ちょうどいいって……神殿長様、腰でも痛めたんですか」

神殿長は、時折腰痛で聖女の世話になっている。

治癒力は高いが患部に手を直接触れないと治癒のできないロレッタは、わきわきと手を動かしながら神殿長に話しかけた。それを見て少し笑った神殿長は、背後から聞こえた咳払いの声に慌てて首を横に振る。

「……あら？」

「実はな、ロレッタ。こちらの方の治癒をおまえに頼みたいんじゃ」

手招きされてカーテンの内側に入ると、治療用の寝台にローブのフードを目深に被った男が腰かけている。側には従者と思しき青年が立っていて、ロレッタは「ははあ」と頷いた。

どうやら、この患者はなかなか身分の高いお方らしい。

従者連れの患者なんて神殿には滅多に来ない。着ているローブも一見すれば地味なものだが、生地には艶とハリがあって高級品であることが窺える。

そもそも、顔を隠している――というのがいかにも訳アリっぽい。体面を気にする必要のある、高貴な方ということなのだろう。馬鹿馬鹿しい、とロレッタはため息をつきそうになって、慌ててそれを飲み込んだ。

だが、普段ならこういうやんごとないご身分の方の治癒は、上級聖女の受け持ちのはずだ。下級聖女――しかも、新人のロレッタに回ってくるようなお仕事ではない。

目をぱちくりさせたロレッタを見て、ローブの男は居丈高《いたけだか》な声で神殿長に問いかけた。

「おい、こいつ――本当に大丈夫なんだろうな」

「ええ、ロレッタは口は堅いし……治癒力も高い聖女です。きっと、お役に立てるでしょう」

「えっ、そんなに褒められると照れますね……」

思いもよらぬ神殿長からの高評価に、ロレッタは紫紺の瞳を細めて微笑んだ。だが、男はフンと鼻を鳴らしただけだ。

側にいた従者が口を開きかけたが、ローブの中から男に睨まれると肩をすくめて口を閉じる。

「おい、おまえ……ロレッタだったか」

「はい！」

元気いっぱいにロレッタが返事をする。いついかなる時も、疲れた顔を見せないのが聖女の決まりだ。だから返事は常に元気に。

だが、その声にローブの男は深いため息をついた。

「本当に、口は堅いのか」

「まあ……まぁまぁ？」

「おい、本当に大丈夫なんだろうな……」

よく考えてみてほしい。ここで「はい、口は堅いです」などと言ったら、それはなにかしら秘め事を知っていると明かしているようなものである。

新人のロレッタだが、面倒見のいい性格が幸いしてか他の同期の聖女たちからはわりと頼りにされ、悩み相談などもたびたびされていた。そして、それを漏らしたことはただの一度もない。

答えの代わりににっこりと微笑んだロレッタを見て、男はどうやら何か察したらしい。再びフン、と鼻を鳴らすと頷いた。

――意外と頭の回転が速い人だな。

少しだけ感心する。偉そうな態度ではあるが、お貴族様なんてたいていそんなものだ。脳裏に蘇《よみがえ》った嫌な記憶を慌てて打ち消しながら、ロレッタは彼の言葉を待った。

「よし、おまえに任せる。神殿長、しばらく席を外してくれ。……ブルーノ、おまえもだ」

神殿長だけでなく、男は自らの従者にもそう声をかける。すると、従者からは抗議と思しき慌てた声が上がった。

「は？　い、いや、でん……いや、アレク様……」

「いいから」

有無を言わさぬ口調で、男は二人を追い払おうとする。神殿長は心配そうにロレッタを見ていたが、それにこっそり頷いて、にっこりと笑って見せた。大丈夫ですよ、という意思表示だ。

神殿長は、ロレッタにとって恩人だ。その彼に心配はかけたくない。それに、お役に立ちたいし、期待にはもっと応えたい。

「では……その、失礼のないように、お願いします」

従者の青年が言う。ロレッタが頷くと、彼は微妙な顔をした。

——ん？

疑問を抱いたが、その時には既に二人とも扉の外に出ていた。仕方なく、ロレッタは寝台に腰かけたままの男——従者がアレクと呼んでいたので、それが彼の名前なのだろう——を振り向いて口を開く。

「では治癒を始めますので、えっと……はい、じゃあ、患部を拝見しますね」

「見せるのか？」

「ええ、そりゃ……見ないと……？」

ふむ、と頷いたアレクは、やおらズボンのベルトに手をかけた。かと思うと、それをごそごそと脱ぎ始める。身動きした拍子にローブがずれて、髪の毛がちらりと見えた。

燃えるような赤毛だ。

——んん？

ははは、まさか、まさか。そんな気分で一瞬目をそらした隙に、どうやら準備ができたらしい。いいぞ、と声をかけられたロレッタは、アレクに視線を戻して一瞬絶句した。

なんと――ローブの前を開いたアレクは下半身に何も身に着けていない状態だったのだ。それこそ、下着の一枚すらだ。

「……つぎゃあああ!?　な、なにしてるんですか、待って、なんで下着、待って！」

「患部を見る、と言ったのはおまえだろうが！」

「言いました、言いましたけど、ちょっと待ってぇ!?　どこが、どこが悪いの!?」

「ここだが」

「よし待って、一回下着穿いてえええぇ！」

ロレッタの絶叫に眉をひそめたアレクが、再びごそごそと下着を身に着ける。くるりと回れ右をしていたロレッタは、その音を聞いてほっと胸を撫でおろした。

――高貴なお方ってのはこれだから！

お貴族様は、風呂にも一人で入らない。きっと、人に肌を見せるのに何の抵抗もないのだろう。

だが、ここは清貧・清純をモットーにする神殿なのである。治癒を施す時にきわどいところまで見ることはまああるが、下着の中の大切なところまでは見たことなどない。

「穿いたぞ。……では、着衣の上からでも良いのか」

「だめですけど……」

「では、やはり脱がねばならないではないか」

「か、患部だけ！　患部だけ見られればいいんです！　先に伺うべきでした、どこがお悪いんですか？」

ロレッタの質問に、ずれたローブから見える青緑の瞳が鋭い視線を向けてくる。何事か小さく呟いたようだが、それでは聞こえない。

一歩近づくと、彼の身体が小さく震えた。

「くそ……なんで俺が、こんな……」

「え？」

やはりよく聞こえない。もう一歩近づくと、自棄《やけ》になったのかアレクがぐいっとロレッタの腕を掴んだ。

その腕が無遠慮にアレクの股間に導かれた。押し当てられた指先にむにゅっとした妙な感触と生暖かさを感じる。

「ここだ！」

「こ、こ、こぉ、こっ!?」

「鶏かおまえは！　ここだ、ここ、俺のイチ――」

「言うなあああああ!!」

絶叫したロレッタにまたアレクが眉をひそめ、ここだ、ともう一度強く手を押し当てるよう動かしてくる。慌てたロレッタが弾かれたようにアレクの腕を振り払った。ちょうどそれが股間に当たってしまったようで、彼がぐう、と唸り声をあげる。

「ぐ……お、おまえ……もうちょっと……優しく……」

「突然そんなもん触らせといて、優しくも何もないでっしょお!?」

「ほ、本当に使い物にならなくなったらどうしてくれるんだ!?　まだ一度も使ったことがないんだぞ!?」

キレるロレッタとキレるアレク。しかし、二人の睨み合いはどちらからともなく視線が外されて終わる。

もう意味がわからない。あそこでロレッタを捕まえたラモーナのことを恨みながら、ロレッタは深いため息をついた。

――なんなの、これ。

しばらくの間、部屋の中は奇妙な静寂に包まれていた。仮にも聖女であるロレッタの手を引っ掴んで股間を触らせるという暴挙に出たアレクだが、そこを叩かれた痛みが落ち着いてくるとともに、精神の方も落ち着いてきたらしい。

はあーっと大きなため息をつくと、既に顔を隠す用を果たしていないローブを投げ捨てて、赤い髪をぐしゃぐしゃとかき回した。

「……神殿の聖女っていうのは、おまえみたいなやつばかりなのか？」

「どういう意味でしょう」

模範的、とは言い難いが、これでも神殿の規律に違反したことはないし、性格に難があると言われたこともない。じとんと睨みつけると、アレクはまた大きなため息をついた。

「まあいい。こうなった以上、意地でもおまえに治癒してもらう」

「えぇ……」

心底嫌そうな声を出したロレッタと違い、アレクは腹を決めたのか、口元に嫌な感じの笑いを浮かべた。うっ、と一歩引こうとしたが、それよりも速い彼の手に腕を掴まれてその場から動けない。

それほど鍛えているような体格には見えないのに、なかなかの力である。

――うう、さすが……。

赤い髪に青緑の瞳。おおよそ二十歳くらいの、やんごとなきご身分のお方。

この国に暮らしていて、その特徴で彼の正体に思い至らない人間はそう多くないだろう。ロレッタだって、遠目にではあるがご尊顔を拝したことがある。

アレックス・ウォルシュ――王太子殿下。ここ、レイクニー王国の第一位王位継承者だ。御年二十三歳。「レイクニーの赤き戦神」と呼ばれ、十五で初陣を踏んでから負け知らず。ロレッタが彼の顔を見たのも、その凱旋パレードの一つだ。

——まあ、実際顔はよく見えなかったんだけれど……。

それでも、馬上で颯爽《さっそう》と赤い髪をなびかせていた彼の姿は覚えている。

そして、ここ三年ほどレイクニー王国が平和なのは、そのアレックスの戦功のたまものなのだ。

「おい、聞いてるのか」

「ふぁい」

考え事をしていたせいで、返事を噛んでしまった。目の前のアレク——アレックスが、そんなロレッタを呆れたように見ている。

——レイクニーの、赤き戦神……。

そのお方が、聖女の手を引っ掴んで股間を触らせたのか。げんなりとしたロレッタはできればその記憶を消したくなってきた。

正直、正体を隠すつもりがあったのなら、ローブなんかじゃなくてカツラを被ってこい、と思わなくもない。いや、ここまで暴れる予定はなかったのだろうけど。

——バレてないなんて……まさか思ってないだろうな、この人。

そんなロレッタの気持ちなどまるでお構いなしに、アレックスが口を開く。

「……とにかく、患部は先程触らせたところだ。ここが……問題なく、機能するようにして欲しい」

「問題なく、機能」

「ありていに言えば、勃つようにしてほしい」

「勃つ……」

自分は一体何を聞かされているんだろう。問題なく機能するってなんだろう。勃つってぇ……？　ええ……？

思わず遠い目をしたロレッタだったが、アレックスの次の言葉にカッと目を見開いた。

「じゃあ、治癒を頼む」

「ん……待って、待ってくださいね？　えっ、そこを？　私が？」

「おまえ以外に頼むつもりはない」

きっぱりと断言するアレックスは、さすがレイクニー王国の王太子だけあって威厳ある風情だ。だが、ロレッタは眩暈《めまい》がする思いだった。

――全然ちょうどよくないです、神殿長様……！

そういうことならば、他の聖女の方がずっといい。

なぜなら、ロレッタは患部に直接手を触れないと治癒の力を使えないのだ。

つまり、ロレッタがそれを治癒するとなると、もちろんそれに触らなければならないわけで。

「あの、恐れながら申し上げますけども」

「ん、なんだ」

「でん……ええと……アレク様？　は、聖女の治癒を受けられたことは」

「当然ある」

「デスヨネー」

通常、聖女の治癒というのは「手を翳《かざ》す」だけで力を発揮する。触れなければ治癒できないのは実はロレッタくらいなのである。

ロレッタほどの治癒力があれば、新人でも上級聖女入りは確実。だというのに、下級聖女と同じ扱いなのは、そこがネックになってのことだった。

――もちろん、そっちを想定されてるんですよねぇ……。

ため息を押し殺して、ロレッタはアレックスに正直に話すことにした。自分以外に頼むつもりはない、というのは聖女としては非常に嬉しい言葉だが、この場合は嬉しくない。嬉しくなさすぎる。

「実は、で……アレク様に、お話ししなければならないことが」

「なんだ……もう、さっきから」

「殿下、あ、言っちゃった」

慌てて口を押さえたが遅かった。しかし、当の本人はちょいと肩をすくめただけだ。

「なんだ、バレてたか」

「バレないと思いましたァ!?」

思わず大声が出てしまう。何か言うたびに赤き戦神のイメージがどんどん崩れるから、もうやめて欲しい。涙目のロレッタに対し、アレックスは呑気《のんき》に自分の髪を触ると「そうか、目立つよなこれは」などと呟いている。

「で、なんだ」

「流すんですかぁ!? ……はあ、まぁもういいや……あのですね、殿下。私の治癒は、他の聖女とは違うんです。患部に触れないと、治癒できないんですよ」

「ふうん」

「ふうん、じゃなくて。触らないとできないんです」

もう一度繰り返すと、アレックスは唇を尖らせた。

「触ればできるんだろ? 着衣の上からでいいか?」

「だから……患部に、直接です」

そうか、と呟くと、アレックスは再び下着に手をかける。慌てたのはロレッタだ。彼が再び下着を下ろす前にくるりと回れ右を華麗に決め、ついでに自分の目を手で覆う。これで何があっても見えない。よし、オッケー。

「……オッケーじゃない！ しまって！ 下着は穿いて！」

「触らないとできないと言ったのはおまえだろうが」

「そうなんですけどぉ……！」

ロレッタの泣き出す寸前のような声に比べ、アレックスの声はどこか楽しそうですらある。

やんごとなきお方ってやつはよお、とロレッタは心の中で罵《のの》り声をあげた。

――羞恥心ってやつはないのか！

ああ、神様。私が一体何をしたというんでしょうか。同室のカーラが隠していたおやつをみんなで食べたのがいけなかったのでしょうか。でもあれは、そろそろ傷みかけていて……。

ロレッタが心の中で神に懺悔《ざんげ》をし始めた頃、呆れたような声が背後から聞こえた。

「うるさいやつだな……」

「ほんっと、羞恥心どこ置いてきたんです!?　戦場!?」

「そんなものは、この窮状の前には無意味」

やけにきっぱりとした口調は、やっぱり格好いい。だが、その中身が酷《ひど》い。レイクニー王国の王位継承者がこんなことでいいんだろうか。

思わず関係ないことを考えて現実逃避してしまう。だが、その逃げたい現実からは実際一ミリたりとも逃げられていなかった。

「こら、真面目にやれ」

「でっ……殿下が平気でも、私が平気じゃないんですぅ！　私の羞恥心の方に、どうかご配慮を！」

ロレッタが叫ぶと、背後からは「ふむ」という言葉が聞こえてきた。どうやらご配慮する気になったらしい。ありがた……くない。

必要なのは配慮ではなく、役目の交代だ。

そちらを願い出ようと口を開きかけた時、背後でシュッと布が擦れるような音が響いた。

「ちょ、ちょっと、なに……？」

慌てたロレッタが自分の目から手を離し、背後に向かって振り回す。それをおそらく華麗に避けたアレックスが、するりと何かをロレッタの目元に巻いた。抵抗むなしく、それを後頭部できゅっと結ばれてしまう。

「これでいいだろう」

「な、なんですかこれ……ちょっと、見えな……！」

むしり取ろうとした手を掴まれて、くるりと一回転。ぱしんと両手を掴まれて、思わず身体が跳ねる。

至近距離に、アレックスの呼気を感じたからだ。

——見えないけど、すごく近くにいる……！

彼の青緑の瞳が、じっと自分を見つめているような気がする。ロレッタは思わず呼吸を止めた。このままでは、自分の吐いた息も彼にかかってしまう。

「息を止めるな、死ぬぞ」

「いや、さすがにそこまでは止められませんて」

緊張したのは、ほんの数秒だった。脱力したロレッタは彼の言葉に思わずつっこんでしまう。

しかし、アレックスの声音《こわね》は真面目だったから、冗談を言ったつもりではなかったかもしれない。表情がわからないので判断はつかなかった。目が見えない、というのは案外怖い。

「要は、見えなければいいわけだろう？」

「ああ……それで、目隠し……？」

ご配慮の方向があさってだが、彼なりに考えてくれたらしい。お貴族様を通り越して王族ともなれば、命じればなんでも思い通りだっただろうに。意外とこちらの意見にまともに取り合ってくれるようで、ロレッタはほっと息を吐いた。

これなら、交代を願い出れば案外すんなり聞いてくれるかもしれない。意地でも、とか言っていた気がするけどそこは聞かなかったことにしよう。手を離してもらおうと上下に振ってみたが、なぜかそれは離してもらえなかった。

首を傾げつつ、そのまま恐る恐る希望を口にしてみることにする。

「……あの、殿下。できればですね、誰か他の聖女に交代を……」

「それはできないな」

ロレッタの希望は、今度はあっさりと跳ねのけられた。ええーっ、と叫び声をあげたロレッタの腕が引かれ、二歩ほど前に歩かされる。

前髪に、ふわっと何かが触れた。どきん、と心臓が跳ねる。おそらく、触れたのは彼の服だ。鼻先に、爽やかな香水の香りを感じる。どことなく、森を思わせる——人を包み込むような香り。

どっくんどっくん、と心臓の鼓動が速くなる。若い男性と、これほど密着するのは初めてだ。顔が熱くなってくる。きっと赤くなっているはずだ。できれば気づかれたくない、だって恥ずかしい。

俯《うつむ》いたロレッタの耳元で、かすかに呼吸音が聞こえた。今度は肩が跳ねる。これはさすがに気づかれただろう。わずかに空気が震えたのは、笑いを堪えているのだろうか。

「言っただろう、意地でもおまえに治癒してもらうと」

思った通り、声は耳元からした。顔がますます熱くなっている気がする。もう嫌だ、離してほしい。そう願い始めたころ、アレックスが再び口を開く。

「それに、もうおまえには知られてしまったからな」

「なっ……なに、を」

「……俺が、勃たないこと」

「ああああああ」

「国家機密級の情報だぞ。おいそれと人には話せん。知ったからには、おまえしかいない」

今の状況を忘れて、ロレッタは深く後悔した。股間を触らされた時点で、逃げるべきだった。どう考えても、それが正解だった。

膝から崩れ落ちそうになったロレッタを、アレックスが支えてくれる。だが、先程までのときめき——いや、断じて違う。先程までの緊張感はなかった。

「なんで言っちゃったんですか……」

「聞いたのはおまえだろうが」

「私は、患部を聞いただけなのにぃ……！」

治癒の手順としては当たり前すぎる質問だ。一応気の流れも見るが、まずはどこが悪いのか、その症状を自己申告するところから、というのは当然なのである。

——初手から間違えた。ラモーナに捕まった時点で逃げるべきだったんだ……！

歯噛みしても、もう手遅れだ。その証拠に、アレックスは一向に手を離そうとしない。もはやこれは、逃亡防止策と見た。完全に捕まってしまった。

「いいか、これは俺の股間にかかわる問題だ」

「うーん、そこは『沽券』にしときましょうよ」

「どちらにしても、間違いじゃない」

「あ、うまいこと言おうとしました？」

口を滑らせてから、耳元で舌打ちの音がして我に返る。

――ああ、神様、だって、赤き戦神がこれほどツッコミやすい人だとは思わなかったのです、許してください。

再びロレッタは、神に懺悔した。どうもこの王子様はいけない。ツッコミやすすぎる。

んんっ、という咳払いの声がして、再びアレックスが話し始めた。

「神殿長も、おまえの治癒力には太鼓判を押した。口の堅さにも。おまえ自身の態度からも、それは信頼に値する情報だと判断した」

「は、はあ……」

「褒めているんだぞ、喜べよ」

「今じゃなければ小躍りして喜んだと思いますけどね……」

ふ、と笑う声がする。

「その、肝の据わり具合もなかなか、気に入った」

「うう……ツッコミ体質の我が身が憎い……」

ロレッタの脳裏に「諦め」という言葉がちらつく。目隠しをしていれば、どうせどこを触っているかなんてわかりはしないのだ。いや、わかっちゃってるんだけど。だめだ。

はあーっ、と、大きなため息が唇から漏れた。それを、降参の合図と見て取ったのだろう。勝ち誇ったような笑い声がする。さすが戦神、場の空気が読める。もっと前に読め。

心の中で悪態と諦めを混ぜ混ぜするロレッタの手を取ると、アレックスは寝台に座るよう促した。

「よし、そこで腰を下ろせ――そうだ」

彼の声が案内する通りに、足を動かしてこわごわと腰を下ろす。手を繋いでいるので、転ぶ時は一蓮托生《いちれんたくしょう》だぞ、と思っていたが、騙されることもなく普通に柔らかい寝台の上に着地した。

奥の間の寝台は、貴人の治癒の時に使われるだけあってなかなかいいものが入っている。

そんなことをぼんやり考えている間に――現実逃避ともいう――ロレッタの手が、そっと彼の手によって、おそらく股間と思われる場所に導かれた。触る一歩手前くらいだろう。なにせ見えないので、股間じゃない可能性も残したい。

「いいか、ぎゅっと掴んだりするなよ」

「掴むとどうなるんですか」

「……恐ろしいことを聞くなよ……。一つ間違うと、俺はこれの使い心地を知らないまま死ぬことになる」

「知らないんだ……」

そういえば、さっきもそんなことを言っていたな、とロレッタは思う。

聖女たるもの、清貧・清純を友として生きる身であるが、実際治癒を生業《なりわい》とするからにはそれ相応の知識がいる。妊娠出産のしくみを学ぶのに、一応性交についても教えられていた。だから、アレックスの言うことは一応理解できる。

ぼそっとロレッタが呟くと、また彼が苦笑する気配が伝わってきた。

「これまでは躱《かわ》してきたが、そろそろ結婚も考えねばならない。だが、俺がこうでは……。いろいろ試したが、一向に効果がなくてな。藁にもすがる思いで、こうして神殿に来た」

「藁ですか」

くすりと笑うと、彼も笑ったようだ。身体が少し揺れて、空気が緩む。

「ああ、藁だ。だから、気楽にやってくれ」

「そういうことでしたら」

できるだけ軽い口調で言いながら、嘘つきだなあ、とロレッタは心の中で呟いた。

──困っているんだろうな、本当に。だって、王太子殿下は、次の国王になられる方だもの……血を残せないのは、きっと困る。

本当は、嫌々ながらここへ来たのだろう。最後の手段として。誰にも知られたくなかっただろうに、聖女を頼りにして。

だって、最初の彼は、明らかにちょっと自棄っぽかったから。

──仕方ない、頑張りましょう。

頼りにされてるのなら、応えないと。

ロレッタは大きく息を吸って気合を入れると、手を伸ばして「えいっ」とそこに触れた。

まず指先に触れたのは、ちょっとごわごわした感触だ。その正体を悟って「ひっ」と小さな声が漏れてしまい、かすかにアレックスが身じろぎする。

「ん、おい……」

「わ、わかってますって……」

彼の声は、なんだか少し焦《じ》れているようだ。

その声に促されるようにしてそろそろと指を動かすと、ふにょりとした感触に行き着く。見えないせいか、思ったよりも忌避感はない。そろりと撫でると、アレックスが息を飲む音がした。これまた視覚が閉ざされているせいだろう、そんな些細なことまで気づいてしまう。

「少しだけ我慢してくださいね」

「……ああ」

指を伸ばしてなるべく広い範囲に触れる。全体の気の流れを読むと、少し疲れが溜まりすぎているように思えた。そっと力を流してそれを整える手助けをしてやると、アレックスがため息をつく。どこか安堵したような、そんなため息だ。

「何かしたか……？」

「まあ、少し」

力を流したせいで、ロレッタの指が少し熱く感じるだろう。だが、気の流れが少し正常になったおかげで、身体は楽になったはずだ。

なおも流れを探ると、ほんの少しだけ停滞している場所がある。ここか、とロレッタは注ぐ力を強め始めた。

——え、なに、これ……。

途端にごっそりと、身体の中から治癒の力を持っていかれる感覚がする。これくらいの停滞なら、普通はこんなに持っていかれないはずなのに。

予想していない事態に、ロレッタは少し慌ててしまう。これだけ治癒力を吸うなんて、よほどの重症患者でなければありえないからだ。いや、それだって事前にだいたいどれくらい力が吸われるか予測がつく。

もちろん、男性機能の治癒など初めての経験だ。わからないけれど、もしかしたら生命の誕生にかかわる器官なので、力をたくさん必要とするのかもしれない。

じわりとロレッタの額に汗がにじんだ。

——こんなの、まるで重症患者を何人も診てるみたい……。

う、とロレッタの口から呻《うめ》き声に近い音が出た。その声につられて顔をあげたのだろうか、アレックスがロレッタの額に浮かぶ汗に気づいたようだ。指がそっと額に当てられて、にじんだ汗を拭ってくれる。

「大丈夫か……？」

「ん、ええ……」

　集中が途切れないよう、ロレッタの返事は最低限の短さだ。

　──ほら、ここ、動いて……。

　気力を振り絞って、ロレッタがもう一度力を籠める。すると、ぴく、とその指先に何かが動いたような感触があった。

「……う、あ……？」

　アレックスの口から、戸惑ったような声が漏れる。再びロレッタの指先で、何かが動いた。ひくん、と震えるような、そんな動き。それに合わせて、何となく張りのようなものが生まれた気もする。

「ど、どう……？」

「ああ……信じられない……」

　どこか呆然とした口調でアレックスが呟く。それと同時に、ロレッタの指先から熱が消えた。はあっ、と大きく息をついたロレッタが、とうとうその場所から指を離す。はあ、はあ、と荒い息をつきながら、ロレッタは彼に治癒の成果を確認した。

「ごめんなさい、完全には無理……だった。でも、どう？　少しは変わった……？」

「ロレッタ、おまえ……ああ、すごい。反応があった」

　そう答える彼の声には喜色《きしょく》が混じっている。はああ、とロレッタの唇からこぼれたのは、今度は安堵のため息だ。

——よ、よかったぁ……薬、にはなれたみたい……。

額に浮いた汗を拭おうと手をあげると、それをがっしりとアレックスが握ってきた。

「この調子でここに通えば、完治できそうな気がする……！」

「そ、それはようございました……」

どうやら、ご期待には応えられたようである。しかし、その充足感よりも今のロレッタを支配しているのは倦怠感だ。

——あ、なんか頭がぐらぐらする……。

治癒力の高さにも量にも定評のあるロレッタは、それを使いすぎた経験がない。だから、その場合どうなるのかを知らなかった。

急速に目の前が暗くなってくる。いや、もともと暗いのだけれど、かすかに感じていた光さえ届かなくなる。

「お、おい……ロレッタ!?」

はい、と返事ができたかどうか。ふら、と倒れた先に、またあの森の香りがする。頬に触れたのは、柔らかい生地と、その下の——。

ロレッタの意識は、そこで一度ぷつりと途切れた。

次に目を覚ました時、ロレッタは仰向けに寝かされていた。肌に触れているのは、いつも使っているのよりも柔らかい感触のシーツ。

窓から差し込む光は、少し茜色をしている。意識を失ってから、そう時間は経っていないらしい。

——ここ、どこ……？

疑問とともに体を起こそうとしたが、腕に力が入らない。

「ん……」

「おお、ロレッタ、起きたか」

ぱちぱちと瞬きを数回。首を横に倒すと、そこに神殿長が立っているのが見える。その後ろには、ローブのフードを目深に被ったアレックスと従者のブルーノの姿もあった。

どうやら、自分はまだ奥の間にいるようだ。ということは、この柔らかいシーツはあの寝台のものか。

「だいぶ力を使ったようじゃの……が、目が覚めたなら大丈夫じゃろ」

「おい、本当に大丈夫なのか？　急に倒れたんだぞ」

「力の使いすぎですなあ」

さすが、神殿を束ねる神殿長は、こういった事態にも慣れているのだろう。あまり心配はしていないようで、ロレッタが体を起こすのを手伝い、水を渡してくれる。年に似合わぬ力強さだ。腰は大丈夫だっただろうか。

そんな疑問と共に渡された水を一気に飲み干すと、ロレッタはふうっと息をついた。

「うーん……」

「ど、どうした?」

ロレッタが首を傾げて唸ると、慌てたようにアレックスが飛んできた。ばさ、とローブのフードが落ちて、その顔が再びあらわになる。

――隠してるわけじゃないのか? いいのかそれで……。

ツッコミたいが、その気力が湧いてこない。どうやら、治癒力を使い果たすと身体がものすごくだるくなるらしい。ただ、時間とともに治癒力は回復するものなので問題はないだろう。

「いえ、だるいだけで……で……えと、アレク様の方は……?」

「俺の方は大丈夫だ。心配してくれるのか?」

ぬっ、とアレックスの顔が近づいてくる。こうして改めて見ると、さすが王太子というべきか、関係ないというべきか、非常に整った、綺麗な顔をしている人だ。

それが、息のかかりそうなほど近くに現れたものだから、思わずロレッタは息を止めた。

「おい、息はしろ、死ぬぞ」

「いや、そこまでいったらさすがに息、しますって」

ああ、とロレッタはため息をついた。ツッコミにキレがない。まだ身体がだるい。

しかしアレックスの方は、そんなキレの足りないツッコミでも満足したらしかった。ほっとしたように微笑むと、ロレッタの頭に手を乗せる。そのまま頭を撫でられて、ロレッタはぽかんと彼の顔を見上げた。

「うんうん、よかった……。これで、俺の治癒も続けられそうだな」

「鬼畜か!?」

今度は大きな声が出た。はは、と声をあげて笑うアレックスの向こうで、ブルーノが頭を抱えている。

「失礼のないように、って言ったじゃないですか……アレク様……」

ああ、とロレッタは記憶を掘り起こした。最初にそんなことを言っていた気がする。

──あれ、私にじゃなくて殿下に言ってたのか……。

うなだれたブルーノの姿に、普段からアレックスに振り回されているのだろうことが窺える。そっと心の中で彼に手を合わせた、その時。

「おまえを、城に連れていこうと思う」

アレックスの口から、とんでもない発言が飛び出した。

2　藁の次は猫

青みのある緑が美しい壁紙に、白いマントルピースの大きな暖炉。そして、まず目につくのは見た目にも座り心地の良さそうな大きな長椅子だ。おそらくあれは、ロレッタ一人なら寝転んでも余裕だろう。

大きな窓からは陽の光が降り注ぎ、室内は明るく照らされている。

他にあるのは、上品な細足の机と、それから大きい天蓋付きの寝台。幾重にもかかった薄布が、優雅な曲線を描いて柱に留めてある。

ほへえ、と大きな口を開けて、ロレッタはその部屋をぐるりと見渡した。

「どうだ、気に入ったか？」

「……え、こ、ここ……まさか」

「おまえの部屋だぞ」

「うっわー……」

なんなんだ、この状況は。

ロレッタは振り返って背後に立つアレックスの機嫌の良さそうな顔を見ると、ひくりと口の端を引きつらせた。

アレックスがロレッタを城に連れていく、と宣言してから、彼女の周囲は大変に騒がしいことになった。

まず、翌日起き上がれるようになったと思ったら、神殿長から「ロレッタ、今日からおまえは上級聖女だ」と告げられた。きちんと書類も整えられ、呆然としながら署名する。

それが済んだと思えば、今度は城からものものしく「王太子殿下の召喚状」が届いた。ロレッタを指名しての召喚状に、聖女たちも候補生たちも驚きを隠せない。同室のカーラには「何をしでかしたの？」と真面目な顔で問われた。なんだかまるで、悪事を働いて呼び出されたような疑われようだ。

「何もしてないわよ。ただ……力の強い聖女が必要だっていう話みたいよ」

「へえ……まあロレッタは力だけなら相当だもんね」

カーラは隠し戸棚からおやつを取り出すと、それを摘まみながら頷いた。それを他の聖女たちにも話したらしく、夕食時には納得の空気が広がっていたのにはほっとしたものだ。

ただ、ラモーナにはなぜか睨まれた。彼女も相当な力量の持ち主であるので、ライバル心的なものを刺激されたのかもしれない。ただ、王太子の召喚状に逆らうほどの気概はないようで、それ以上何かされるということはなかった。

さらに翌日、ロレッタのもとには王家御用達のドレス工房からお針子がやってきた。時間がないため既製品を手直しするが、城で過ごすための衣装を用意するとの話である。この辺で、ロレッタの頭はくらくらしてきた。

——聖女の服で良くない⁉

そう思ったが、城でのきまりだと言われてしまえば頷くしかない。とりあえず、二、三着を用意して、その後は順次お届けに伺います、というお針子の言葉にコクコクと頷く。ちなみにお代は城で持ってくださるそうだ。そうでなかったらロレッタは破産なのでありがたい。いや、勝手に呼んだのはあちらなので当然か。

「はあ……なんなんでしょう……」

「アレックス殿下はお忙しい方じゃからの、神殿に通うよりもその方が早いと判断されたんじゃろなあ」

「お忙しい方なのはわかりますけど……」

「しかし、聖女の治癒を常に欲するほどお疲れとは、いたましいことじゃの」

そういうと、神殿長は悲しげな表情を浮かべた。なにせ、相手は今の平和の功労者。神殿長も、もれなく彼の信奉者なのだ。

そして、この言い方だとどうやらアレックスは、症状を神殿長にも話さなかったようだ。神殿に来た当初、病状もはっきり言わず、口の堅い聖女がいいだの力は強い方がいいだの、注文ばかり押し付けてくる貴族の男二人に、対応した聖女は困り果てたらしい。神殿長にそれを訴え、上級聖女の何人かがたらいまわしにされたのち、ちょうど顔を出した――いや、連れてこられたが正解だが――ロレッタにお鉢が回ったという顛末だった。

――適当すぎませんか、神殿長。

だが、彼に言わせるとそれも巡り合わせ。神のお導きだろう――とのこと。

「神のお導き、ですか……」

ロレッタがそう呟くと、神殿長はにっこりと微笑んで頷いた。

そうして、最後にアレックスと会ってからちょうど一週間後。ロレッタは、仰々しく神殿前まで迎えを寄こされ、城に上がることになったのである。

城に来て、いきなりロレッタはアレックスとの対面の場を設けられた。忙しいという言葉通り、なかなか時間が取れないのだろう。実際に彼が現れたのは、ロレッタが応接室でお茶を二杯ほどいただいた後のことだ。

もちろん、彼の背後にはすました顔をしたブルーノの姿もあった。

「悪い、待たせた」

「いえいえ……えーと、殿下にはご機嫌」

「あ、そういうのはいい。気楽に、いつも通りで」

「そうですか？」

一応、あれから二日ほどかけて上級聖女たちに挨拶の仕方やら城でのマナーやら、いろいろ付け焼刃で仕込んでもらったのだが。披露の機会がなくてがっかりしたような、安心したような、そんな気分だ。

ロレッタの複雑な胸中は、アレックスにはもちろん伝わらない。入ってきて早々にそんな会話を交わすとロレッタを急かすようにして連れ出して、これから住むことになる部屋へ案内してくれた。それくらいなら別にアレックスが出てこなくてもブルーノを寄こせば事足りるのに、と思ったが一応黙っておいてみる。

そうして案内された部屋は、ロレッタの予想をはるかに超えた場所だった。

「それで、俺の部屋はこの隣」

「隣……？」

ぎぎ、と油の差さっていないからくり人形のような仕草で右と左を確認するロレッタに、アレックスは悪戯《いたずら》が成功した子どものような顔で笑った。

「最近忙しくてな……部屋に戻れるのも何時になるかわからん。隣なら、夜でも治癒を受けられる」

「ああ……なるほど……」

もちろん、それ以外の時間は自由にしていて構わない、と言われてこくりと頷く。だが、自由にして良いと言われても、とロレッタは思った。

することなんか、なにもないのである。

「じゃあ……騎士団詰めの聖女のお手伝いでも……」

「そっちは足りてる」

「ええ……」

「訓練での怪我なんて、それほどないんだ。擦り傷くらいは自然に治るのに任せているし」

非常に困った事態である。日頃忙しく働く聖女であるロレッタは、暇のつぶし方なんて何も知らないのだ。

渋い顔になったロレッタを見て、アレックスは首を傾げた。

「なんだ、変なやつだな」

「変、と言われましても……そんな暇を持て余すような生活、してこなかったので……」

神殿に入る前も、ロレッタに余暇と呼べる時間はほとんどなかった。むむ、と唸ったロレッタを見て、アレックスは「ふむ」と考えるように顎に手をかけた。

「……ロレッタ、おまえ、字は読めるか？」

「そりゃもちろん」

「じゃあ、そうだな……昼から夕方まででいい、俺の仕事の手伝いに入ってくれないか」

「はあ……？」

素《す》っ頓狂《とんきょう》な声をあげたロレッタに、アレックスがずいっと顔を近づけてくる。この間から思っていたが、彼は毎度毎度顔が近い。やめてください、息がかかります。

思わず引こうとした頭に、アレックスの手がぽんと乗る。そのままがしっと掴まれて、ロレッタは至近距離で麗しい顔と対面する羽目になった。

「いや、良かった……人手が足りなくて足りなくて。猫の手でもいいから欲しいと思っていたんだ」

「藁の次は猫……！」

そもそも、その依頼に頷いた覚えはない。だが、それまでアレックスの後ろに黙って控えていたブルーノが目を輝かせたのを見て、ロレッタは悟った。

――あ……ほんとに人手が足りてないんだ……私でもいいくらい……。

どちらにせよ、自分が暇な時間に耐えられない人間なのはわかっている。文字が読める程度のロレッタに、そう大変な仕事は回ってこないだろう。

おまけにロレッタは、基本頼られるとそれに応えたくなってしまうタイプの――そう、お人好しの部類に属する人間だ。

「わかった、わかりました。お手伝いします」

「そうか！　いや、良かった……まあ、それでも今日はゆっくりしててくれ。こちらも準備をしておく。夜にまた来るから、その時に」

「はい」

上機嫌なアレックスを見送って、ロレッタは部屋をもう一度ぐるりと眺めた。いい部屋だ、自分にはもったいない。なんだか落ち着かなくて困る。

はあ、と息をつくと、ロレッタはとりあえず長椅子にごろんと寝転んだ。染み一つない天井を見上げて、その眩《まばゆ》さに目を閉じる。

そうしているうちに、どうやら少しの間そのまままうとうとしてしまったらしい。初めて城に来て緊張していたのだろう。一人になったことで少し気が緩んだようだ。

うたた寝してしまっていたロレッタは、誰かに呼ばれている気がしてうっすらと目を開けた。するとその目の前に、人の顔がにゅっと出てくる。

「わ……!?」

「あ、失礼いたしました、ロレッタ様」

慌てて飛び起きたロレッタに頭を下げたのは、同じ年くらいの少女だった。ロレッタと同じような淡い金の髪を低い位置でお団子にし、頭に白いカチューシャを着けている。服装は黒いワンピースで、いわゆるお仕着せと呼ばれる類のもの。

「え、えっと……？」

「わたくし、ロレッタ様のお世話を仰せ付かりました、侍女のマイラと申します。何度か扉をノックさせていただいたのですが、お返事がなくて」

そこで、マイラは少し困ったように微笑んだ。かわいらしい笑顔である。だが、侍女とはどういうことだろう、とロレッタは首を傾げた。

「お世話って……私の？　必要ないんじゃないでしょうか……」

基本、自分のことは自分でするのが聖女生活の決まりだ。聖女の中には貴族出身の娘もいるが、それでも等しく自分のことは自分でする。なかにはそれを嫌がって聖女になるのを拒むものもいるというが――そこはまあ、今は関係ない。

つまり、ロレッタは自分のことは自分でできる。お世話係は必要ない、ということだ。

それを説明すると、マイラはぱちぱちと目を瞬かせた。

「うーん、でもですねえ……」

つかつかと部屋を横切ったマイラは、部屋の中にある小さな扉を開けた。中の照明をつけると、ロレッタを手招きする。

促されるままに近づいたロレッタは、その中を見て目を丸くした。

「な、なにこれぇ……」

「ロレッタ様のドレスですよぉ。……これ、お一人で着るのは無理でしょう？」

小さな衣装室の中には、いくつかドレスがぶら下がっている。そういえば、城の決まりだとか言ってドレス工房のお針子が来ていたのだった。だが、こんなに本格的なドレスが用意されているとは思うまい。

頭がくらくらして何も注文を付けなかったが、一人で着脱できないようなものが用意されるとは思っていなかった。

「あ、明後日にはまたドレス工房の方が納品に見えるそうですよ」

「えっ、もうこれだけあれば着回しで良くない……？」

どれくらいの期間ここにいることになるのかはわからないが、ロレッタが顔を合わせる相手なんてアレックスくらいのはずだ。それからまあ、手伝いをすると約束した以上彼の執務室の人間もか。別に着飾りたいタイプでもないし、毎日代わり映えのしない聖女の制服を着ている身としては、これだけあればもう充分に思える。

だが、マイラは首を振った。

「ロレッタ様は、殿下付きの聖女になられたのです。殿下のお側にいらっしゃることになるのですから、身なりを整えるのは重要なんですよ」

「……それが、お城の規則なんですか？」

「えーと、ええ、まあ、おおむねそうです」

「おおむね」

にこにこと微笑むマイラの視線が、一瞬泳いだのをロレッタは見逃さなかった。じとっと彼女の顔を見つめると、どうやら誤魔化しきれないと悟ったのか、マイラが肩を落とす。

「本当は王太子殿下のご指示で」

「何考えてんだ、あの人」

ロレッタは憮然としたが、どうやらアレックスの指示は絶対らしい。

——まあ、仕方がないな……。

実際、ドレス姿の方が城の中では浮かないだろう。仕事の手伝いをするのには邪魔なんだけどな、と思ったが、ロレッタの持参した素朴なワンピースでは、城内をうろつくのは無理そうだ。なんならマイラのお仕着せよりも格段に品が落ちる。かといって、聖女の制服では目立つ。

「……んで、こっちは？」

「あ、そっちはナイトドレスですね。これもいろいろ準備したんですよ。ほら、これとか」

衣装室の奥の方にかけられていたシンプルなワンピースに目を留めて尋ねると、マイラはにっこり笑ってその中の一枚を広げて見せた。

——よし、アレックス、後でシメよう。

目の前に広げられた頼りない生地の——なんならちょっとスケスケなナイトドレスを見て、ロレッタはひっそりと決意を固める。敬称をつける必要性を、もはやロレッタは感じていなかった。

それでも結局、なんだかんだといいながらロレッタはマイラのお世話を受け入れた。ドレスが一人で着られないのも理由の一つではあったが、彼女が案外話のしやすいタイプだったことも一因だ。

城の中で困ったことがあった時、頼れる相手がアレックスしかいないのは心もとない。それに、彼に相談できないこともあるかもしれないのだ。味方はいた方がいい。

ただ、彼女が純粋にロレッタの味方をしてくれる人物かどうかは見極めなければいけないが。

「ま、あれは一種のジョークみたいなもので……私が選びました……」

「そうよね、さすがにそうよね、ちょっと殿下をシメるところでしたね」

「シメないでください……」

鏡台の前で髪を梳《す》いてもらい、アレンジしてもらう。いつもは一つにまとめるだけだった淡い金の髪は、彼女の手で整えてもらうと見違えるように艶が出て、かわいらしい形になった。

普段使い用だというドレスを着せられて大鏡の前に立ったロレッタは、ぱっと見た限りどこかのご令嬢のように見える。それを上から下までとっくりと眺めたマイラの顔は、どこか満足げだ。

「うーん、ロレッタ様……意外に胸がある」

「上げて寄せたからでしょ」

コルセットの窮屈さに顔をしかめながら返事をすると、マイラはゆっくり首を振った。それだけじゃないと思いますねえ、と呟いて、不満そうに自分の胸を見おろしている。つられてロレッタもそこを見た。

「……大きくてもいいことばっかりじゃないし」

「慰めとかいらないんですよね……」

マイラは悲しそうに呟いた。


「お、ロレッタ、似合うなそれ」

「それはどうもありがとうございます。殿下のおかげでこんな格好をする羽目になりました」

初日なので夕食を一緒に、と伝言を受け取って、ロレッタは部屋でアレックスの訪れを待っていた。予定していた通りの時刻に現れたアレックスの第一声がこれである。

その返答にちょっと皮肉を混ぜたつもりだったが、アレックスにはどうやら伝わらなかったらしい。いや、あえて無視をしたのかもしれない。

彼はにやにや笑うと、ロレッタを検分するかのように上から下まで眺めた。それから、とある部分で視線を止める。

「……聖女の恰好の時は気づかなかったな」

「そのくだり、もうマイラとやりましたので」

しっし、とまとわりつくような胸への視線を追い払って、ロレッタはため息をついた。

――レイクニーの赤き戦神のイメージ……ほんっと、崩れるわあ……。

目を閉じると浮かんでくるのは、白馬に乗った彼の姿だ。凱旋パレードで白い儀礼用の騎士服を着て赤い髪をなびかせていたその姿は、まさに一枚の絵画のようだった。

そう、ロレッタにとって、彼はまさに絵に描いた王子様だったのだ。つい、最近まで。

――それが、なんか……。

ロレッタはゆるく首を振った。明るく振る舞ってはいるが、アレックスの目の下にはうっすらと隈が浮かんでいる。顔色も少し悪い。

――人間、なのよねえ……。

少なくとも、ここへロレッタを呼びつけるほど本当は切羽詰まっているのだ。ここなら、体調を戻しながら治癒ができるから。

おそらく、この態度はそれを悟らせないための演技なのだろう。

「……いや、ホント、そうなんですよね？」

胸のあたりに感じるしつこい視線をもう一度手で払ってから、ロレッタはぼそりと呟いた。

「これが……王太子殿下の執務室……」

翌日の昼、さっそく案内された先で、ロレッタは眩暈のするような気分だった。

まず目についたのは、入ってすぐ左手の二つの机と、その上に積まれた書類の山だ。机の前にある来客用と思しきソファの上にはなぜか長剣が投げ出されたままだし、その側では、これまたなぜか筋骨たくましい男が数を数えながら腕立て伏せをしている。

目を閉じて、もう一度開く。やはり、目の前の光景は変わらない。

——執務室、って……こういうのだっけ？

少なくとも、神殿長の執務室はもっとこう落ち着いた感じで、書類なども積まれてはいなかった。仕事量が違うのだろうが、どう考えてもおかしい気がする。そもそも、執務室で腕立て伏せをしている人を見たことがない。

斜め前に立っているアレックスの側頭部を見上げ、ロレッタは意を決して腕立て伏せの男について質問した。

「……あの、なんですか、あれは」

「気にするな」

「いや、普通に考えて気になるでしょ……」

抗議したが、アレックスはそれを黙殺し、平然と室内を横切っていく。憮然としながらも、慣れないドレスに足を取られないよう、ロレッタは慎重にその後を追った。部屋の中で一度転んだことは、マイラと二人だけの秘密である。

執務室の中は広い。それこそ、ロレッタにあてがわれた部屋の倍はあるだろう。

後ろを振り返ると、入った時には気づかなかったが、ブルーノが書類の陰にいるのが見えてぎょっとする。全く気配を感じなかった。

壁一面に造られた本棚には、書類をつづったと思われる束がいくつもあるが、どれも乱雑だ。一番奥に置かれた机も、山、というほどではないにしろ書類が積まれている。

——ははぁ。

ロレッタはピンときて、アレックスの顔を見た。確かに、それくらいなら字が読めれば誰でもできるはずだ。なるほど、猫の手くらいにはなれそうである。

「書類整理をすればいいんですね？」

「は？　あ、ああ……うん、そうだな、それがいいよな」

「え？」

いや、なんでもない、とアレックスは口の中でもごもご呟いた。その彼に向かって、ロレッタは胸を張って、どん、とこぶしを打ち付ける。一瞬、そこに彼の視線を感じたが、それはもう黙殺することにした。

これ以上、赤き戦神のイメージを壊したくない。もうかなりボロボロだけど。

「任せてください、こう見えて整理整頓は得意な方ですよ」

「……そうか、助かる」

背後では、腕立て伏せの彼がまだ数を数えている。彼については考えるのを諦め、数える声を聞きながら、ロレッタはドレスを汚さないよう腕まくりを始めた。

座るための椅子がないので、長剣をどかしてもらい、ソファに陣取って早速作業を始める。

最初は慣れない書式に戸惑ったが、法則がわかれば作業自体は単調なものだ。だんだんと余裕が出てきたロレッタは、書類を日付順に並べる作業をしながら、腕立て伏せの彼——名前をチャーリー・ヘーゼルダインというそうだ——と雑談をしていた。

「へぇ……ヘーゼルダイン様は、もとは武官でいらしたんですか」

「ええ。アレックス殿下の副官を務めておりました」

さすがに腕立て伏せはやめ、チャーリーも今は自分の机に座ってロレッタと同じ作業に従事している。もともと、彼が担当する作業なのだ。ただ、壊滅的にそれが苦手なだけで。あのぐちゃぐちゃな書類つづりは、彼の作成したものらしい。

まあ、話を聞けば、チャーリーはもともとは騎士で、アレックスが騎士団を辞した時についてきたのだという。もちろん、他にも何人かついてきた者はいたそうだ。

さすがレイクニーの赤き戦神。人望はあったようだ。まあ、言ってしまえば国の英雄だ、それくらい当然だろう。

なぜか誇らしい気持ちになってロレッタが胸を張ると、チャーリーが残念そうに後を続けた。

「ですが……全員、文官の仕事に音を上げて、逃げちゃったんですよねえ……」

「なるほどぉ……」

「その後に、もともと文官だった方たちが入ってくださったんですが……そちらも逃げちゃいまして」

そう後を続けたのはブルーノだ。彼もやはり、騎士団からアレックスについてきたらしい。

つまり、逃げなかったのはこの二人だけということになる。

まあ、もともと騎士というのは身体を動かすのがお仕事で、一日中机に齧《かじ》りつく生活に耐えられなかったのだろう。しかし、文官まで逃げたというのは解せない話だ。

「なんで逃げちゃったんですか？」

「殿下についていけなかったんですよ」

チャーリーが答えると、ブルーノもくすりと笑ってそれに続いた。

「まあ、あの人結構気難しいですから」

「気難しい……？」

はて、アレックスはそんな感じだっただろうか。ロレッタが首を傾げると、ブルーノは少し笑ったようだった。そこへ、アレックスの苛立《いらだ》たしげな声が飛んでくる。

「おまえら、本人の前で悪口とは随分だなあ……？」

「悪口じゃないですよ、本当のことです」

ブルーノが涼しい顔でそう返す。

「いいや、俺は別に気難しくなんかない。あいつらの根性が足りないんだ」

ふん、と鼻を鳴らすと、アレックスは手で弄《もてあそ》んでいたペンを胸元に戻し、ちょいちょいと手招きする。はて、と思って周囲を見回したが、ブルーノとチャーリーの二人は一様にロレッタの顔を見ていた。どうやら呼ばれているのは自分らしい、と気が付いて立ち上がる。

なるほど、そういうところなんじゃないかな、と思ったが口には出さない。騎士団方式は、文官には馴染まなかったということだろう。

「なんでしょう」

「あいつらに任せておくと、変なことを吹き込まれそうだ。ロレッタ、こっちで仕事を頼む」

ええ、とロレッタは不満の声をあげた。向こうならソファに座って仕事ができるが、ここにはアレックスの椅子しかない。立って仕事をしろということか、とむくれていると、なぜか彼が席を立った。

「ここを使え」

「い、いやいや……じゃ殿下はどこに座るんです？」

「立っている」

「立って」

いや、勃たないんですよね――とは、さすがのロレッタもつっこめなかった。

「い、いやいや……殿下を差し置いて私が座るわけには」

「いいから」

結局押し切られてしまい、ロレッタはなんと王太子の椅子に座るという貴重な体験をしてしまった。

その後も、やれお茶の時間だのなんだのと、アレックスは自分の仕事よりもロレッタのことばかりを構っている。忙しいはずなのにいいのだろうか。逆に自分は邪魔なのでは、と心配になったが、ブルーノもチャーリーも特にそう意見することはない。

それどころかなぜだろう、なんだか生ぬるい目で見られている気がする。

王城のシェフが作ったスコーンに、たっぷりのクロテッドクリームとジャムをつけて頬張りながら、ロレッタは頭の中に疑問符を浮かべていた。

夜にまた、と昨日と同じ言葉に送られて、夕方ロレッタは自分の部屋へ帰されることになった。てっきり行きと同じようにアレックスがついてくるものだとばかり思っていたが、彼はまだやることがあるという。

部屋まで送ってくれるというブルーノが先に扉の前に向かうのを横目に見ながら、ロレッタはアレックスに向かって小声で問いかけた。

「だったら、私に構ってないでお仕事なさった方が良かったのでは？」

「……いいんだよ」

ロレッタが立った後の椅子に、今度はどっかりとアレックスが座る。彼が大きな息をついたのを見て、ロレッタは今更ながらに思い出した。

――そうだ、殿下は疲れてるのに……。

平気そうな顔をしているからすっかり騙されてしまった。それなのに、ずっと立ちっぱなしだっただけでなく、あれこれと初めてのロレッタに気を使ってくれたのだ。

申し訳なくなってそっと彼の顔を見ると、ふっと笑われる。その表情が思いのほか優しく見えて、ロレッタは思わず目を擦った。

「……今、何か失礼なことを思わなかったか？」

「い、いいえぇ……？」

一瞬だけ、ドキッとした——とは絶対に言いたくなかった。声が裏返ったような気がするが、誰も気づかなかっただろうか。

視線をそらすと、ロレッタは彼に一礼し、そそくさと——しかしやはり転ばないよう慎重に——部屋を横切ると、ブルーノに続いて扉をくぐった。

夕方の廊下には、すっかり茜色がさしている。そこを歩いていると、物珍しそうにロレッタを見る、おそらく文官を務める貴族と思しき何名かの男性とすれ違った。

その視線を避けるように、ロレッタは窓の外に目を向ける。

空はまだ青色と茜色が拮抗していて雲に映る色が混じり合い、不可思議な光景を作り出していた。

——もうじき、夜が来る。

城に来て、二度目の夜。そして今夜から、またアレックスに治癒をすることになるだろう。できれば、もう少し体調を整えてからの方が、治癒はしやすい。今日からしばらくは、気の流れをよくよく整えるところから始めて、あの停滞を少しでも押し流せるよう――。

「どうかしましたか？」

「あ、いえ……」

突然ぼんやりしたロレッタに気づいて、ブルーノが足を止めた。この後のことを考えていた、とはなんとなく言いづらく、ロレッタが言葉を濁す。

だが、そんなロレッタの返答よりも先に、はっとしたブルーノが表情を変えた。

「ロレ……」

「やあやあ、そこにいるのは兄上の側近殿じゃあないですか」

ロレッタの背後から、能天気そうな男の声がする。急いでその場を離れようとしていたのか、ロレッタの手を掴もうとしていたブルーノの手が空を切った。

「……ジェローム殿下」

若干、彼の声が硬くなったような気がする。表情も無に近い。しかし、ブルーノが「殿下」というからには、ロレッタの背後に現れたのは王子だろう。確か、第二王子がそんな名前だったはずだ。つまり、アレックスの弟にあたる人物だ。

ロレッタは慌ててそちらに向き直ると、腰を落として頭を下げた。習っておいてよかった、お城のマナー。先輩聖女たちに感謝である。

下げた視線の先に、ピカピカに磨かれた黒の革靴と、それからドレスの裾が見えた。どうやら、ジェロームに関する噂は本当らしい。

曰く――女好きの王子様。

それを証明するかのように、裾だけ見えるドレスの主は、甘ったるい声でジェロームにしなだれかかっている。

「うんうん、ちょっと待ってね……すぐに終わるから、ね。ブルーノ、そちらが兄上が連れて来たっていう、例の？」

「……はい」

ブルーノが言葉少なに答えると、ジェロームは「ふうん」と呟いて一歩ロレッタの方に近づいた。

「いいよ、顔をあげて。――へえ、可愛い子じゃないか」

「恐れ入ります……？」

素直に顔をあげたロレッタの視線の先に、赤茶の髪に緑の瞳をした、端整な顔立ちの青年がいた。やはり、というべきかどうか、顔つきは少しアレックスに似ているように思う。

確か彼の三つ下ぐらいなので、今は二十歳のはずだ。しかし、その表情にはどこか幼さがにじみ出ている。

思わず語尾が疑問形になってしまったロレッタに、ジェロームは興味深そうな視線を寄こした。

「ふーん、兄上がねぇ、なるほどね……」

「ジェローム殿下、前にも申し上げましたが……」

「うんうん、わかってるってぇ……聖女なんだよね、兄上の」

「……最近お忙しいアレックス殿下の、体調を案じて来てくださっているのです」

ブルーノがそう強調するように言うと、ジェロームはくすりと笑った。

「あー、うん、そう、そうだった。わかってるよぉ……今日は顔を見られてよかった。兄上によろしく」

「かしこまりました」

ブルーノの言葉に頷いたジェロームが、「ごめん、待たせたね」と傍らの女性に囁《ささや》きかけ、恥ずかしげもなくその頬に口づけをする。少し拗《す》ねた表情をしていた女性は、彼のその態度に途端に機嫌を直したのか、笑顔で「はやくぅ」とその腕を引っ張った。

最後ににこやかに手を振ったジェロームが、そうして腕を引かれて去っていく。それを呆然と見送りながら、ロレッタはぼそりと呟いた。

「……なんなんでしょう、あれ……」

「ええ、まあ……」

その呟きに応えたブルーノの声には、少しだけ疲労がにじみ出ていた。

その日の夕食は一人で摂った。アレックスはまだ仕事中らしい。一人でする食事は、昨日と同じ城のお抱え料理人謹製のはずだが、ロレッタはなぜかあまりおいしいと思えなかった。

――いつも、誰かと食べてたもんね……。

いつもは、同僚の聖女たちと一緒だったし、昨夜はアレックスが一緒だった。おいしいおいしいと目を輝かせたロレッタを、笑いながら見ていた彼の顔をふと思い出す。

ばぁか、とロレッタは心の中で呟いた。

――こんな時間まで仕事しなきゃいけないのなら、私のことなんか放っとけばよかったのに。

もっと緊張するかと思っていた城での一日目、その夕食の時間は、ロレッタが思っていたよりもずっと楽しかった。アレックスはずっとにこにこしていたし、ロレッタがどれをおいしいと言っても笑って頷くだけで、馬鹿にしたりもしない。

――あ、また。

城で、貴族の男性を何人も見たせいだろうか。昔の嫌な記憶が蘇ってくる。

形ばかりの教育、ケチをつけるための食事の席、馬鹿にしたような笑い声――。

――違う、あそこにはもう、戻らないんだから……。

　こことは違う、少し薄暗い広間。大きなテーブルと、そこに座る人の顔。自分と同じ瞳の色をした貴族の男と、俯いている母の姿。その向こうに座る豪奢なドレスの女と、その娘。ロレッタの握った銀のナイフがカタカタと震え、皿に当たって嫌な音を立てる。額に汗がにじんで、目の前が暗くなった。

　――違う……。

　ここはあそこじゃないし、あの女も娘もいない。男も――父も、母もいない。

　ロレッタは、大きく息を吸い込んで、吐いた。もう一度、同じようにする。

　そう、大丈夫。もうあそこには、父も母もいないし、誰も自分を連れ戻しになんか来ない。大丈夫。

「殿下の、ばか……」

　どうしてか、ロレッタの頭にアレックスの姿が浮かんだ。それに向かって小さな声で呟きを投げつける。

　少しだけ、それで気分が晴れた気がした。だが、ロレッタはそれ以上食事を続ける気になれず、フォークとナイフを置く。

　ごめんなさい、と給仕係に頭を下げて、ロレッタは立ち上がると少し頼りない足取りで食堂を出た。

　与えられた部屋に戻ると、そこには既にマイラが待ち構えていた。ロレッタの就寝のための準備をしていたらしい。

額に浮いた汗を行儀悪く袖口で拭うと、マイラはにこやかに声をかけてきた。だが、その声が途中で萎《しぼ》む。

「おかえりなさいませ、ロレッタ様……どうなさったんです、顔色が……」

「ううん、大丈夫です」

マイラには申し訳ないが、説明する気にはなれないし、心配をかけるのも嫌だった。なんとか作り笑いを浮かべたが、それが通用したかどうかはわからない。

ただマイラは、一つため息をつくと深く追及することなく、「お湯の用意ができていますから」とロレッタを浴室へ促した。そのすすめに素直に頷いて、ロレッタはドレスを脱ぐのを手伝ってもらう。背面のボタンを外してもらい、コルセットの紐を引いてもらうと、ロレッタの口から、ふっと小さな声が漏れた。解放感がすごい。

浴室はそれほど広いわけではないが、神殿では共同風呂しかなかったことを思えば一人きりでのんびり入れるのは贅沢の極みだ。身体をスポンジで擦り、湯船に身体を沈めたロレッタの口からは、自然と「はあ」と大きな息が漏れる。

——昨日も思ったけど、これだけは城に来て間違いなくよかったことの一つね。

先程まで落ち込んでいた気分が、みるみるうちに回復していくのを感じる。透明なお湯を手で掬《すく》うと、指の隙間からこぼれてぽちゃぽちゃと音が鳴った。

それが面白くなって、何度も掬ってはこぼすのを繰り返す。ロレッタの口元にほんのりと笑みが浮かんだ。

――小さいころを思い出すなあ……。

あれはまだ、ロレッタが何も知らない子どもだったころのことだ。

五つの歳になるまでの、自分たちが普通の家族だと信じていたころの記憶。眩しくて、きらきらして、温かい記憶。

はあ、とロレッタはもう一度大きな息を吐く。

――母様……。

目を閉じると、今でもすぐに思い出せるのは母の笑顔だ。旅芸人の一座で踊り子をしていた母は、美しい人だった。その美貌を見初《みそ》められて、当時はまだ辺境伯の嫡子であった父と恋仲となり、やがて産まれたのがロレッタである。

旅の踊り子だったわりにおっとりとした性格だった母と、優しい父に囲まれて、ロレッタはすくすくと育っていた。

それが崩れたのが、ロレッタが五歳になった時のこと。祖父である辺境伯が亡くなり、父がその後目を継ぐことになったのが始まりだった。

勅命により、父は中央の有力貴族の娘を妻に迎えることになったのだ。

流れの踊り子だった母は、正式に父と婚姻関係を結ぶことが出来ず、対外的には父は独身であった。それに加え、何年か前にクーデターが起こり、未だ政情の落ち着いていない隣国とは諍《いさか》いが絶えない日々でもあった。

辺境と中央の繋がりをより強化するため——という命に、父は逆らうことが出来なかったのだ。

——それからのことは、思い出したくないな。

ただ、そんな状況でも父は母とロレッタのことを守ろうとはしてくれた。それが、正式な妻である女の不興を買ったことも理解している。

綺麗なドレスも暖かい部屋も、全て取り上げられ、小間使いのように働かされる日々。一応父と血の繋がっている自分は、それでも一通りの教育は受けさせてもらえた。神殿で聖女候補生として学ぶ際に役立ったので、そこだけは感謝してもいいかもしれない。

はあ、と今度は重い息が出た。

父と正妻の間には、それでも一人、娘が産まれている。

その父も母も、既にこの世にはいない。母はロレッタが十歳の時に病で儚くなってしまった。

そして、ロレッタが十四歳の時、父は辺境伯として戦いに赴き、戦場で散った。そもそも、父は母が亡くなってからはほぼ邸《やしき》にはおらず、騎士団の詰め所に入り浸る日々を送っていた。きっと、生きるつもりがなかったのだと思う。戦が始まってからは率先して先頭に立ち、敵陣に切り込んでいたというのだから。

たった一人になってしまったロレッタに残されたのは、母の形見だというネックレスと、父と同じ色をした瞳だけ。

悲しい出来事だったが、一つだけいいこともあった。戦に同道し、父の亡骸《なきがら》を届けてくれた治癒班の聖女がロレッタの聖女としての資質に目を留めたのだ。

それから程なく、神殿長が自らやってきてロレッタを神殿に――王都に連れ出してくれた。

そこで目にしたのが、アレックスの凱旋パレード。それは、長い間膠着《こうちゃく》状態が続いていた隣国との完全な和平が成立した、記念すべきパレードだった。

――あの時見た殿下は、ほんっとに格好良かった……。

ロレッタは、しばしの間目を閉じてその姿を思い出し、ほうっと息をつく。

まっすぐに背筋を伸ばし白馬にまたがったアレックスは、これまた白い儀礼用の騎士服に身を包んでいた。赤い髪がその衣装に映えて、遠目にではあったがロレッタの目には凛々しく、そして美しく見えたものだ。

沿道の歓声に応え手を振る様子を眺め、ため息をついた日が懐かしい。

しばらくそうやって過去の彼の姿に思いを馳せていたロレッタは、カッと目を見開くと顔を覆った。

――格好良かったんだけどなあ!?

今更ながらこの状況、本当になんなんだろうか。あの王子は本当に、あの時の王子様なんだろうか。まさか、あの凛々しい王子様が、勃つだとか勃たないだとか、そういうことを言い出すなんて……っ。

ぶく、と顔を半分までお湯につけて、ロレッタは暫《しば》しの間唸っていた。

「まあ、随分長湯でしたね……ほら、ロレッタ様、湯冷めしないうちにこれを」

「これ……寝間着じゃないですか」

あまりに長い間湯に浸かっていたロレッタを心配したのか、そわそわとした様子のマイラが着るものを差し出してくる。それをぺらりと開いて、ロレッタは眉根を寄せた。

なんといっても、今日はこれからアレックスがここへ来る——かもしれない、のだ。

「まさか、寝間着で会うわけにいかないでしょう？」

「でも、ロレッタ様……殿下は、何時に来られるのかわからないのでしょう？」

困ったような顔をしたマイラがロレッタの問いに疑問で返してきた。

「もう一度ドレスをお召しになってもいいですけれど……ロレッタ様、あれ、一人で脱げませんよね。殿下に脱がせ——」

「わー!?　……じゃ、じゃあ聖女の服……」

「あれは、洗濯に出しておりますね」

ぎり、とロレッタは歯ぎしりをした。なぜかマイラが勝ち誇ったような顔をして、ロレッタの手から寝間着を取ると、それを広げて見せつけてくる。

「大丈夫です、殿下だってロレッタ様が就寝前のお姿だってことくらい、わかっていらっしゃいますから」

「わかってたらいいの!?」

「いいんじゃないですかね。一応、この時期には暑いかもしれませんが、ロングのガウンをご用意しておきましたから」

ロレッタは選択を迫られていた。再びコルセットをつけ、窮屈なドレス姿で就寝するか、寝間着姿で来るかもしれないアレックスを待つか。

にまにまと笑うマイラには、おそらくロレッタの出す答えなどわかっているのだろう。

「……寝間着を着て、ガウン……」

「かしこまりました」

うう、とロレッタは呻いた。だって仕方がない、コルセットを締めて寝るなんて、自殺行為だ。少なくとも、これまで縁のなかったロレッタにとっては。

――早まったかもしれない。

着替え終わった後の自分の姿を確認して、ロレッタが再び頭を悩ませ始めた頃、マイラはにこやかに笑って「では」とそそくさと退出していった。

3　往生際が悪い

コンコン、と軽くノックをする。中からの返事はなかったが、アレックスは扉を細く開けた。

覗いた室内の灯りは少し薄いが、暗いというほどではない。おそらく起きているのだろう、と判断して、そっと身体を滑り込ませる。

今日の夕食時、ロレッタの様子が少しおかしかった、という報告は受け取っていた。時刻が時刻なので、せめて顔だけでも見ておきたい、と仕事終わりにそのまま直行してきたのだ。

ロレッタには悪いが、もし寝ているとしたら顔色だけでも確認したかった。

「ロレッタ……？」

アレックスの感覚からするとそれほど広い部屋ではない。姿を求めてきょろきょろと見回すと、寝台の上でごそごそと何かがうごめくのが見えた。

どうやら、掛け布の中にいるらしい。時刻を考えれば寝るところでもおかしくなかった。やはり仕事にカタをつけるのが遅かったのだ、と密かに肩を落とす。

「悪い、寝るところだったか」

「……いえ、まだ起きてます」

アレックスの問いに、思いのほかしっかりとした声が答える。もぞ、とまた掛け布が動いて、そこからにゅっとロレッタの顔が出てきた。身体は未だ、掛け布の中である。

顔は出てきたものの、ロレッタはアレックスと視線を合わせようとはしない。どこか俯きがちにして、もぞもぞとしている。

微妙に顔が赤いような気がするのは気のせいだろうか。

「どうした、寒いか？」

「いえ……暑いくらいで……」

そりゃそうだろう。今は既に初夏と言っても差し支えない。急いで早足で歩いてきたアレックスなど、少し汗ばんでいるくらいだ。

あんな掛け布になどくるまっていたら、それは暑いに決まっている。

――そもそも、なんであんなのにくるまってるんだ？

まだ起きている、というのなら寝台に入っていること自体が不自然だ。じっとロレッタを見つめると、ちらりとこちらを見た彼女が再びさっと視線をそらす。

――もしかして……？

食が進まなかった、という報告を思い出して、アレックスは大股で寝台へ歩み寄った。ロレッタの肩が一瞬大きく跳ねた――ように見えたが、それよりも確認しなければならないことがある。

寝台の中央にいるロレッタに近づくため、アレックスは片膝を寝台に乗せた。そこが柔らかく沈んで、白いシーツにしわが寄る。

「おい……おい、待て、何で逃げる」

「にっ、逃げてないですぅ……」

ロレッタはそう主張したが、アレックスが伸ばそうとした手に身体が引けたのを見逃すはずもない。じとっと睨みつけると、彼女は諦めたようにしおしおと頷いた。

おとなしくなったロレッタの肩に掛け布の上から手を置いて、アレックスはその額に手を伸ばす。

「う、うえっ……？　なんですか……？」

「いや、熱でもあるのかと……ロレッタ、気づいてないのか？　顔が真っ赤だぞ」

アレックスが指摘すると、ロレッタは「うっ」と謎の呻き声をあげた。視線をあちこちにさまよわせた後、こちらを窺うように上目遣いで見上げてくる。その瞳が潤んでいるのがわかって、アレックスは一瞬息を飲んだ。

――こ、こいつ……。

わかっててやっているのかどうか知らないが、アレックスは別に性欲がなくて勃たないわけではないのだ。ただ、自分がその気になっても、肝心の部分が反応しないだけで。

――くそ、俺じゃなかったら……いや、俺だって普通に勃てば……。その相手が、なんだか顔を赤くして潤んだ瞳で見上げてくる。据え膳か、と言いたくなるような状況だ。

ちょっといいな、と思っている女の子と、深夜、寝台の上。その相手が、なんだか顔を赤くして潤んだ瞳で見上げてくる。据え膳か、と言いたくなるような状況だ。

だというのに、アレックスの肝心な部分はぴくりとも――いや、ちょっと「ぴく」くらいはしたような気がする。

思わずアレックスは、自分の股間を見おろした。これまで、その「ぴく」すらなかった身である。

――これは、治癒の効果か……？　それとも……。

目の前のロレッタをまじまじと見つめる。突然アレックスが動きを止めたので、目を丸くした、そんなところもかわいらしい。

そう、かわいらしい。

最初は、変わったやつだと思っていた。これまで身辺にはいなかったタイプだ。アレックスが王子だと気づいても物怖じしない態度も、打てば響くような受け答えも、一瞬自分の危機的状態を忘れるほど楽しかった。

これまで、治療のために女をあてがわれたこともある。全く反応しないアレックスに、馬鹿にしたような笑みを浮かべる者も、失礼だと怒りだす者もいた。だからアレックスは、聖女も――ロレッタもきっと自分を馬鹿にするだろうと、勝手に思い込んでいたのだ。

だが、実際には、彼女は全くそれを馬鹿にしたりもせず、一生懸命治癒にあたってくれた。

それこそ、自分が倒れるほど。

それが、聖女の職務であるから。そんなことは、当然アレックスだって理解している。

だが、これまで王太子として、戦の指揮官として、アレックスはいつも成果を求められてばかりだった。だから、こうして人から何かを与えられるのは初めてだったかもしれない。

十五で初陣を踏んでから、ずっと戦場を走り回ってきた。そんなアレックスが初めて抱いた女の子へのほのかな好意――それが育つのは、あまりにもたやすく、そして早かった。

「なっ、なんなんですか……」

じっと見つめられたロレッタが、震える声で問いかけてくる。その頬に手を伸ばしかけて、アレックスははっと自分が今すべきことを思い出した。

――いや、いやいや……今はそういう場合じゃないだろ……。

頭を振って、アレックスはその手をロレッタの額に当てた。よくわからないが、自分の手よりも額は冷たいような気がする。熱があるわけではなさそうだ。

安堵のため息をついたアレックスに、ロレッタが不思議そうな顔をする。

「熱はないみたいだな」

「ありませんよ……ただ、暑いから」

「暑いなら、掛け布になんかくるまってないで出てきたらどうだ」

「そ、それが……」

うっ、と息を詰めたロレッタが、再びしおしおと自分の身体を見おろす。それを一緒に見おろして、アレックスは「あ」と呟いた。

口元がにやりと弧を描くのが、自分でもわかる。

「へえ……ロレッタ、ちょっと」

「うっ、やだ、殿下……」

あまりにも当然のことすぎて気が付かなかったが、ロレッタは就寝前。つまり着ているのは寝間着のはずだ。ドレスを着ているにしては、掛け布のふくらみが少ない。

別に気にならないと思っていたが、ロレッタが恥ずかしがっているのなら話は別である。見たい。猛烈に見たい。

見たいのは、寝間着姿ではなくて、それを恥ずかしがるロレッタの姿である。

掛け布の端を掴むと、ロレッタが中からそれを押さえた。

「往生際が悪いぞ」

「殿下の方こそ、か弱い女性になんというご無体な」

「いいだろうが別に……減るものでもなし、どうせこれから何度も見るんだ」

「ううっ……横暴な……っ」

しかし、これからもアレックスは夜に訪れるのである。そのことに思い至ったのか、ロレッ夕の指から諦めたように力が抜けた。

それを確認して、そっと掛け布を取り上げる。

「……ガウン……ロレッタ、それはあまりにも……暑いだろう」

「だから、暑いですよ」

拗ねたように唇を尖らせたロレッタが、寝間着の上に羽織ったガウンの前を掻き合わせながら言う。そんな彼女に向けて、アレックスはため息交じりに呟いた。

「そんな厚着をしてたら、逆に身体がおかしくなる。それも脱げ——と言いたいところだ」

「いやん、殿下のえっち」

おそらく、意趣返しの冗談だったのだろう。だが、アレックスはその言葉にぎくりと身体をこわばらせた。なくはない下心を見透かされたような気がして。

「……いや、冗談ですからね？　殿下？　えっ不敬罪かな……」

慌てたロレッタがなにやらパタパタと目の前で手を動かしている。だが、アレックスが正気に戻ったのは、それからしばらく後のことだった。

◇◇◇

「じゃ、じゃあ……治癒を始めますから」

「今日はいいのか？　目隠しは」

「きょ、今日は必要ないですっ」

突然呆然としたアレックスが我に返ったのを見計らい、ロレッタは寝台から下りて当初の目的である治癒を始めることにした。それをしなければ、単に寝間着姿を披露しただけになってしまう。それではあまりにも間抜けすぎるだろう。

恥ずかしかったが、自分がここにいる理由が治癒である以上、手を抜くつもりはなかった。

しかし、アレックスに目隠しの話題を出されて、ロレッタの声が思わず裏返る。今日のところは、例の症状の治癒ではなく、彼の身体の気の流れを正すところから始めるつもりだ。そう説明しようとしたロレッタが熱くなった顔をあげると、なぜかアレックスまでもが顔を赤くしていた。

「あ、ち、ち、違います！　違う！」

勘違いさせてしまった、と気づいたロレッタが、慌ててバタバタと腕を振り回して訂正しようとする。その慌てぶりがおかしかったのだろう、一瞬きょとんとしたアレックスが、次第に口元をじわじわと笑みの形にすると、肩を震わせ始めた。

「もうっ！　今日は、殿下の気の流れを正して……もう、聞いてるの!?」

「聞いてる聞いてる」

いつまでも笑っているアレックスに、ロレッタがとうとう大声をあげる。そんな彼女に対して、アレックスはひょいと肩をすくめると笑いを収めた。

どうやらからかわれていたらしい。全く、とため息をついたロレッタは、アレックスに寝台に横になるよう促した。

だが、そう言われたアレックスが困惑したような声をあげる。

「え、俺が？　ここに……？」

「え？　うーん、あの長椅子でもいいんですが、あれ、私なら余裕ですけど……殿下にはちょっと厳しいかな、と……」

寝台とロレッタをせわしなく交互に見るアレックスに、ロレッタは首を傾げた。先程掛け布を被ってバタバタしていたせいで少しシーツにしわはできているが、マイラが先程取り替えてくれたものなのでまだ綺麗なはずだ。

横になってもらう程度なら、支障はないと思うのだが。

「あ、意外と潔癖症？」

「そういう問題じゃない」

はあ、とどこか気の抜けた調子で黙り込むと、アレックスはごそごそと寝台に上り、ごろりと横になる。その額に手を伸ばそうとして、ロレッタは姿勢が不安定になることに気が付いた。前かがみになって治癒するのは、腰が痛くなりそうだ。

「よい、しょ……」

掛け声とともに、ロレッタももぞもぞと寝台に乗り上げる。するとまた、アレックスがぎょっとしたように目を丸くした。

「な、なんでロレッタまで」

「えっ……こっちの方が手が届きやすいので……」

ロレッタが正直にそう告げると、アレックスは再び小さなため息をついた。

——もう、さっきから何なの……？

いちいち混ぜっ返してくるから、どんどん時間が過ぎ去ってしまう。いくらロレッタが治癒の力で気の流れを正しても、寝不足では意味がないのだ。とっとと治癒を受けて、たっぷり寝てほしい。

そう思ってアレックスの身体を一瞥したロレッタは、彼が先程まで——一緒に仕事をしていた時のままの恰好であることに気が付いた。

「……あれ、殿下、お風呂まだなんですね」

「ああ……仕事を終えて、そのまま来たから」

「あれ、じゃあお夕食は？」

「……摘まむ程度に」

どうやら、それがあまり褒められたことではない——という自覚はあるようだ。視線をそらしたアレックスの頭をむんずと掴むと、ロレッタは強制的に視線を合わせた。

「いいですか、殿下。規則正しい食事と睡眠、それからお風呂でリラックス！　これ、重要ですから覚えてくださいね」

「お、おう……」

勢いに押されたのか、アレックスが素直に頷く。よし、と頷いたロレッタは頭を離すと、そのまま額に手を乗せた。目を閉じて、と促すと、アレックスが素直に目を閉じる。

いつもそう、素直にしてくれればいいのに。心の中で呟いて、ロレッタは小さく息を吐く。

――綺麗な顔だなあ。

目を閉じると、彼のまつげの長さがはっきりわかる。もしかすると、ロレッタよりも長いかもしれない。目元には、やはり隈がうっすらとある。これぱかりは、きちんと寝てもらわないと治らないだろう。鼻は高くてきれいな形をしていて、その下の引き結ばれた唇は口角が少し上がっている。まるでそれは、微笑んでいるかのようにさえ見えた。ただ、少し荒れ気味なのが気になる。城の料理はきちんと栄養管理もされているはずなのだから、しっかり食べてほしい。

ぼうっとそれを眺めていると、アレックスが薄く目を開いた。青緑の瞳が、細い隙間からロレッタを見る。

「……どうした？」

「あ、いえいえ。さ、始めますね！」

見惚れていたことに、気が付かれただろうか。はっとしたロレッタが慌てて自分も目を閉じて、彼の気の流れを確認し始めた。

――うわ、これは酷い。

先日よりも、ずっと酷くなっている。ゆっくりと気の流れが正常に近づくよう、ロレッタは力を流し始めた。指先がじん、と熱くなり、ロレッタの治癒の力がアレックスに注がれていく。

――なるほど、こんなにお忙しいのね……。ほんと、私に構ってる場合じゃないじゃないの……。

今日でだいたい勝手はつかめたし、明日からはアレックスの迷惑にならないよう、端っこに場所を作ってもらおう。別に床の上でもいい。邪魔になりたくない。

しばらく力を流してから目を開いて彼の様子を確認する。すると、アレックスの目元が少し和らいだように見えた。気の流れが良くなったことで、少し身体がほぐれてきたのだろう。だが、まだまだ、正常な流れになったとまでは言えない。

――あまり、一気に戻すのは……だめ……。

もっと力を注げば、正常に戻せるだろう。だが、それをしてしまうと、後々の反動が怖い。先日、ロレッタが気を失うほど力を持っていかれたのにアレックスがぴんぴんしていたのは、実を言えば不思議なことだった。それだけ、根が深いということなのだろうか。

慎重に力を注ぎながら、ロレッタはもう一度目を閉じて集中する。しばらくそうしていると、目の前のアレックスから「すうすう」と規則正しい寝息が聞こえ始めた。

「ふ、う……」

知らず詰めていた息を吐きだして、アレックスの額から手をどける。顔を覗くと、彼はうっすらと微笑みながら眠っている。

――眠っている……？

あ、とロレッタは間抜けな声をあげた。もう一度見る。やっぱり寝ている。

そう、ここで。ロレッタの寝台の上で。

「どうすんの、これぇ……」

その声に応えるものは、誰もいなかった。


チチ、チチチ。

鳥の声がする。もう起きなければいけない時間だ。もぞ、と掛け布から顔を出して、ロレッタは眠い目を擦ると体を起こした。

――なんか、だるいな……。

こきこきと軽く首を鳴らしてから、大きく腕を広げて伸ばす。寝起きのぼうっとしたままの頭で寝台から下りて、机の上の水差しを手に取った。グラスに注いで一気に飲むと、やっと頭が覚醒してくる。

——はあ、昨日は疲れたな……。

今度は寝台の反対側にまわり、大きな窓にかかったカーテンを片方ずつ開けた。太陽の光が眩しくて、一瞬目がくらむ。

初夏の今、外は新緑の季節だ。窓を開けると、朝特有のちょっと冷たい空気が入ってくる。それを吸い込んで、ロレッタは大きく深呼吸した。いい朝である。

昨夜は、寝台をアレックスに占拠されてしまったせいで、ロレッタは長椅子で寝る羽目になった。あれは、やはり座ったり寝そべってくつろいだりするのにはいいが、就寝するのには向いていない。体のだるさはそれが原因だろう。

おまけに、初夏とはいえロングのガウンを被っただけで寝るのはちょっと寒かった気がする。

そこまで考えてから、ロレッタは「ん？」と背後を振り返った。

——あれ、私……今、寝台から下りてきた、よね……？

ぱちぱちと瞬きをして、ロレッタはもう一度目を擦ると寝台を見る。そこには、掛け布と昨日ロレッタが着ていたロングのガウンがくしゃくしゃの、起きたままの状態で——。

「あれ……？」

やはり、ロレッタが寝ていたのはあそこで間違いないようだ。首を傾げてもう一度寝台に近づく。めくれ上がった掛け布、そこに丸まっているガウン、しわの寄ったシーツ。上にあるのはそれだけ。自分が寝ていた形跡だけだ。

そこに、昨夜いたはずの人がいない。

「あれ、殿下は……？」

ぽふぽふ、と寝台を叩いてみても、何もないことに変わりはない。そもそも、なんで自分が寝台にいたのだろう。

あれえ、と首を傾げて、ロレッタはもう一度目を瞬かせた。

「あら、ロレッタ様、起きてらしたんですか」

考え込んでいる最中に響いたノックの音に飛び上がったロレッタだったが、扉を開けて入ってきたのはマイラであった。妙にうきうきした様子の彼女に再び首を傾げつつ、ドレスを選んで着せてもらう。

「ええ、まあ」

シュミーズの上からコルセットを締めてもらったが、ロレッタは少しだけ後悔した。朝食をいただいてからでは……駄目だろうな。

なぜか朝から入浴をすすめられたが、それは丁重にお断りした。面倒だったので。

「今朝は、もう少し遅くまで寝ていらっしゃるかと思って、様子を見に来ただけだったんですけどね」

「んー、まあ、昨夜はそれほど負担になることはしなかったので」

勃たない方の治癒だったら、もしかしたら朝どころか昼まで寝ている羽目になったかもしれないが、昨日は気の流れを正したところまでだ。それくらいなら、一晩普通に眠れば回復する。それどころか、連続して他の患者の治癒だって可能だ。

聖女がこれくらいの治癒でへばっていたら、何人いたって足りはしない。

だが、マイラは「へえ」と驚いた表情を見せた。

「体力がおありになるんですねえ」

「まあ、それがとりえなもので」

ロレッタがそう答えた時、再び扉をノックする音が部屋の中に響いた。こんな朝から訪ねてくる相手に心当たりのないロレッタが、マイラの顔を見る。だが、マイラも不思議そうな顔をしてロレッタの顔を見返していた。

はて、と首を傾げた時、再びノックの音がして外からロレッタを呼ぶ声が聞こえてくる。

「おい……ロレッタ？　まだ寝てるのか？」

アレックスの声だ、と気が付いて、ロレッタが扉に駆け寄った。あらあら、とマイラが呟いたが、それどころではない。

昨夜は、気の流れを正しはしたが、その後の経過を確認できなかった。朝起きたらすればいいと思っていたので放っておいたが、どうだっただろうか。少しは楽になっていればいいのだけれど、いつの間にかいなくなっていたことを考えると夜中に起きてしまったのだろう。寝不足になっていないかが心配だ。

——あれ、もしかして、殿下が寝台まで運んでくれたの？

唐突に気が付いて、つい手が滑ってしまった。勢い良く扉を開いて顔を出したロレッタに、アレックスが驚いたように目を見張る。

「お、おう……おはよう、朝から元気だな」

「あ、おはようございます……なんか変な感じ」

昨日は朝には顔を合わせなかったので、こうして朝の挨拶をするのは初めてだ。どこかくすぐったい気分である。ふふ、と笑うと、アレックスも表情を緩めた。

その柔らかい笑みに、一瞬見惚れてしまう。こうして朝の光の中で見る美形というのは、二割増しでかっこいい。

——あ、そうじゃなくて……！

はっとしたロレッタは、彼の腕をむんずと掴むと部屋の中に引っ張り込んだ。例の長椅子に腰かけさせると、その顔色を観察する。

昨日よりも、血色はいいようだ。目元の隈も、わずかだが薄らいでいるように感じる。よく、眠れたのだろうか。心配していただけに少しほっとする。起きたのは朝方だったのかもしれない。この唇の荒れが治っていないのは、まあ一朝一夕には無理なのでしばらく経過を見るとして――。

「お、おい、ロレッタ……」

「もう、ちょっと黙ってて」

アレックスの額に手を当てて、目を閉じる。少し気の流れを確認するだけだ。だが、彼の手がそれを止めた。

「俺は大丈夫だから……ロレッタこそ、身体はつらくないか？」

「私は平気ですけど……」

ロレッタの答えに、アレックスが「そうか」と大きく息を吐きだした。どうやら、寝台を占拠してしまったことを気にしているらしい、と気が付いて笑いがこぼれる。

きっと、起きたら自分の部屋でないことに気が付いて驚いたのだろう。ついでに、長椅子で寝ているロレッタを見て、もっと驚いたに違いない。その驚くところ、ぜひ見てみたかった。きっと間抜けな顔だったはずだ。

「……昨日は驚いた」

口を開いたアレックスが、予想通りの台詞《せりふ》を言う。おかしくなってくすりと笑うと、アレックスがぽりぽりと頭を掻きながら先を続けた。

「なんか、気持ちよかったし……」

「ま、そうでしょうね」

治癒による気の流れの矯正は、とっても気持ちがいいのだ。体の中の気の歪みを直しているのだから当然である。ロレッタも候補生の時に一度受けたことがあるが、確かにあれは寝てしまうほど気持ちいい。

誇らしげに腕組みしたロレッタがそう答えると、背後でぷっと噴き出す声がする。振り返ると、とぼけた顔をしたマイラが「私は何も聞いてません」と首を振った。

「いや、聞こえてたでしょ」

「いいえ、何も。その、私……ご朝食の準備をしてまいりますから、どうぞごゆっくり……」

ロレッタの追及に、マイラが逃げ出そうとする。目をぱちくりさせてそれを見ていたアレックスが、何かに気づいたようにがたん、と立ち上がった。

なぜだか知らないが、その顔が赤い。

「ま、待て、マイラ」

「い、いえ、殿下……私、本当に何も聞いて」

「いや、だから、誤解、誤解があるような気がする」

「いいえ殿下、そんな滅相もない」

なぜか同じく顔を赤くしたマイラが、必死にこの場から逃げ出そうとしている。それに気づいて、ロレッタはまた首を傾げた。

――なんだろ、今朝はおかしなことばっかり起きる気がする……。

なにやらこそこそとマイラに話しているアレックスを見て、ロレッタは呑気に「お腹すいたな」と呟いた。

4　枕としては一級品

——なんだか、ものすごく周囲の視線を感じる。

ロレッタはブルーノと並んで歩きながら、ひっそりと周囲に目を走らせた。途端に、感じていた視線が蜘蛛の子を散らすように霧散《むさん》する。

「ロレッタ様、どうしました？」

「あ、いえ、すみません」

周囲に気を取られていたせいで、ブルーノとの間に距離ができてしまった。慌てて駆け寄ると、彼は「お気になさらず」と柔らかく微笑みかけてくれる。

その顔を見上げて、ロレッタもなんとか笑顔を作った。

ロレッタが城に来て一週間が経つ。その間、アレックスの治癒を行う時間が取れたのは最初の治癒を含めてたったの三日だ。多いか少ないかと言われれば、まあ多い方ではある。だが、治癒の進み具合は芳しいとは言えなかった。

はあ、と小さくため息をつく。

書類整理は相変わらず続けているし、小さいながらも執務室に席を用意してもらえた。それは喜ばしいのだが、ここのところのアレックスの様子はとても気になる。

じきに始まる社交シーズンを控えて、各部署の調整も大詰め。アレックスは連日会議に引っ張り出され、執務室で顔を合わせない日もあるほど。執務室にいても、ひっきりなしに来客があり、落ち着く暇などありはしない。

戦場を駆け回るのとは別種の苦労だ、とぼやいていたのを思い出す。

ロレッタの治癒のおかげで、身体の方はなんとかなっている。だが、精神的な疲労が大きいのだろう。一昨日も、彼はなんだか暗い顔をしていた。

──殿下は、そろそろ結婚しろって話が出ているから、治癒を受けに来たのよね……。

縁のないロレッタでも、貴族の社交シーズンが結婚相手探しの時期だということは知っている。きっと、アレックスもそこで相手を見つけるのだろう。

いや、王太子殿下ともなれば、既に候補が何人もいるのかもしれない。

──それなら、やはりあっちの治癒をなんとか早くしないと……。

そう思うと、なんだかロレッタまで気持ちがどんよりしてきた。せっかく城に呼ばれて部屋までもらったのに、遅々として進まない治癒に聖女としての責任感とプライドが刺激されているのだ。

本業よりも、書類整理の方が順調なのだから。本末転倒とはまさにこのことだろう。

──ほんと、気が重い。

それに加え、最近は執務室に移動する間に感じる視線が日に日に多くなってきている。殿下付きの聖女、という立場の珍しさゆえだろうが、これが非常にうっとうしい。

だからといって、それを訴えたところで人の好奇心というのは蓋のできないものだから仕方がない。

——せめて、今日は殿下がお忙しくないといいわね……。

ま、まず無理だろう。そう思いながらも、ブルーノの顔を見上げてアレックスの様子を聞いてみる。

「今日は、殿下はどちらに？」

「執務室にいらっしゃるはずですよ。でも、午前中にちょっとひと悶着ありまして……ご機嫌は最悪です」

肩をすくめたブルーノに、ロレッタは苦笑を浮かべた。

さて、そのご機嫌最悪のはずのアレックスは、執務室にロレッタが姿を現したとたんに彼女を手招きして呼び寄せた。

「ロレッタ、ちょっといいか」

「え、はい」

なんでしょう、と彼の側まで行くと、腕を掴まれて奥にある小さな扉の中に連れ込まれる。

小さな寝台と、それから椅子がひとつ置いてあるだけの部屋。これは、いわゆる仮眠室というやつだろう。

だが、ここへ呼ばれた意味がわからない。ぱちぱちと瞬きをしたロレッタは察することを諦めて、アレックスに素直に聞くことにした。

「寝るんですか？」

「少し」

「ま、そうですよね、普通」

ロレッタが間抜けな返答をしている間に雑に上着を脱ぎ捨てたアレックスが、ぽん、と寝台を叩く。首を傾げたロレッタの察しの悪さに焦れたのか、彼は「ここに座って」とロレッタを促した。

んん、と心の中で呟いたつもりの疑問の声は、どうやら口から出てしまっていたようだ。眉間にしわを寄せたアレックスが腕を掴んで引っ張り、ロレッタを座らせる。

「いいか、二十分経ったら起こしてくれ」

「目覚まし係……」

「そう、それから枕」

「……枕？」

ロレッタが疑問を言い終える前に、横に座ったアレックスが膝の上に倒れ込んでくる。「あ、なるほど」という納得と、「いやいや寝るなら普通に」という反論が同時に浮かんで、思わずロレッタは口ごもった。

その間に目を閉じたアレックスからは、既に規則正しい寝息が聞こえ始めている。

「ね、寝付くの早っ……」

――でも、そうよね……。

アレックスが初陣を踏んだのが十五歳。戦場で多くの時間を過ごしてきた彼は、どんな場所でもすぐに寝られるようでなければやっていけなかっただろう。

それまで城で過ごしていた少年が、急に戦地に放り込まれたのだ。そこにはきっと、ロレッタには計り知れない苦労があったはず。それを思うと、急にぐっとこみあげてくるものがある。

――城に戻ったら戻ったで、それもまた苦労しているみたいだし……。

そういえば、こうした軽口めいた会話も久しぶりのような気がする。

ロレッタは、アレックスの顔を見おろした。先日寝顔を見た時も思ったが、やっぱり綺麗な顔である。だが、こうして膝の上にいるせいだろうか、なんだか少し幼く見えてかわいらしい。赤き戦神も、今は無防備な一人の青年だ。

額に落ちる赤い髪を、邪魔にならないようにそっと払ってやる。見た目よりも、随分と柔らかい髪だ。よく寝ていることを確認して、もう一度触ってみる。

そっと撫でるように梳くと、アレックスの口元がわずかに緩んだ。いい夢でも見ているのだ

ろうか、そこはかとなく幸せそうにさえ見える。

「せめて、夢の中くらい、楽しいと良いですね」

小さな声で呟いて、ロレッタは彼の顔を見つめながら、もう一度髪を梳いてやる。それが心地いいのか、アレックスの額がロレッタの膝に擦り寄せられた。

「ふふ……殿下、子どもみたい」

年上の青年を捕まえて言う言葉ではないが、弟でもいればこんな感じなのだろうか。そっと髪を撫でながら、ロレッタはじっと彼の顔を見つめ続けていた。


「……二十分で、と言っただろうが」

「ううん、おかしいですね……」

じとっとした目に睨まれて、ロレッタは天井を見上げた。彼の平和そうな寝顔を見ているうちに、どうもロレッタも眠気に誘われてしまったらしい。

うつらうつらと舟をこいでいるところを、心配して様子を見に来たチャーリーに発見されたのだ。

アレックスがロレッタを仮眠室に連れ込んで、約一時間後のことである。

「役に立たない目覚ましだったな」

「それは申し訳ございませんでしたぁ」

「……枕としては一級品だった」

「それは……」

はて、こういう場合はどう答えるのが正解か。ありがとうございます、というのも変な気がする。結局答えが見つけられず、もごもごと口を動かすだけのロレッタを見て、アレックスが声をあげて笑った。

──少しは、元気出たのかな。

それならば、枕になった甲斐《かい》がある。ロレッタもつられて笑い声をあげた。

「さぁて、残りの仕事を片付けるかぁ」

「あ、私も……寝ちゃったぶん、ちゃんと居残りしていきますから」

はい、とロレッタが手をあげて宣言すると、その頭をアレックスがぽんと叩く。

「それはいい、俺が頼んだんだし……それに、今夜は多分行けると思うから、準備して待っていてくれ」

「あ、はい……」

言い終えると、伸びをしながらアレックスが仮眠室を出ていく。

──なんだろう、胸の奥がぎゅっとする。

治癒をしに来たのだから、夜、ちゃんと来てくれるのはいいことのはずなのに。

自分でもよくわからない気分を持て余して、ロレッタはもう一度意味もなく頷いた。それから彼に続いて仮眠室を出て行こうとして――ふと足元にペンが転がっているのに気づく。

「あれ、殿下のかな……？」

そういえば、寝る前に上着を脱いでいた。その時に落としてしまったものだろうか。

拾い上げてみると、随分古いものだとわかる。ところどころ傷がついていて、王太子殿下の持ち物としては不似合いだ。

首を傾げていると、アレックスが再び顔を出した。

「あ、悪い。それ、俺の」

「これですか？」

どうやら、やっぱりアレックスのものだったらしい。素直に手渡すと、彼はそれを大切そうに胸ポケットにおさめて微笑んだ。

「ありがとな」

「あ、いえ……」

単に目についたから拾っただけで、そう礼を言われるほどのことではない。やけに丁寧な彼の態度を不思議に思いながらも、ロレッタは仮眠室から出て行った。

一週間も経てば、一人の食事にも慣れてくる。寂しくないとは言わないが、最初の頃のように取り乱したりもしない。それどころか、おいしく食べすぎて少し太ったような気さえする。

最初はコルセットが苦しくて食べられない、と思っていたのが嘘みたいだ。冷たいデザートにスプーンを入れて一口。初夏の陽気にぴったりの酸味とほのかな甘みが口の中に広がって、ロレッタの頬が緩む。

これを自分一人だけが食べているのはもったいない。ロレッタの視線が、自然と自分の正面の空席に吸い寄せられた。たった一度だが、あそこにアレックスが座って一緒に食事をしたのだ。

――忙しいんだものね。お説教めいたこと、言うんじゃなかったかな。

きっと規則正しい食事と睡眠なんて、ロレッタに言われなくても、アレックスは骨身に染みて知っているはずだ。それなのに、なにも反論せずに素直に頷いてくれた。

――王子様のくせに、ちょっと変わってるのよね、殿下は……。

はふ、と一つ息を吐いて、ロレッタはもう一口デザートを口に運ぶ。氷菓子は高級品だ、ロレッタにはそうそう手の出るものではない。だから余計、一人で食べるのがもったいなく感じてしまう。

そう、寂しいのでも怖いのでもなく、一緒に食べる人がいないのがもったいない。

――殿下が来るなら、部屋に持ち帰ればよかったかな。でも溶けちゃうもんな……。

なんなら、もう既に下の方が溶けかかっている。慌ててスプーンを動かしたロレッタは、なんとか全て溶けてしまう前に胃の中におさめることに成功した。

食事を終えたロレッタが部屋に戻ると、いつものようにマイラが就寝の支度をしてくれている。長椅子に行儀悪く寝そべったロレッタが今夜の予定を伝えると、マイラはにんまりとした笑みを浮かべた。

「へえ、今夜はいらっしゃるんですか」

「……本当は毎晩来て欲しいんですけどね」

ロレッタが言うと、マイラの笑みがますます深くなった。なんなら、鼻歌でも歌いだしそうな機嫌のよさだ。

理由はわからないが、楽しそうなことはいいことだ。笑いは健康の元なのである。

「それじゃあ、張り切ってお支度いたしましょうね」

「張り切らなくても大丈夫なんですけど……」

とうとう、マイラが本当に鼻歌まじりに整えた寝台をもう一度チェックし始める。その様子を、寝転がって上下反転した視界で見ながら、ロレッタは首を傾げた。

――ああ、殿下に仕事を見てもらうチャンスだから……？

侍女が上の人に目を留めてもらうには、仕事ぶりをアピールしなければいけないのだろう。

そっかあ、と勝手に納得したロレッタは、おとなしくその仕事ぶりを眺めている。

これまでは、来るか来ないかはその時までわからなかったので、予定をマイラに伝えたのは初めてだ。余計気合が入っているのだろう。

――あれ、でも最初の治癒の日はそこまでじゃなかったような……？

やがて、隅々まで寝台をチェックし終えたマイラが、鼻息も荒くロレッタに入浴をすすめてきた。お風呂、と聞いてほんの少しだけ抱いたその疑問が霧散する。

城に来てから、ロレッタにとって入浴はかなりの楽しみなのだ。

「ささ、お召し替えは準備しておきますから」

「え、あ、はーい」

一週間前とは違い、ロレッタも徐々にこうしてマイラにお世話されるのに慣れ始めている。神殿に戻ったら苦労しそうだな、という考えがちらりと脳裏をよぎった。だが、彼女もそれがお仕事なのだからおとなしく甘受すべきという結論になっている。

じゃあよろしくお願いします、と声をかけて、ロレッタは浴室にいそいそと入っていった。

どうせ、アレックスが来るのなんて、夜も遅い時間に決まっているのだ。ゆっくり、心行くまで風呂を愉しんだ後でも充分準備は間に合うはず。

マイラが用意してくれた香りのいい入浴剤と、泡立ちのいい石鹸、それらにたっぷりと癒してもらい、のぼせる寸前まで湯に浸かる。ほあああ、という間抜けなため息をこぼしてから、ロレッタは勢いよく立ち上がった。

――よーし、こっちの気力は充分だぞ……今夜は、やってやる……！

何を、と言われればアレだ。殿下の殿下を治癒するアレだ。

芳しいとは言えないが、そこそこ気の流れも整ってきてはいる。精神的な疲れの方は取り除けないので、本当はもっと睡眠時間を増やしてほしいのだが、そこはないものねだり。今の時点でのベストを尽くすしかないのだ。

──このままじゃ、社交シーズンに間に合わないし……！

ぐっとこぶしを握ると、ロレッタはそれを天に向かって突き上げた。気合を入れるためのポーズだ。

浴室の鏡には、闘志を秘めたロレッタの顔が映っていた。

「……って、何よこれぇ……」

気合充分、何でも来い……！　という気分で浴室から出たロレッタは、準備されていた着替えを見て悲鳴をあげた。

これまで、自分で持ってきた上下の寝間着を着ていたのだが、今日マイラが準備してくれたのは、衣装室に並んでいたナイトドレスだ。かろうじてあのスケスケのやつではないが、いつもズボンを穿いて寝ていたロレッタにとって心もとない寝間着である。

「ええ……もしかして、洗濯に……いや、でも替えが……えっどっちも……？　そんな馬鹿な……」

おろおろしたロレッタは、まだ部屋にいるであろうマイラを呼ぶことにした。さすがにこれを着てアレックスを出迎えるのは避けたい。おまけに、以前のことを考えれば、治癒の後寝てしまうのは自分の方かもしれないのだ。

こんな格好で寝ているところを見られたら……と、ロレッタは想像してみた。うん、どう考えても笑われるような気がする。

「マ、マイラ……ちょっと来てぇ……」

脱衣所から大声を出したロレッタだったが、マイラの返事が聞こえない。やはり、扉越しでは聞こえにくいのだろうか。何度か呼びかけてみたが、やはり返事はない。

仕方なく、大判のタオルを体に巻き付けて、ロレッタは脱衣所の扉を細く開いた。そこで、思いもよらぬ人物と目が合ってしまう。

「う、うえっ……、なんで……」

「なんで、って……来るって言っただろう。いや、これでも俺、一度出直してきたんだけど……」

そこにいたのは、マイラではなくアレックスであった。なんで、どうして、という疑問が頭の中を駆け巡り、ロレッタは間抜けな質問をしてしまう。それに困惑した表情を浮かべて返答したアレックスが、突然「わっ」と叫んで視線をそらした。

首を傾げたロレッタも、自分の身体を見おろして悲鳴をあげた。

「わ、わ、わあああ!?　ちょ、ちょっと待ってくださいね……!　あ、マイラ、マイラは!?」

「マイラならもう下がった」

ええぇ、とロレッタは情けない声を出した。それから、慌てて脱衣所の扉をばたんと閉める。頭を抱えたロレッタの視界に、あのナイトドレスがあった。

マイラはいない。ということは、他の着替えを持ってくるよう頼める相手はいない。つまり、これを着るしかない。

「ほんとにぃ……?」

眩暈がしそうな気分である。充填《じゅうてん》した気合が萎んでいくのを感じて、ロレッタはため息をついた。

だが、仕方がない。タオル一枚よりはマシなはずだ。

ふんわりとした薄紫色のナイトドレスを手に取って、ロレッタはしぶしぶそれに袖を通した。

さすが、城で用意してくれたものだ。着心地だけは抜群である。だが、心もとなさはいかんともしがたい。

「うう、やっぱり恥ずかしい……。似合わない……。こういうのは、淑女向けってやつ……。うう、マイラめ……」

そういえば、隙あらばこれを着せようとしていたな、ということをロレッタはようやく思い出した。が、時すでに遅し。

とにかく、せっかく早めに来ることのできたアレックスをこれ以上待たせてはいけない。その気持ちだけで、ロレッタは俯きがちに扉を開くと覚悟を決めて一歩踏み出した。

室内の灯りは、先程とは違い少しだけ薄暗くなっている。視線を巡らすと、長椅子に座ったアレックスの後ろ姿が見えた。

その服装がいつものものではなく、明らかに部屋着——もしくは彼の寝間着かもしれない——だと気が付いて、ロレッタはごくんとつばを飲み込んだ。

これまでの一週間で、彼がこれほど砕けた服装をしているのを見たことはない。だいたいいつも、彼が部屋に来るのは仕事が終わった直ぐ後だからだ。

よく見れば、わずかにしめった髪の毛が彼も湯上りだということを示していて、顔がなんだか熱くなってきた。

——なんで、なんだか緊張してきちゃった……。

恰好がいつもと違うからといって、別に中身が違うわけじゃない。いつも通りでいいはずだ。なのに、なぜか喉が張り付いたように言葉が出てこなくて、立ち尽くしてしまう。

「おい、いつまでそうして……」

「わ、ちょ、ちょっと待って」

おそらくロレッタの気配に気が付いていたのだろう。いつまで経ってもその場から動かない彼女にアレックスが振り返ろうとする。その瞬間、自分の恰好を思い出したロレッタが両手を前に突き出して制止した。が、一足遅かったようだ。

ぽかん、と口を開いたアレックスが、ロレッタの姿を凝視している。

「え、ちょ……」

「い、いや、ちがっ、ちがくて……」

「違くはないだろ……」

静かな室内に、どちらのものともつかないつばを飲み込む音が響いた――ような気がする。

――マ、マイラの馬鹿ぁ……！

脳内でこれを用意した侍女を罵りながら、ロレッタは出来るだけ平静な声を出そうと努力した。努力は、した。

「とっ、とニかく、治癒をデすねェ……」

途中で言葉を途切れさせて、ロレッタは黙り込んだ。完全に声が裏返っている。うう、と情けない呻き声とともに、その場にしゃがみ込む。

しばしの間、二人の間に沈黙が落ちる。まるで死刑宣告を受けた犯罪者のような気持ちで、ロレッタはその静寂に耐えていた。

それを破ったのは、やはりアレックスである。

「あー、いや、その……似合ってるから、大丈夫じゃないか？」

「……どうも、お気遣いを」

そうか、とロレッタの肩から力が抜けた。アレックスはきっと、女性のこんな姿は見慣れているのだろう。言っていたではないか、治療のためにいろんな方法を試したと。その中には当然、実際に女性と触れあうことも含まれていたはずだ。

ちく、と小さな棘《とげ》でも刺さったように胸が痛む。

その胸の痛みに首を傾げながら、ロレッタはようやく顔をあげるとアレックスの顔を見た。ほんのり赤い気がするのは、風呂上がりだからだろう。きっとロレッタの顔が赤いのも、そうだと思ってくれるはずだ。

「と、とにかく、治癒を始めますから。今日は、その……」

「ん、またあそこに寝ればいいのか？」

アレックスが寝台を指さす。それに頷いてから、ロレッタは言葉を続けた。

「はい。それで、今日はその、治癒を、えっと……目隠しを」

「あ……」

はっきりと口にするのが恥ずかしくて目隠しを要求すると、アレックスはすぐにその意味に気が付いたようだった。ほんのりと赤かった顔に、さらに赤みが増す。

こくり、と無言で頷くと、彼はロレッタに一歩近づいた。

「えっ、なんで」

「目隠しするんだろう？　自分でできるか？」

「で、できますよお……！」

だからあっちで待ってて、と叫んだロレッタに、アレックスがにやりと笑う。からかわれた、と気づいたが、おかげでいい具合に身体から力が抜けた。

ふ、と小さく息を吐くと、ロレッタも立ち上がって寝台に近づく。

そして、先日までと同じように「よいしょ」というかけ声と共に寝台へとよじ登った。それから、先に伝えておかなければいけなかったことを思い出して、アレックスの顔を見る。

「あ、そうだ。この間みたいに、もしかしたらぶっ倒れちゃうかもしれないので……その時は、ここに放っておいてくださいね」

「えっ」

「えっ？」

しばしの間、無言で見つめ合う。その視線を先にそらしたのはやはりアレックスで、短く「わかった」と呟くと、寝台の上に足を投げ出して座る。

どのあたりからいけば触りやすいかな、と考えて、その内容のはしたなさに若干眩暈を覚えた。

――これは治癒、治癒だもん……！

「じゃ、目隠ししますから……」

「……わかった」

若干声が強張《こわば》っているような気がする。だが、ロレッタも緊張していた。こくりとつばを飲み込んで、アレックスの伸ばした足の間に陣取る。

目隠しをつける直前、アレックスと目が合った――が、それも黒い布地に阻まれてすぐに見えなくなる。だけど……。

――なんか、怒ってる？

妙に力の籠った視線だったような気がして、ロレッタの心臓がぎゅっと縮んだ。それでも、きっちりと目隠しを結ぶと、恐る恐る彼の方に手を伸ばす。

ごそごそと衣擦れの音がして、それから空を切ったロレッタの手が熱い手に掴まれた。それがそっと、じれったいほどゆっくりと、彼の股間に――たぶん――導かれる。

座った位置が遠かったのか、ロレッタの身体は自然と前かがみになった。倒れそうになって、片方の手を横につく。

「……っ、ロレッタ」

「はい？」

一瞬焦ったようなアレックスの声が耳に届いたが、彼の顔――の方を見ても当然のことながらその表情はわからない。ただ、ぐ、と一瞬呻き声が聞こえただけで、その後は無言で手がその場所に押し当てられた。

――なんか、手もそうだけど、ここも……熱い……。

わずかに張りがあるような気がするのは気のせいだろうか。既に触れているその場所を、確かめるように手でなぞる。すると、再びアレックスが呻き声とともに息を漏らした。

それがなんだか、妙に色っぽく聞こえて心臓が跳ねる。

「あの、大丈夫ですか……？」

「……大丈夫だから、続けて、くれ」

いや、本当に？　と聞きたいのを我慢して、ロレッタはゆっくりと指を動かし、触れていたものを握ってみる。これがそもそもどれくらいの太さがあるものなのかは知らないが、ロレッタの指がぎりぎり回るか回らないかだ。ごく、とつばを飲む音がして、わずかに手の中のものが動いたような気がする。

一瞬肩が跳ねて手を離しそうになったが、ロレッタはすんでのところでそれを堪えた。

――治癒、治癒だから。

なんだか、今日は妙に恥ずかしい。一生懸命そう言い聞かせないと、逃げ出してしまいそうになる。だけど、とロレッタは気力を奮い立たせた。

――頼りにされてるのだから、見込まれてるんだから、応えたい。

目隠しの中でさらに目を閉じると、ロレッタはいつものように気の流れを確認するところから始める。今日の彼はよく気が巡っている。昼間に眠ったことと、風呂を済ませてきたことがいい影響を与えているのかもしれない。

もし時間が許すなら、また同じことをするといいだろう。

それでも、ほんの少し流れを更に整えてから、ロレッタは気合とともに一番大きな気の停滞に向かって力を注ぎ始めた。

——うわ、やっぱり……すごい、吸われちゃう……。

全身から汗が噴き出してくるような気がする。額に、それから首筋に汗が流れて、ちらりとロレッタの頭に「せっかくお風呂に入ったのに」という思いがよぎる。

だが、それよりも指の先に——いや、もう手のひら全体に感じる熱が、その思いを霧散させた。ぴくりと動いた手の中のものが、次第にその大きさを増してわずかに浮き上がる。

「ひゃ、え、な……」

「ん、ロレッタ……いいから……続け、て」

心なしか、応えるアレックスの息が荒い。額に浮かんだ汗を拭ってくれた手が、なぜか首筋をなぞっていく。おそらく汗を拭ってくれたのだろうが、そこからぞくっとした感覚が走って、ロレッタの唇から吐息が漏れる。

——なに……？

初めての感覚だった。これまでに味わったことのない、妙な、疼くような感覚。

アレックスの指が、もう一度首筋を撫でる。むず痒《がゆ》いのに、なぜか心地良い。その指先が顎の下を撫でて、それから、おそらくは流れ落ちる汗を追いかけてもう一度喉を辿って鎖骨に触れる。胸のふくらみのぎりぎりのラインを撫でた指に、ロレッタの身体が小さく跳ねた。

「……っ、ん」

「あ……悪い」

ロレッタの唇からこぼれた声に、弾かれたようにアレックスの指が離れていく。それがなぜか名残惜しい。そう思った瞬間、どっと力が吸われていくのがわかる。

——あ、まずい。

気が付くと、停滞していた部分に少し流れができている。手の中のものが熱い。治癒がうまくいっているのだ、とほっとした瞬間、ロレッタの頭がぐらりと傾《かし》いだ。

「ロレッタ……!?」

アレックスの焦ったような声が、遠くに聞こえる。でも、少しは彼の役に立てたはずだ。効果は着実に現れている。

きっと今、自分は笑っている。抱き留められた感触にほっと力を抜きながら、ロレッタはゆっくり意識を手放した。

チチ、チチチ。

——んん、なに……？

意識を取り戻したロレッタは、もぞもぞと身じろぎした。鳥の鳴き声が聞こえる、ということは、きっともう朝なんだろう。身体が重いのは、昨夜力を使いすぎたせい。

全然身体が動かない、なんだか重しでも乗っているみたい。

うう、と呻いて目をうっすらと開く。今日は申し訳ないけれど、手伝いの方は休みにしてもらおう。もうじきマイラが来るはずだから、伝言を頼んで、それからもう一度寝て——。

「う、えっ⁉」

「ん……あ？　ああ、起きたのか……」

視界に入ったものに驚いて、そして聞こえてきた声にさらに驚いて、ロレッタの目が完全に開いた。ぱちぱちと瞬きをして、それから目を擦ろうとして身体が動かないことに気づく。いや、なぜか締め付けられている。

もしかしなくても、目の前のこのお方に抱きしめられているのではないだろうか。

「え、ちょ、でっ……殿下、なん……？」

「あ……？　あー、いや、うん」

何かをもごもごと呟いたアレックスが、ロレッタの顔を覗き込んできた。それから、初めて自分がロレッタを抱きしめて寝ていたことに気づいたようで、慌てて手を離す。締め付けから解放されたロレッタは、止まりかけていた息をなんとか吸い込んだ。

「なんで、ここに……」

「いや……なんでだろ……寝落ち、した……かな……」

ロレッタの問いに、アレックスがしどろもどろに答える。まあ、治癒を施した後なので、そういうこともあるかもしれない、と自分を無理矢理納得させたロレッタは、大変なことに気が付いた。

――マイラが来ちゃう……！

いくら神殿育ちのロレッタでも、この状況がいかにまずいか想像はつく。慌てて口を開こうとした時、無情にも扉からノックの音がした。

◇◇◇

「ロレッタ様、お……」

「お、起きてるっ……くぁら、うぐ……」

――噛んだな。

扉の外から聞こえてきたのは、案の定マイラの声だった。びくっと震えたロレッタが、問いかけに食い気味に返答しようとして舌を噛む。ううっ、と呻いたロレッタの頭に手を置くとアレックスはくすくすと笑いながら身体を起こした。

そのまま大きく伸びをして、扉の外に向かって声をかける。それにぎょっとした表情のロレッタと違い、部屋に入ってきたマイラはにっこりと微笑んだだけだった。

「こちらにいらしたんですか、殿下。じゃあ、朝食はいかがなさいますか？」

「ここで食べる。ロレッタは……食べられそうか？」

寝台から下りて振り返ると、ロレッタが声にならない叫び声をあげながら掛け布に潜り込むのが見えた。予想通りの反応に苦笑が漏れる。

――妙な噂が先行したが、せっかくだから利用させてもらおう。

「ロレッタにも同じものを頼む」

「かしこまりました」

静かに頭を下げたマイラの口の端が、隠しきれない笑みを浮かべたのを横目で見ながら、アレックスはあくびをかみ殺してもう一度大きく伸びをした。

その噂をアレックスが聞いたのは、昨日の午前中のことである。

「最近、アレックス殿下はお側に召し上げた聖女に夢中、って噂になっちゃってますよ」

「はあ？」

側近であるブルーノに言われ、アレックスは眉間にしわを寄せた。睨みつけられたブルーノは、慣れた様子で肩をすくめて首を振る。

なるほど、道理でエイマーズがうるさいはずだ、とアレックスはため息をついた。先程まで、騎士団総帥を務めるコンラッド・エイマーズが執務室を訪れていたのだ。

ここ三日ほど、彼は何かといえば理由をつけて執務室へとやってくる。そのたびに話題に上るのが、彼の娘であるジャスミンのことだ。どうもエイマーズは、彼女をアレックスの妃にしたいらしい。

――エイマーズは、あの戦の功労者でもある。そう無下にもできないが……でもなあ。

ジャスミンとは、幼いころから付き合いもあり、気心知れた仲ではある。大変美しい娘に成長したし、なにより出るところの出たいい身体をしているのだが……。

――これが全然、その気にならないんだよなあ……。

彼女の豊満な胸元を見ても全くやましい気持ちが起きず、一時は、勃たないどころか性欲まで なくなったのかと思っていたものだ。

まあ、そうではなかったことは後に証明されたのだが。

「それでエイマーズは、ああして日参してくるわけか」

「殿下が女遊びをぱたっとやめたと思ったら、今度は神殿の聖女ですからね。そろそろ焦ってるんじゃないですか」

「女遊びって言うな」

あれは治療の一環である。どれもこれも商売女ばかりだったたが、たいてい小一時間もしないうちに罵声とともに部屋から蹴りだされていたのだ。あまり——どころか、アレックスにとって黒歴史に等しい記憶なのである。

ただ、一応——一応そこで、性欲までなくなったわけではないことがわかっただけでも良かったと思うべきだ。

それを知っているくせに、すました顔で言うブルーノにわずかに殺意を芽生えさせながら、アレックスは背もたれに身体を預けた。

「しっかし、噂ねえ……」

まあ、実際アレックスがやっていることは、はたから見ればそういうことになるのだろう。寝落ちのせいとはいえ、アレックスが彼女の部屋から戻るのは明け方近い。噂になってもおかしくはなかった。

しかも、王太子の執務室にまで出入りさせているのである。

そもそもは、単にロレッタといられる時間を増やしたかっただけなのだ。彼女の勘違いをいいことに、書類整理をさせてはいるけれど、その場にいてくれるだけでも全然構わなかった。

——もうちょっとじわじわ囲い込むつもりだったんだけどなあ。

腕組みをして目を閉じる。考え事をする時の癖だ。

アレックスとしては、結婚相手は自分で選びたい。十五歳から戦場を走り回って、ようやくそれが落ち着いたらハイこれがあなたの結婚相手です——などと押し付けられるのでは、自分の人生、あまりにも割に合わない。

おまけに、あの戦のせいで自分は勃たなくなってしまったのだ。

――十五の子どもに、戦勝祝いに女を抱かせようって、どういう考えなんだよ……。

初陣での勝利の日、アレックスも戦勝祝いの宴に参加させられた。そこで強《したた》かに酒を飲まされ、気づいた時には寝台で女にのしかかられていたのだ。

そのショックたるや、すさまじいものだった。驚いたアレックスは、酔いも手伝って盛大に戻してしまい、女は悲鳴をあげて逃げていった。ちょっとした騒ぎになったことは言うまでもない。

そして、あの日からアレックスのものは、全く反応を見せなくなってしまったのである。

「本気ですか？」

「いい娘だろ、ロレッタ。かわいくって一生懸命で」

「ですが……」

難色を示したブルーノに、アレックスは苦笑を浮かべた。

「前から言ってるだろ、もしちゃんと勃つようになったら、自分の結婚相手は自分で選ぶって。おまえだって賛成したじゃないか」

「そりゃそうなんですけどもね」

アレックスの顔を見て、これ以上何を言っても無駄だと悟ったのだろう。ブルーノが口をつぐむ。だが、彼の言い分もわからなくはないのだ。

王太子妃ということは、のちの王妃だ。それなりの地位と教養を兼ね備えた令嬢の中から選ぶのが普通である。

それをひっくり返すなら、それ相応の理由が必要になるだろう。

「ま、まずはロレッタを口説き落としてからかな」

せいぜい噂を利用して、外堀から埋めてやるさ。

そう呟いたアレックスを見て、ブルーノがため息をつく。彼らの王子は、狙った獲物は逃さないのだ。

「大変だなあ、ロレッタ様も」

「何か言ったか」

「いいえ……とりあえず、身上調査でもしておきますかねぇ」

両手をあげて降参のポーズをとった側近を見て、レイクニーの赤き戦神は久しぶりに戦場で見せるような笑みを浮かべた。

なお、その後ロレッタに膝枕させていた現場を見たブルーノは、ちょっとだけしらけた視線を主に送っていたことを追記しておこう。

――それにしても、昨夜は死ぬかと思ったな。

マイラの運んできた朝食を口に運びながら、アレックスはまだ寝台の中で掛け布にくるまったままのロレッタに視線を向けた。

ナイトドレス姿、というのも刺激が強かったが、治癒の時のあの体勢。あれは大変によろしい。

前かがみになったせいで、開いた胸元から谷間がチラ見えして、何もされていないのに股間が反応し始めたのだ。

いや、むしろその前から熱くなってきていたのだ。それこそ、湯上り姿の彼女を見た時から。

だから、治癒をすると聞いた時、アレックスは少し期待してもいた。――今日こそ、いけるのではないか、と。

実際、治癒をしている最中の彼女の姿には、大変そそられるものがあった。ドレス姿の時も思っていたが、聖女の装いをしている時よりもはっきりと胸の大きさがわかる。その谷間に指を突っ込みたいというのは、普通の成人男性として当然の欲求だと胸を張って言えるだろう。

だが、それよりもアレックスを惹きつけたのは、にじんだ汗だ。懸命に力をふるっているとわかる苦し気な吐息と、流れ落ちる汗。額の汗を拭ってやった時に、口元が一瞬笑みを浮かべたことに、ロレッタは気づいていただろうか。

首筋に流れた汗に思わず手が伸びたのは、その笑みをもう一度見たかったから。だが、触れた時に漏れた吐息は、妙に艶《なま》めかしくて……。

――あの瞬間だったな、妙にこう、力が漲《みなぎ》るような気がしたのは。

それが、治癒の力の効果なのか、自分が欲情した結果だったのかはわからない。

だが、やはりその後倒れてしまったロレッタを見た時、アレックスは思ったのだ。

――絶対、手に入れる。

育った好意は、既にその名を執着に変えている。

倒れた彼女が気になる、という大義名分を手にして、アレックスはそこでロレッタの顔を眺めながら、いつしか眠りに落ちたのだった。

「おい、ロレッタ。せめて、果汁だけでも飲んだらどうだ」

「……いらない」

「そう言わずに」

「……もう！　なんでそんな平気そうなの！」

とうとう我慢しきれなくなったのか、ロレッタが掛け布から顔を出した。顔が真っ赤なのは、暑さのせいではなさそうだ。

「だから、言っただろ……昨日、倒れたロレッタが気になったから、様子を見ているうちに寝てしまった、って。マイラにも後で言っておくさ」

「うう……絶対ですよ……誤解されたままじゃ、恥ずかしくてここにいられない……」

おっと、それは大変だ。言葉にも態度にも出さず、アレックスは心の中で呟いた。

マイラには、後でよく言い聞かせておかなければ。

「やっぱ、果汁だけもらいます……」

唇を尖らせたロレッタに手を貸して起こしてやりながら、アレックスはにんまりと笑った。

――マイラには、褒美をやらないといけないな……。

朝の寝台、ナイトドレス姿のロレッタ。うん、いい。

アレックスの密かな満足には全く気づかず、ロレッタは渡された果汁を飲み干すと、お代わりを要求していた。

5　油断大敵

治癒の翌日は仕事にならないため、執務室を訪れるのは一日ぶりだ。特にかなりの力を必要とした後だけに、ロレッタは昨日、寝台の上で一日を過ごすことになった。

マイラが妙な含み笑いをしながら甲斐甲斐しく世話をしてくれたのだけれど——。

「恥ずかしかった、本当に恥ずかしかったんですよ……！」

「わかったからそう怒るなよ……」

執務室の中には珍しいことにブルーノの姿もチャーリーの姿もなかった。迎えに来てくれたアレックスと気まずい空気の中歩いてきたロレッタは、それを確認したとたんに不満を爆発させる。

それでなくても、こうしてここに来るまで好奇に満ちた視線を散々浴びてきたのだ。

ふくれっ面でアレックスを見つめると、彼は余裕の表情で肩をすくめてそう答えた。

——ぜんっぜんなんともないような顔してぇ……！

普段はロレッタと——それから、ブルーノやチャーリーともふざけた会話ばかりをしているから、その余裕の表情がなんだか癪に障る。

――なんなのよ、もう……。

昨日の朝もそうだったけれど、こんな余裕綽々《よゆうしゃくしゃく》のアレックスは、ロレッタの知っているアレックスじゃない。一緒になって慌てふためいて、どうしようって困ってくれていたら、こんな気分にならなかった。

なんとなく、ムカムカモヤモヤした気持ちになる。それがどうしてなのかはわからないけれど。

ロレッタは、揃えた書類の端をドン、と机に打ち付けた。アレックスがぎょっとしたような顔をしたことで、少しだけ溜飲《りゅういん》が下がる。そういう顔が見たかったのだ。

――あー、そうですよね、慣れてますもんね……！

それでも、すぐに頭の中は同じことでいっぱいになってしまう。

ロレッタは頭を振ると、もう一度書類の端を揃えなおした。このまま考えていると、なんだかよくないことに気づいてしまいそうな気がする。

――王子様なんだもんなあ、急に。

はあ、と小さなため息がこぼれた。もちろん、それは知っているつもりだった。だって相手は「レイクニーの赤き戦神」と呼ばれた王太子殿下。凱旋パレードだって見たし、そこで凛々しい姿だって見ていたのだ。

だけど、実際に会ったアレックスはロレッタの抱いていた彼のイメージをどんどん崩していった。

ちょっと強引で、少しボケてて、親しみやすい——二十三歳の、その辺にいそうな青年、それが実際のアレックスだ。それでもって、ロレッタを必要としてくれる人。

「はあ……」

今度は大きなため息が出た。

——なんかさ……急に、しみじみ感じちゃったよね……。

同じ寝台で目が覚めて、腕が身体に回っていて。それで慌てふためいていたのが自分だけだったのが何だか悔しい。きっとこれまで、回復には至らなくても同衾《どうきん》した女性がたくさんいたんだろう。その人たちにも、きっと同じようにしていたんだ。

だから、アレックスはあんなに平然とマイラを呼べたし、マイラも平然と受け流せたのだ。

それを見せつけられたみたいで——ロレッタだけが特別なわけじゃないと言われたみたいで。だから、自分は……。

——ああ、もう……考えたらダメだってば。

思考がどんどんそっちに流れてしまう。どうしても気づきたくないことに気づかされてしまう。

——だめだって、だって相手は王子様だもん……。

それに引き換え、今のロレッタは上級に格上げされたとはいえ単なる聖女の一人にすぎない。聖女、なんて名前は仰々しいけれど、つまりは「治癒」という少し珍しい力を持っているだけの人間だ。

とてもじゃないが、王子様に釣り合うような人間じゃない。

強引に城に連れてこられはしたけれど、それ以外で彼に「王子様」を感じたことはほとんどなかった。仕事が忙しいのは知っていたけれど、それだって実際には見ていたわけじゃない。気の流れがよどむほど部屋を訪ねてくる時間が遅いから、執務室にいないことが多いから。判断基準はそれくらいで、ロレッタが知っているのなんか、ほんの午後のひと時の彼の姿だけだ。

それ以外の時は、アレックスは神殿に突然やってきた時の、普通の二十三歳の青年と変わらなかった。

そのせい、かもしれない。

「おい、ロレッタ?」

突然名前を呼ばれて、はっと我に返る。気が付くと、至近距離にアレックスの顔があった。

「う、うわっ、何……っ」

「何、じゃなくて……なんだよ、さっきから。百面相か?」

「ひゃく……」

慌てて自分の顔を撫で擦って、ロレッタはアレックスを横目で見た。手にカップを持っているところを見ると、お茶のお代わりでも取りに来たのかもしれない。

だが、彼はそれをロレッタの机に置いて「ほら」と声をかけてくる。

「やっぱ、治癒で疲れてたんだろ。今日も休んでも良かったんだぞ」

「や、それは……大丈夫、です」

昨日は、結局寝台から出られたのは午後遅くなってから。アレックスは、それをかなり心配していたようで、マイラを通じて言づけを頼むと「ゆっくり休んでくれ」と返事がきたものだ。それをまだ、気に留めてくれているのだろう。

ありがとうございます、と蚊の鳴くような声で答えると、アレックスの手が伸びてきた。一瞬身構えたロレッタにきょとんとしたアレックスが、くすりと笑って頭に手を乗せてくる。

ぽんぽん、と軽く頭を叩いた手が、次いでゆっくりロレッタの淡い金の髪を撫でた。

「ロレッタのおかげで助かってるからな。少しくらい、甘えたっていいんだぞ」

「なんですか、それぇ……」

やめて欲しい。優しい顔なんかしないで欲しい。そんな風に、甘やかそうとしないで欲しい。

――やめてよ、好きになっちゃうから。

それ以上、ロレッタはアレックスの顔を見ていられなかった。視線を落として、書類に集中している振りをする。

いきなり現れて、妙なことを要求してきた王子様。国の英雄に抱いていたイメージはぶち壊されたけど、素顔の彼は強引なくせに優しくて、少し甘えん坊なところがある。そういうところが可愛い人だな、と思ってはいたのだ。

だから、今朝はなにか——意外な一面を見たような気がして驚いてしまった。

あまりにも、アレックスが「王子様」だったから。

あんな風にして、侍女に向かって王子様らしく偉そうに何かを指図する姿なんて、これまで見たことがなかった。だから、なんだか意識してしまう。アレックスがレイクニーの赤き戦神と呼ばれる国の英雄で、王太子殿下なんだ、ということを。

仕分け途中の書類は、きっとぐちゃぐちゃだ。だって、実際には中身なんか全く見られていないから。

目の奥が熱くなる。これは、涙が出てくる前兆だ。

——あ、だめ……。こんなところで泣きだしたら、絶対困るもん……。

じっと目を閉じて、それをやり過ごそうとする。

ロレッタは、聖女として仕事をしに来たのであって、彼を困らせに来たわけじゃない。ロレッタの力を頼りにしてくれる人の、期待に応えに来たのだから。

——だから、この気持ちは封印しておかなくちゃ。

こうなったら、ちょっと無茶をしてでも早く治癒を完了して神殿に戻ろう。そうして、また忙しい毎日に戻れば、きっとすぐに忘れられるはずだ。

そうでなくても、神殿に戻ればもう、会うこともなくなる。

「おい、本当に大丈夫か……？」

「大丈夫ですって、そんなにヤワじゃないですから」

顔をあげずに答えたロレッタの耳に、かすかなため息の音が聞こえる。もう一度ぽん、と頭を叩いたアレックスが、そのまま自分の席に戻る足音も。

――絶対、きちんと治癒しますから……。いい方を見つけて早く結婚なさってくださいね。

そうしたら、きっぱり諦めがつく。

先程仕分けた――振りをした――書類をかき集め、ロレッタは今度こそきちんと仕分けを始めた。これだって、ロレッタに任された大切な仕事だ。聖女の仕事ではないけれど、ロレッタが彼の役に立てることの一つ。きちんとやり遂げなければ。

猛然と書類の仕分け作業を始めたロレッタを、アレックスが目を丸くして見つめている。だが、それに気づかないほど集中して、ロレッタはもくもくと作業に没頭した。

「相変わらず殺風景な部屋ねぇ」

「なんだジャスミン、突然……」

ばたん、と執務室の扉が開かれて、姿を現したのは少し赤みがかった金の髪をなびかせたご令嬢だ。突然のことにびっくりして、ロレッタは目を瞬かせた。

――わ、なに……すっごい美人……。

少し吊り目がちの青い瞳と、色づいた形の良い口元。卵形の顔にバランスよくそれらが配置された美貌に、同性のロレッタでも一瞬ぼうっとなってしまう。

だが、特に目を引くのはやはり豊満な胸元だろう。ロレッタだって別に小さいわけではないのだが、あれとは比べ物にならない。日常的にコルセットを締めているとわかる細いウエストが、その存在感を更に引き立てている。

そんな美人が突然現れたのだ。だというのに、アレックスは一瞥して一言そう発しただけで視線を手元に戻すと、再びペンを走らせ始めた。

「え、ちょ……でっ、殿下、お客様ですよ……！」

「約束もなく突然来たやつは客扱いしなくていいことになってんだよ」

「え、えええ……」

おろおろするロレッタには構わず、ジャスミンと呼ばれた令嬢は、ソファに優雅に腰を下ろすとあたりをきょろきょろ見回している。

普段なら、執務室を訪ねてきた来客に応対するのはブルーノの役目だが、今は生憎《あいにく》不在だ。

慌ててお茶の用意をすると、ロレッタは恐る恐る彼女の前にそれを置いた。

「どうぞ……」

「あら、ありがと」

自分で言うのも何だが、得体のしれない相手が淹《い》れたお茶だというのに、ジャスミンはためらいもなくそのカップを手に取ると口をつける。

「ここでお茶を出してもらえるなんて、初めてだわ」

「そ、そうなんですか……？」

「おい、ロレッタ。そいつに構わなくていいぞ」

ロレッタが困惑していると、背後からアレックスの声が飛んできた。だが、そんなことを言われても困る。だいたい、訪問客に対してとる態度ではないのでは。

しかし、ジャスミンはアレックスの態度に腹を立てた様子はない。

――この美人相手に、その態度……。

二人の様子から、これが通常運転であることはわかるのだが、ロレッタは微妙な気持ちになった。

――そもそも、執務室に来たんだから、殿下の客人なのでは……？

アレックスを振り返るが、彼はやはり席を立つ様子がない。ジャスミンものんびりとお茶に口をつけているだけで、特に何をするわけでもない。

仕方なく、ロレッタも自分の席に戻ると作業の続きを始めた。それ以外に、どうしようもないからだ。ちら、ともう一度ジャスミンの様子を窺うが、やはり変わった様子はない。ただ、時折扉の方を気にするそぶりを見せてはいるが。

──普通、こんな対応されたら怒るでしょうに……。

外見はちょっとキツそうだが、じつはとんでもなく心の広い方なのだろうか。

──ええ……こんな美人で、心が広くて、殿下とは……ど、どういう関係なの……？

もしかして、もしかしなくても、婚約者、とかではないのだろうか。いや、それにしては対応が雑すぎる。婚約者候補──にしても雑すぎる。

はあ、とこっそりため息をつくと、ロレッタは再び作業に戻った。彼女が婚約者だろうが候補だろうが、ロレッタには関係がない。

ロレッタのすることは一つだけだ。

──そうよ、私は殿下のアレを治して……とっととここからおさらばするんだから。それで、全部おしまいなんだから……気にしなくていいの……。

とはいえ、気にならないわけがない。ちらちらとジャスミンの後ろ姿を眺めては、考えてしまう。

きっと、アレックスの周りには、ああいう……美しいご令嬢がたくさんいるのだろう。その中から結婚相手を選んだりするのだろうか。

──その人たちにも、ああやって素の顔を見せたりするのかな……。

勇ましきレイクニーの赤き戦神の凛々しくて格好いいだけじゃない、ロレッタだけが知っている――と思っていた、あの顔を。

そういう落差に、キュンとくる令嬢は少なくないはずだ。

――ずるいなあ……。

ただでさえ、地位も名誉もあって、顔もいい。ロレッタには手の届かない人なのに。

――もし、もしも私が……。

仮定の話を考えかけて、ロレッタは小さく首を振った。もしも、ロレッタの両親が正式に結婚していて、自分が辺境伯令嬢だったとしても――やっぱり、高望みだ。そもそも、その場合アレックスと出会うこともなかっただろう。

それに、あんな美人ばかりの中に入って、ロレッタが勝てる見込みなど万に一つもありはしない。そりゃちょっとはかわいい部類だと自負してはいるが、さすがに並べられるような顔ではない。

結局、ロレッタがそんなことを考えていた小一時間ほどの間、紙を繰る音とペンの走る音だけがする室内でジャスミンはじっと何かを待っているようだった。だが、どうやら途中で諦めたらしい。来た時と同じように唐突に「帰るわ」と言うと、ロレッタをちらりと見てから去っていった。

「ロレッタ、どうかしたか？」

「え？　べつ……別に……」

残された茶器を片付けるために席を立ったロレッタは、唐突にそう声をかけられて肩をびくつかせた。手に持った茶器が、かちゃん、と小さな音を立てる。落としそうになって慌てはしたが、空になったカップからはなにもこぼれたりはしない。だが、アレックスはわざわざ立ち上がると、ロレッタの側まで早足でやってきた。

指先にアレックスが手を添えてきて、思わず息を飲む。顔を近くに寄せられて、赤い髪が頬を掠《かす》めた。

どきん、と心臓が大きな音を立てる。顔が熱くなって、じっと見られている指先が小さく震えてしまう。だが、アレックスはほっとしたように息をつくと、ロレッタの指先をするりと撫で、すぐに離れていく。

なんとなく、それを名残惜しく感じてしまって、ロレッタは小さく首を振った。

「火傷《やけど》したかと思った……空だったのか」

「入ってたとしてもこぼすほどの量じゃないですよ。それに、もう冷めてます」

わざとムッとした風を装って、ロレッタは唇を尖らせる。だが、内心ではアレックスがわざわざ心配してきてくれたことが嬉しかった。

――もう、ほんとそういうところが困る。

諦めなくちゃいけない人なのに、自分が特別みたいに勘違いしてしまう。

――いや、勘違いしちゃいけない。だって、私を大切に扱ってくれてるとしたら、それは私が聖女で、殿下のアレを治癒できるからだもの。

茶器を抱えて、仕切りの先にある流しに向かいながら、ロレッタは必死に自分にそう言い聞かせた。

だというのに、アレックスはわざわざその後ろを追いかけてくる。

「なあ、勘違いしないで欲しいんだけど――」

「別に何も、勘違いなんてしてませんけど」

「いや、絶対してるだろ」

「……何を勘違いするって言うんですか」

ざあ、と水の流れる音がする。ロレッタは繊細な茶器をそっと洗うと、水切り籠にしまった。

「ジャスミンは、えーと、幼馴染、みたいなもんだし……」

「へえ」

「それ以前に、お目当ては俺じゃないし……」

「へえ」

一体、何が言いたいのだろう。ロレッタ相手にそんな言い訳をする必要なんか何もないのに。なんだか必死で言いつのるアレックスに、なるべく興味のない振りをして相槌を打つ。

聞き流している風を装っているロレッタに向かって、再びアレックスが口を開こうとしたところでがちゃっと扉の開く音がした。

「戻りました……あれ、殿下？　ロレッタ様も……」

「あ、ここにいます」

続けて聞こえてきたのはブルーノの声だ。なんとなくほっとして、ロレッタは仕切りの陰から顔を出す。

背後で「チッ」と小さく舌打ちをする音がした。

「あ、そこにいらしたんですか。殿下は……？」

「俺もここ」

ロレッタの脇を通り抜けたアレックスが、いつの間に手にしたのか水の入ったグラスを持って出ていく。

その後ろ姿を見送って、ロレッタは小さなため息をついた。

なんだか妙な空気を漂わせたまま終業時刻を迎え、ロレッタはブルーノに送られて与えられた部屋へと向かっていた。

「ああ……ジャスミン嬢がいらしてたんですか」

「ええ」

世間話のネタとばかりに今日の出来事を話したロレッタは、なぜかちょっぴりしょっぱい顔をしたブルーノの横顔を見上げながらぼんやりと考える。

そろそろ道も覚えたので送迎はいらない、と言いたいところだ。だが、やはりちらちらと向けられる好奇の視線に一人では耐えられそうにない。声などかけられては面倒なことになる。

――ただの聖女なんですけどね。

どうも、高貴な方々の恰好の暇つぶしにされている感も否めない。特に、ここ最近向けられる視線は、単なる「殿下付き聖女」が物珍しい――という性質のものから変わりつつあるように感じられる。

表面はなんともない風を取り繕いながらも、ロレッタは心の中で嘆息した。

――マイラも相変わらずだし。

昨日、アレックスはマイラにきちんと話をしてくれたはずだ。ロレッタは結局あの後すぐにまた寝てしまったので、どう話してくれたのかは知らないが。

しかし、昨夜もやはり持参した寝間着は返ってこなかったし、マイラはぴらぴらしたナイトドレスを手に「せっかく用意したので」と食い下がってくる。

ロレッタも、別に悪い気はしないのだ。神殿の薄い寝具と違って城の寝具はふわふわで、暑くもなければ寒くもない、快適な寝心地を提供してくれている。したがって、ちょっと薄いナイトドレスでも全く問題はない。そして、マイラの用意してくれたナイトドレスは、やはり高級品だけあって着心地が抜群にいいものだ。おまけに、何着か用意されているので替えもたくさんある。

それに、とロレッタは衣装室に用意された何着かのナイトドレスを思い浮かべた。質素な神殿の寝間着と比べて、あれは格段にかわいいのである。スケスケのやつは除くが。

——ほんっと、贅沢なんだよねぇ……。

こんな待遇を受けられるのは、城にいる間だけだと思うと、ちょっとだけ「まあいいか」という気になってくる。

——ただなあ……アレを着て殿下に会うのだけがなあ……。

そう、そこが問題なのだ。一礼して去っていくブルーノの後ろ姿をぼけっと眺めたロレッタは、扉が閉まると同時に、ため息をつきながら長椅子の上に膝を抱えて座り込んだ。

——意識、しすぎかな……。

アレックスも、驚きはしたものの別に変だとは言わなかった。それに、あの姿を披露した後でまたいつもの寝間着姿を見せるのこそ、逆に意識してると思われないだろうか。

「あー、もう……」

結局、ロレッタは着心地とかわいさに負けた。マイラがにこにこしながら手渡してくるナイトドレスを若干ひきつった顔で見つめながらも、おとなしく受け取ると、入浴して袖を通したのだった。

アレックスが次にロレッタの部屋を訪れたのは、それから二日後のことである。

この二日の間、アレックスは会議やら会食やらで、執務室にもほとんど姿を見せなかったので、なんとなく久しぶりに会ったような気さえする。

ここまでくるとロレッタは自分のナイトドレス姿に慣れ始めていたが、それでも気恥ずかしさが消えるわけではない。

マイラにガウンを頼んだところ、「もう夏、始まってますから」と渡されたのが一枚のショールだ。それを肩にかけて、ロレッタはアレックスと対面していた。

「もう、暑くないか、それ」

胸元でしっかりとショールを掻き合わせたロレッタに、アレックスはちょっとだけ肩をすくめるとそう質問を投げかけてくる。

「まだ、それほどは」

首を振ったロレッタは、改めて彼の姿を眺めた。

最近のアレックスは、ロレッタの言いつけを守ってきちんと入浴時間も確保しているらしい。それまでは、ただ身体を流すだけの日も多かったというのだから進歩だろう。

次の課題は食事だが、食べていないわけではないので大目に見ることにした。

まあ、そんなわけで、先日と同様アレックスも入浴を済ませて寝間着姿だ。長椅子に座った彼の赤い髪から雫がこぼれているのを見て、慌ててタオルを取りに戻る。

それでなんとなくアレックスの髪を拭いてやりながら、ロレッタも自分の疑問を口にした。

「だいたい、私にそんなこと言うなら、殿下こそ長袖、暑くないんですか？」

「傷が……あー、まあいいんだよ、俺は」

ロレッタからタオルを取り上げたアレックスが、自分でわしゃわしゃと髪を乱雑に拭きながら言う。タオル越しの彼の言葉は、くぐもっていてよく聞こえなかった。それよりも、袖に飛沫が跳ねてぽつぽつと水滴の跡が付いてしまうことの方が気になる。それと、もう一つ。

――ああ、そんな風にしたらせっかくの綺麗な髪が……。

雑に拭かれたせいで、髪の毛はぐしゃぐしゃだ。慌てて手櫛で整えてやると、アレックスがくすぐったそうに笑う。だからロレッタは、自分の些細な疑問のことなど忘れて噴き出してしまった。

「……最近は、ちゃんと眠れてますか？」

「んー、まあまあ、かな」

ゆっくりと髪を手で梳きながらロレッタが尋ねると、アレックスは笑ったままそう答えた。

ちらりとこちらを振り返る彼の目には、悪戯っぽい光が宿っている。

髪を梳いていた手を掴まれて、ロレッタの心臓が大きく跳ねた。

「ロレッタがまた膝枕してくれたら、よく眠れそう」

「落としますよ」

にやっと笑った彼の顔を直視できなくなって、照れ隠しにその手を叩き落とす。いてて、と手を擦りながらも、その声すら楽しそうなアレックスに、ロレッタはべえっと舌を出してやった。

ひとしきり笑ったアレックスが、ぽんと自分の隣を叩く。座れ、という合図だと気が付いて、ロレッタは戸惑いながらそれに従った。途端に、アレックスが膝の上に倒れ込んでくる。

「油断大敵」

「もう……絶対なんか違う！」

言葉通り振り落としてやる、とばかりにロレッタは立ち上がろうとした。それに慌てたのか、アレックスは「わあ」と大きな声をあげると腰にしがみついてくる。そうすると、必然的にアレックスの顔がロレッタの腹にくっついた。

「きゃ……！」

「あ、こ、こら……！」

慌てふためいたロレッタがばたばたと暴れだす。しかし、このまま振り落とされるわけにいかないとばかりにアレックスがしがみつくせいで、ますます密着する羽目になる。彼の鼻先が臍《へそ》の辺りをくすぐって、それがなんだかむずむずした。

それは、なんだかあの日の――アレックスに汗を拭ってもらった時のことを想起させて、ロレッタの顔に熱が集まる。

「や、ん……」

唇からこぼれたのは、鼻にかかったような小さな声。だが、きっとアレックスにもはっきりと届いてしまっただろう。それがなぜか気恥ずかしくてたまらない。ぴし、と音がしそうな勢いでロレッタが固まると、アレックスもなぜか動きを止める。結果、二人はそのままの恰好でしばし固まっていた。

「……悪い」

「いえ……」

それから、どれくらいの時間が経っただろう。短かったような気もするし、長かったような気もする。先に我に返ったアレックスが短く謝罪して起き上がると、そっぽを向いたまま頭をがりがりと掻いた。

ロレッタも、ずれたショールをもう一度掻き合わせ、特に乱れてもいない自分の髪を手櫛で直す。

——ああ、もう……なんだろ、変に意識しちゃって恥ずかしい、やっぱ……。

はあ、と小さくため息をつく。同時に、同じようなため息が隣から漏れた。

その声に、お互い顔を見合わせて目を瞬かせる。

顔が熱いから、きっとロレッタの顔は真っ赤だ。だけど、アレックスも同じくらい赤い顔をしている。

「なんて顔してるの……！」

「な、そっちこそ……！」

ぷっ、と噴き出したロレッタが彼の顔を指さして笑うと、アレックスもまた笑い出す。しばらくの間、部屋の中には二人の笑い声が響いていた。

◇◇◇

「殿下、そのニヤけた顔どうにかなりませんか」

「ニヤけてなどない」

朝の執務室で呆れたようにブルーノにそう言われて、アレックスは唇を尖らせた。だが、その隣にいるチャーリーまでもが彼と同じような表情で自分を見ていることを考えると、おそらく相当緩んだ顔をしているのだろう。

んんっ、と誤魔化すように咳払いをして腕を擦ると、アレックスは手元の書類に視線を戻した。

長袖のことをロレッタに突っ込まれた時に思わず口を滑らせかけたが、ここには過去に戦場で受けた傷跡が残っている。よくあることだが、治癒が間に合わなかった時のものだ。目立つものでもないし、後遺症の残るような傷でもない。気づかれはしないだろうが、明るい場所で見ればわかってしまうかもしれない。

ロレッタは、多分見れば気にするだろう。怯えるかもしれない。それは避けたいな、と思ったのだ。

それにしても。

昨夜のことを改めて思い出して、アレックスの頬がまた緩む。生ぬるい二人の視線を感じて、アレックスはもう一度誤魔化すように咳払いをした。

——仕方ないだろうが……。

それくらい、アレックスにとって——昨日はいい夜だったのだから。

三日間空いたことで、昨夜は再び気の流れを見るところからのスタートだった。笑いを収めたロレッタが治癒の開始を宣言したところで、アレックスは彼女に一つ頼みごとをしたのだ。

「できればその……膝枕、してやって欲しい」

「何言ってんですか、落とされたいんですか？」

まだ先程の余韻が残っているのか、少し頬の赤いロレッタが呆れたように言う。そこに畳みかけるようにして、アレックスは思いつく限りの理由を並べ立てた。

「リラックスが大切だと言っていただろう……その、前してもらった時はよく眠れたし、あの後調子が良かっただろ？　何かしら効果があるんじゃないかと思う。試してみたい……、その、嫌じゃなかったらでいいんだ、頼む」

我ながら、ちょっと引くくらいの勢いだった。さすがにやりすぎかと思ったが、沈黙している彼女の様子をそっと窺うと、思ったよりも真剣な表情で考え込んでいる。

ううん、としばらく唸りながら考え込んでいたロレッタだったが、どうやらアレックスの言い分に何か感じるものがあったらしい。

しぶしぶながら、アレックスの希望を受け入れてくれたのである。

――言ってみるもんだな……！

よっしゃ、と心の中でガッツポーズを決める。そんな彼の脇を通り抜けたロレッタは、いつものように「よいしょ」と言いながら寝台によじ上った。

「なにしてるんですか、殿下。さっさと始めちゃいましょうよ」

「え、え……？」

てっきり、長椅子でしてくれるものかと思っていたアレックスは、降ってわいたような僥倖《ぎょうこう》に目を丸くした。それと同時に、なんだかロレッタのことがとてつもなく心配になってくる。

――こいつ、こんなんでよく無事だったな……。

これまで、危険な目にあったことはないのだろうか。そういえば、神殿でもやけにあっさりと二人きりにされた。あそこでは、男女の間の危険性について教えたりしないのだろうか。

今度じっくり神殿長に確かめて、少しは教育するように伝えた方がいいかもしれない。下心満載の男が現れたらどうするつもり——まで考えて、アレックスはそれがまさに今の自分であることに思い至った。

「殿下、早く」

「え、あ、ああ……」

ロレッタに促されて、のろのろと寝台に近づく。足をかけると白いシーツにしわが寄るのが見えて、そんな普通のことに心臓がどきどきし始めた。それと同時に、とあることに気が付いて体が固まる。

——嘘だろ……。

この状況に、どうやら自分は興奮しているらしい。未だ力を取り戻さない場所が、妙にうずうずと疼いている。

いや、実を言えば予兆がなかったわけではない。先程、ロレッタの腹に顔を埋《うず》めた時から、熱がくすぶっているような感覚はあった。

——これ、バレるのかな……。

気の流れを見て、停滞している部分が原因ではないか——というのは、城に呼んだ後に彼女から聞かされている。ということは、気の流れを見れば、今の自分の状態は筒抜けなのではないだろうか。

ちら、とロレッタの様子を窺うが、とりあえず今のところはまだ気づいている様子はない。既に着替えを済ませているため、今アレックスが穿いているのはゆったりとした作りのズボンである。身体の線がうまく隠されていて、不自然に少しばかり膨らんでいる場所は確認できないだろう。

――バレたら……やっぱ、軽蔑されるかな。

背筋にひやりと冷たい汗が流れる。だが、治癒を拒むわけにはいかない。自分から希望した膝枕を、今更いらないとも言えない。というか、それは普通にやっぱりして欲しい。

――よし、なんとでもなるだろ。

戦場ならば、これで命を落とすだろう、と思うほど甘い判断を下したアレックスは、こそこそと上掛けを引き上げて下肢を隠しながら、ロレッタの膝に頭を乗せた。

そこからのことは、半分夢見心地だった。

ロレッタの柔らかな太ももに頭を預け、目を閉じる。薄い布越しの感触は得《え》も言われぬ幸福感を運んできた。額に乗せられた手は先が少し冷たくて、火照った頭を少しだけ冷やしてくれる。

――あ、気持ちいい……。

やがて、ロレッタの指先がじんわりと熱を持って、それと同時に身体中の血の巡りが良くなるような、そんな感覚がする。ふわふわと、まるで空に浮かんでいるような気がしてきて、アレックスの身体から力が抜けた。

「……ん」

「三日も空いた割には、流れは悪くないですね。これなら、治癒をしても……殿下？」

ロレッタの言葉が遠くに聞こえる。

――だめだ、今日は……。

さすがに、触らせればバレてしまう。彼女の言葉を押しとどめようと、伸ばした指の先に触れた布をぎゅっと掴んで引っ張る。

「あ、え、ちょっと、殿下……」

慌てたようなロレッタの声を最後に、アレックスの意識はそこで途切れた。

どうやら自分はそのまま寝てしまったらしい。それに気づいたのは、朝、目覚めを迎えてからだった。アレックスの起床時間はいつも明け方、日が昇るのと同時である。

これは、戦場に身を置いていたころと変わらない。

――ん……？

寝起き特有の少しぼんやりとした頭で、アレックスは違和感に気が付いた。腕の中に、なにか柔らかいものがある。なんだか少し温かくて、柔らかい、何か。

──あれ、なんだ、これ……。

こういう感触のものに触れたことがある気がする。あれはいつだったか──と思ったところで、その正体に思い至った。

カッと目を見開くと、目の前にあるのは予想に違わぬロレッタの寝顔である。

──あ、ああれ？　俺、昨日どうしたっけ……？

前回は半ばわざとだったこともあって、朝慌てふためくようなこともなかったが、今回は全く意図していない偶発的なものだ。まあ、下心がなかったとは言わないが。

だが、これまでアレックスが寝落ちしてしまった場合には、ロレッタは長椅子で寝ていたので──まさか、ここにいるとは思わなかったのである。

「う、うお……びっくりした……」

素直な感想が唇からこぼれた。その声に反応したのか、ロレッタがわずかに眉間にしわを寄せる。ん、と小さな声がその唇から漏れて、瞼が震えた。

──お、起きる……かな？

一瞬どきりとしたが、ロレッタはそのままむにゃむにゃと唇をうごめかせ、再び寝息が聞こえ始める。うっすらと笑みを浮かべた口元と、閉じた瞳。あどけない寝顔に、思わず笑いそうになってしまう。

──ほんっと、危機感のないやつだな……。

昨夜も思ったが、普通こういう状況で自分の貞操《ていそう》の心配はしないものなのだろうか。だが、そう思ってからはたとアレックスは自分の状態を思い出した。

——そうだった、俺……勃たないんだもんな……。

安全も安全、超安全な男なのだ、今の自分は。

はあ、と小さくため息をついて、ロレッタの頬を悪戯につついてみる。笑っていた口元が少しだけ開いて、その中に小さな赤い舌が見えた。

——うわ……。

たったそれだけ。無防備に開かれた唇と、その奥にある舌の赤さ。それを見た瞬間、アレックスの心臓が大きく跳ねた。

吸い寄せられるように、そこに指を近づける。ふに、と押した唇は柔らかく、湿った感触を指先に伝えてきた。どくどくと脈打つ心臓の音が、やけに頭の中に大きく聞こえる。

「ロレッタ……？」

小さく呼びかけてみるが、起きる気配がない。それどころか、もう一度笑みを浮かべたロレッタが、アレックスの胸元に擦り寄ってくる。

——う、つわ……。

じわじわと頬に熱が集まって、彼女の唇から目が離せない。閉じた唇の奥、もう一度あの赤い舌が見たい——触れたい。

じく、と下半身が熱を持つのがわかる。身じろぎした拍子に、彼女の柔らかい太ももがそこを掠めた。

「……っ、ロレッタ……」

はあ、と吐き出した息が熱い。これほどまでに欲望は高まっているというのに、肝心のものはまだ完全に力を取り戻しはしない。もどかしさに震えながら、アレックスはひたすら彼女の寝顔を見つめ続けていた。

6　大問題です

ロレッタは冷たい水で顔を洗うと、鏡に向かって大きなため息をついた。城の鏡は神殿のものと違い、歪んだり曇ったりしていない。ありのままのロレッタの姿を映し出している。

鏡の中にいるのは、淡い金の髪に紫紺の瞳をした平凡な少女。特別美人というわけでも、飛びぬけて可愛いわけでもない、いたって普通の十人並みの容貌をした少女だ。

いや、笑っていればまだ「かわいい」と言ってもらえることもある。だが、今のロレッタの顔はそのお世辞さえも出てこないほど酷い表情をしていた。

「はあ……やっちゃったなあ……」

また、アレックスと一晩同じ寝台で寝てしまった。別にやましいことがあったわけではないが、周囲がそう見てくれないことはわかっている。

最近、周りの視線が変わってきたのはそういうことだ。

——前回も今回も、いろいろ仕方ない事情があるんですけどもね……！

前回は治癒力を吸われすぎて気絶したのが原因だし、今回はなぜかアレックスがナイトドレスを握りしめて寝てしまったのが原因だ。

つまり、前回はロレッタが、今回はアレックスが原因。お互い一対一ということで引き分け。

――いや、そういうことじゃないし。

ロレッタはもう一度重いため息をついた。そもそも、こうして気分が落ち込んでいる原因はそこではないことは、自分でもよく知っている。

誤解だろうが何だろうが、勝手にすればいい。ロレッタはするべきことをすればいいのだから。

柔らかいタオルで顔を拭き、それを籠めがけて放り投げる。狙いが外れて床の上に落ちたそれを拾い上げて、ロレッタは今度はそれをおとなしく籠の中にそっと置いた。

「ロレッタ様？」

「あ、はあい」

扉の外からマイラの声が聞こえて、ロレッタはもう一度鏡を見る。暗い表情を浮かべた顔を両手でパンと叩くと、両手で気合のポーズをとった。

――ちゃんと、出来るよね、ロレッタ。

鏡の中をもう一度見る。そこには、少しだけ頬を赤くしたいつものロレッタが映っていた。

「うっし、大丈夫」

――これ以上失敗しないうちに、殿下の治癒を完遂して、城を出る。

鏡に向かって一つ頷いて、ロレッタは脱衣所を出て行った。マイラがその姿を見て一瞬だけ不思議そうな顔をする。が、すぐに普段の笑顔に戻った。

「ロレッタ様、体調はいかがですか？　昼食はいかがいたしましょう」

「大丈夫ですって……ねえマイラ、本当に誤解だからね？」

「ええ、大丈夫です。わかっていますって」

にこやかに笑ったマイラが頷くが、なんとなく信用できない。絶対誤解が解けていないような気がする。

——まあ、もういいけど……殿下が困らないなら。

たとえ、ロレッタと——というより、神殿の聖女とちょっと火遊びしたくらいの噂が立とうが、アレックスにとって大したことじゃないだろう。将来の彼のお嫁さんには申し訳ないけど、そこは事実無根なので許して欲しい。

ロレッタは心の中でため息をつくと、朝のことを思い返していた。

朝起きた時、ロレッタは何が起きたのかよくわかっていなかった。

鳥の声が聞こえたような気がして、いつものように目を覚ます。寝起きは悪い方ではないはずなのだが、今日はなんだか身体が重かった。その重さに既視感を覚えて、カッと目を見開く。

「う、うわっ」

「随分と元気な挨拶だな」

どうしてか、不機嫌そうな顔をしたアレックスが、正面からロレッタの顔を覗き込んでいる。それに驚いてあげた叫び声に、彼は一瞬眉をひそめた。

「あ、だ、だって、ええ……？」

「覚えてないのか」

そう言われて、ロレッタは必死で頭の中を探った。昨日は確か、膝枕を頼まれて、そのまま治癒をして――そうだ。

「あ、で、殿下が寝間着を掴んで離してくれないから……」

「そうそう、それでそのまま寝ちゃったんだよな」

寝ころんだまま器用に肩をすくめたアレックスが、今度はうっすらと笑みを浮かべる。その顔を睨みつけて、ロレッタは叫んだ。

「で、殿下のせいじゃないですか……！」

「うん」

「うんじゃないですよ……！　ほ、ほらぁ……またマイラが来ちゃう……もう二回目とか……うそお……」

「つってもなあ……どうせまた起こると思うぞ、こういうこと」

「大問題ですよお……！」

こんなこと、何回もやらかしていたら、もう誤解だと言っても信じてもらえない。今回だって充分マズいと思う。

そもそも、アレックスは知らないのだろうか。城の中でロレッタがどんな目で見られているのかを。

——知らないいんだろうなあ。

そうでなければ、こんなに呑気な顔をしていられないだろう。まったく、お気楽なことだ。こっちはちょっと胃が痛くなってきたのに。

それに、こんなことが何度もあっては、ロレッタの心臓が持たない。今だって、どきどきして痛いくらいだ。

朝起きたら好きな人が目の前にいるって、それは普通なら幸せなんだろうけど、でも今感じているのはときめきではない、と必死に自分に言い聞かせる。純粋にびっくりした後だからだ。そのはずだ。

「ああ、もう……なんで起きてたのなら部屋に戻らなかったんですか……！」

「いや、それは……ほら、これ」

指をさされて、ロレッタは彼の胸元に視線を移した。白いシャツにしわが寄って、その先には肌色が見える。ぎゅっと白いシャツを掴んでいるその肌色——その手が自分のものだと気づいて、ロレッタは「ぎゃあ」と悲鳴をあげた。

慌てて離したが、しわは残ったままだ。それをぱたぱたと叩いて伸ばそうとして、腕を取られる。見上げると、苦笑を浮かべたアレックスと目が合った。

「まあ、そういうわけ」

「うう……」

これでは、アレックスだけを責められない。呻いたロレッタの頭をぽんと叩いて、アレックスが陽気に笑った。

「んじゃ、俺はそろそろ戻る」

「え、あ、はい」

なぜか知らないが、いつもなら来る時刻だと思われるのにマイラが来ない。これなら——今のうちなら、マイラとアレックスが鉢合わせすることはなさそうだ。

こうして寝台にいるところさえ見られなければ、セーフかもしれない。

一瞬ほっとしたロレッタだったが、彼の次の一言でまた叫び声をあげる羽目になる。

「あ、そうそう……マイラには、もう少し寝かせておくように頼んどいたから」

「え、えええええ!?」

どうやら、ロレッタは寝過ごしていたらしい。ぴしり、と石のように固まったロレッタの頭を、もう一度アレックスが軽くぽんと叩いた。

「今日もゆっくりしてろ。最近、書類整理の方頑張ってくれてるからな……疲れてるんだろ」

「そんなことは……」

「いいから。今日は来客が多い予定だし……」

そう言うと、アレックスが起き上がる。大きく伸びをする彼の背中が広く思えて、ロレッタは一瞬どきっとした。

——ああ、この背中……。

閉じたカーテンの隙間から、朝の光が一条射し込んで、その背中を照らしている。ロレッタは目を細めた。

——この国を守ってくれた背中だ。

あの日見た、凱旋パレードを思い出す。ずっとこの背中を見送っていた、あの日のことを。

「絶対、治しますからね」

「ああ、期待してる——効果も出てるし」

振り返ったアレックスの笑顔が眩しい。内容はちょっとアレだけれど、それでもアレックスの為に頑張ろう。

ロレッタは、そう決意を新たにした。

——それが、殿下とのお別れの時だけど……。

ロレッタは、にっこりと笑顔を浮かべた。多分、会心の笑顔だったと思う。アレックスが、驚いたように一瞬目を見張ったから。

「安心してくださいね、殿下」

「ああ、頼りにしてる」

それは、今のロレッタにとって何より嬉しい言葉だ。ちくちくと刺すような胸の痛みには気づかない振りをして、ロレッタはぐっと腹に力を入れた。


「今日は随分気合入ってますねえ、ロレッタ様」

「昨日はお休みいただいちゃいましたからね……！」

ふんす、と鼻息も荒くこぶしを握ったロレッタが、それを高々と天に向かって突き上げる。その様子を見て、チャーリーはにっこりと微笑んだ。そうすると、彼の目尻にしわがよって、とても優しそうに見える。ロレッタもその笑顔に向けて、にっこりと微笑み返した。

今日、執務室に残っているのはこの二人だけだ。アレックスは総責任者として城で行われる大舞踏会の最終チェックに向かっている。ブルーノもそのお供として付いていった。

残りの二人は、大書類整理大会を開催している。主催はロレッタだ。

「それにしても、チャーリー様も随分書類整理、お上手になりましたね」

「ロレッタ様が丁寧に教えてくださったお陰で」

「あはは……」

ここにいつまでもいられるわけじゃない。そう気づいていたから、ロレッタは自分がいなくてもきちんとできるよう、特にチャーリーには気合を入れて整理の仕方を教えていた。ブルーノはできる方なのだが、やはりアレックスのお供をして出かけることが多いため、どうしてもチャーリーが主戦力になる。

もともと、副官を務めただけあってチャーリーも優秀な人材なのだ。だが、これまで戦場暮らしが長かったこともあって、こうした細かな作業にはなかなか馴染まなかったらしい。

それでも、アレックスを敬愛する一心でずっと勤めてきたというのだから、彼がどれだけ素晴らしい人なのかわかるというものだ。

——本当にね……。

アレックスにとって、ここは第二の戦場だ。それを支えてくれる人がいるのはどれほど心強いことだろう。

ふふ、と小さな笑いを漏らして、ロレッタは目の前の書類をトントンと揃えた。隣に置かれたチャーリーの作った書類つづりの紐が曲がっているのを横目に見て、また口元に笑みが浮かぶ。

こればかりは、なかなか上手にならないらしい。

「チャーリー様、これ、お教えしましょうか」

「ああ……なにか、コツが……？」

「結構簡単なんですよ、ほら、ここを……」

今まさにチャーリーが結ぼうとしていた紐を、ロレッタが横から摘まむ。その拍子に、ロレッタの肩がチャーリーの腕に当たった。

「あ、ごめ……」

「い、いえ……」

慌てて離れようとしたロレッタが、それまで座っていた椅子に足を引っかけてしまう。

――あ、まっずい……！

慌てて手を伸ばした先にあったのは、チャーリーの腕だ。彼もまずいと思ったのか、両手を伸ばしてロレッタの身体を支えようとしてくれる。

さすが元とはいえ騎士だ。危なげなくロレッタの身体を捕まえたチャーリーが、ほっとしたように息をついた。

「あ、ありがとうございます……」

「いえいえ」

みっともなく転ばなくて済んで、ロレッタも深く息をつく。お互いほっとして顔を見合わせて、どちらからともなく「えへへ」と笑い声が漏れた。

あのまま転んでいたら、せっかく整理した書類もバラバラになってしまっていただろう。そうならずに済んで本当に良かった。

「あー、よかっ……」

「……なにしてるんだ、おまえら」

もう一度安堵の息を吐きながら、チャーリーに添えてもらった腕に手をかけたところで、背後から低い声がした。

ぎょっとして振り返ると、開いた扉からアレックスがじろりとこちらを睨みつけている。

どうやら、最終チェックを終えて戻ってきたところのようだ。その背後にいるブルーノが、微妙な表情を浮かべてアレックスと、それからまだくっついたままのロレッタとチャーリーを眺めている。

扉の開く音には気づかなかったため驚いたが、さらにロレッタを驚かせたのはその眼光の冷たさだ。

——ひぇっ……なんかわかんないけどすごくご機嫌斜めでいらっしゃる……！

ぎょっとしたロレッタが無意識にチャーリーの腕を掴む手に力を入れるのと、チャーリーが慌てて手を離そうとするのは同時だった。そのせいか、ロレッタの足がぐらりと揺れて、足首に痛みが走る。

「いっ痛……！」

「……っ、ロレッタ！」

再びバランスを崩したロレッタの身体を、今度は背後からアレックスが支えた。伸ばしかけた手を半端に引っ込めたチャーリーが、おろおろとしながら「申し訳ありません」と小さな声で呟く。が、それよりもアレックスがロレッタを抱き上げる方が速かった。

「――今日は解散。このまま部屋まで戻る。ロレッタ、おまえ今足ひねったろ」

「え、あ、はい――いえ、殿下、ちょっと？」

自分で自分を治癒することはできないけど、これくらいなら騎士団詰めの聖女に頼めば治してもらえる。そう説明しようとしたロレッタだったが、アレックスの妙な勢いに飲まれて口をつぐんでしまう。

結局、周囲の好奇心まみれの視線にさらされながら、ロレッタはアレックスに抱えあげられたまま部屋に戻る羽目になった。


「まあ、ロレッタ様……殿下、どうなさ……」

「いい、おまえは出てろ」

部屋に戻ると、ちょうど寝台を整えていたマイラが驚いたように目を見開いた。抱えあげられたロレッタと、不機嫌な表情のアレックスを見て絶句する。

だが、そんなマイラを一言で追い払ったアレックスは、寝台にロレッタを下ろすとドレスの裾をめくりあげた。

――ちょ、ちょっとぉ……！

ロレッタの心の叫びなんてつゆ知らず、伸びた手がそのまま躊躇《ちゅうちょ》なく足首に触れる。う、と顔をしかめたロレッタの様子に、アレックスの眉間にしわが寄った。

「折れてはいないようだが……痛いか？」

「ちょっとだけ……」

というか、あれで折れていたらロレッタは始終骨折している羽目になる。あまりにも過剰な心配ぶりに、この状況だというのに「ぷっ」と噴き出してしまった。

む、と唇を突き出したアレックスが、ロレッタの足をもう一度撫でる。

「……これくらい、平気ですよ。ちょっとぐきっとなっちゃっただけで」

「そうか」

この感覚からして、捻挫までもいっていないだろう。ちょっと痛い程度なので、騎士団詰めの聖女の手をわずらわせるほどでもない。

そう言ってアレックスを安心させようと口を開こうとしたロレッタだったが、彼が妙に真剣な眼差しで自分を見ているものだから、言葉が出てこない。

「ロレッタ」

「は、はい……？」

「……ロレッタは、その……ああいうのがタイプなのか……？」

「はあ……？」

そのアレックスの口から、突然予想外の言葉が飛び出してきて、唖然となる。ああいうの、というのはどういうのだ。タイプというのは……？

混乱して何も言えずにいるロレッタの足を、もう一度アレックスの手が撫でた。足首だけではなく、脛《すね》の辺りにまで手が伸びてきて、くすぐったい。

そちらに目を向けると、ドレスの裾が更にめくれあがっていて、アレックスの手が何度も往復している。その手のひらが妙に熱を持っているような気がしてきて、ロレッタはわずかに身じろぎした。

「で、殿下……？」

恐る恐るもう一度アレックスの顔を見ると、彼はまだ真剣な眼差しでロレッタの顔を見ている。

あ、と無意味な言葉が唇からこぼれて、ぞわ、と足元から何か不思議な感覚が這いあがってきた。

「一つ、忠告しておくけどな」

「は、はあ……？」

「チャーリーは既婚者だぞ」

「は、はあ……？」

何を言い出したのかわからなくて、ロレッタは二度同じ返答を繰り返した。だが、アレックスは真剣な表情を崩さない。

――何の話をしているんだ……？

訳がわからなくて、ロレッタは目を瞬かせると、もう一度「はあ……？」と繰り返した。

――もしかして、何か勘違いされてない？

あまりにも馬鹿らしい考えに、ロレッタの反応は鈍くなる。

――まさかとは思うけど……私がチャーリー様を誘惑したと思って……？

だが、それにしたってアレックスの行動はいまいち意味がわからない。そもそも、チャーリーは既に三十を少し過ぎた年頃だ。結婚しているとは知らなかったが、ロレッタからすればちょっと歳の離れた気のいいお兄さんといったところなのである。

首を傾げたロレッタに、どうやらアレックスは苛立ったようだった。チッという舌打ちの音とともに、なぜか寝台に上ってくる。

寝ころんでいるロレッタの耳には、寝台のばねがきしりときしむ音が一瞬聞こえたような気がした。

「で、殿下……？　あの、ちょ……」

「少し黙ってろ」

再びきしむような音がして、アレックスがロレッタの顔のすぐ脇に手をついた。息を飲むほどに強いまなざしで、青緑の瞳がロレッタを真っ直ぐに見おろしている。

どきどきと痛いほどに心臓が早鐘を打って、ロレッタは目をそらすこともできず彼のその瞳を見上げた。

——な、なにこの状況……？

息が詰まりそうだ。ごく、と自分がつばを飲み込む音がやけにはっきり聞こえる。自分の呼吸の音も、心臓の音も、やけに耳の中でうるさく感じられてしまう。

震える唇で彼の名前を呼ぼうとしてみても、全く音にならない。

その時間は、長かったような気もするし、ほんの少しの間だったような気もした。彫像《ちょうぞう》のように動かなかったアレックスが、ふ、と息を吐く。

「……ロレッタ」

ただ、名前を呼ばれただけなのに、ロレッタの頬は急速に熱を持った。

——そんなわけ、ないじゃない……。

そんな——まるで、愛しい人を呼ぶような、そんな声だなんて、それこそ自意識過剰もいいところ。

笑おうとして、ロレッタは失敗した。今、自分はとても情けない顔をしている自覚がある。

慌てて顔を背けようとしたが、アレックスの手が頬に添えられて、それも叶わない。

「……っ、や……」

見ないで、と言いたかったが、からからに乾いた唇が邪魔をする。もう一度、アレックスの目がロレッタのそれを覗き込んだ。

「……なあ、ロレッタ」

「なん……」

ですか、という言葉は、最後まで音にならなかった。頬に触れていた彼の手が、ロレッタの唇をそっと撫でたからだ。

びく、と肩が震える。

——そんな声で呼ばないで。そんな目で見ないで。……そんな風に触れないで。勘違いしそうになるから、やめて欲しい。けれど、それを言うことはできなかった。だって本当は、ロレッタはそれを望んでいるから。

ゆっくりとロレッタの唇を撫でた手が、もう一度頬に触れた。その触れ方が優しくて、涙が出そうになる。

やがて、ゆっくりと息を吸い込んだアレックスが再び口を開いた。

「……とにかく、チャーリーはだめだ」

「だ、から……」

そういうのじゃない。そう言おうとしたロレッタの言葉が途切れた。突然腕が少し乱暴に引かれて、抱き起こされたからだ。そのままぎゅっと抱きしめられて、息が止まりそうになる。

急激に近くなった彼の身体から、以前にも嗅いだことのある森のような香りがして、頭がくらくらする。

——な、なに……？

さっきから、ロレッタが何か言おうとするたびに邪魔されているようだ。まるで、答えを聞きたくないとでもいうかのように。

——意味がわからないんだけど。

それでも、ロレッタは彼を突き離せなかった。どうしてか、アレックスの身体が少し震えているような気がしたからだ。

ぽん、と背中を叩いてやると、アレックスの身体がびくりと揺れる。首筋に埋まった彼の口元から熱い吐息が漏れて、ロレッタの肌を掠めていく。

その感触にぞくりと身体が震えた。

——変な感じ……。

これまでにも、こうした感覚を覚えたことがある。アレックスとこうして触れ合うと、たまにこんな妙な気持ちになる。

唇からこぼれそうになった声を飲み込んで、ロレッタは彼の背中を再度叩いた。

ぽん、ぽん、と宥《なだ》めるように数回、彼の背中を同じリズムで叩いていく。まるで、小さい子どもをあやしているかのようだ。

しばらくそうしているうちに、彼の身体から力が抜けた。それでも、身体に回した腕はそのままだ。

「……悪い」

「いえ、いいんですけど……ほんと、どうしたんですか」

「いや……」

ロレッタの身体を抱きしめたまま、アレックスはゆっくり首を振った。その髪が耳元をくすぐって、少し笑いが漏れる。

「……この状況でよく笑えるな」

「いや、なんか子どもみたいだと思って……」

「はあ？」

今度こそ呆れたような声がして、アレックスがゆっくりとロレッタの身体を離す。苦笑を浮かべたその瞳に、先程までの吸い寄せられるような力が無くなっていることに気が付いて、ロレッタの肩から力が抜けた。

「俺、一応ロレッタよりは年上なんだけどな」

「さあ……なんかそんな感じしませんけど」

そう言って口元に笑みを浮かべると、ロレッタは小さく息を吐く。アレックスも同時に小さなため息をついた。

「まあ、いい──また、夜には来られると思う。足、一応冷やしておけよ」

「あ……はい、足。忘れてました」

「忘れるなよ……」

忘れさせるようなことをしたのはどこのどいつだ。そう思ったが、ロレッタはそれにはあえて触れなかった。

――今起きたことは、全部忘れよう。もしかすると、アレックスが自分に好意を持ってくれているんじゃないか、と。

だって、勘違いしそうになる。

――そんな訳ないんだけどね。

先日、執務室を訪れたジャスミンの姿が脳裏《のうり》をかすめる。美しくて、貴族令嬢然とした佇まいの、心の広い女性。ああいう人が、アレックスの周りにはたくさんいるのだから。

もし――もしも、アレックスがロレッタに興味があるとしたら、それは聖女の力にだ。

――あ、そうか……。

気づいて、ロレッタの口元に苦い笑みが浮かんだ。ロレッタは、アレックス付き聖女として城に上がっている身だ。それが、彼の既婚の副官を誘惑して妙なことになったら困るのだろう。

それなら、自分のお手付きの方が何倍もマシというわけだ。

――そんな心配しなくていいのに。

ま、どちらにしても可能性はゼロ。ロレッタがチャーリーを誘惑することはないし、したとしても彼は相手にしないだろう。

怪訝《けげん》な顔をしながらもアレックスが出て行ったあと、入れ替わるようにしてマイラが氷を持って現れる。おそらく彼が頼んでくれたのだろう。

もうほとんど痛まない足を手で撫でて、ロレッタは小さく肩をすくめた。

夕方、ロレッタは珍しく一人で城の廊下を歩いていた。部屋の中でアレックスの落とし物を見つけたからだ。

それは、以前にも仮眠室で見たあのペンだった。古いせいでクリップ部分が緩んででもいるのか、こうして落ちているのを拾うのは二度目になる。おそらく、急ぎで必要になることはないだろう。ペンなんて他にいくつもあるはずだから。だけれども、これ以上部屋の中に一人でいると余計なことを考えてしまいそうで、ロレッタはそれを口実に部屋を抜け出した。

道順はしっかり覚えている。だてに十日以上も執務室に通っているわけではないし、そもそもそれほど入り組んだ道ではない。

そう思っていたのに、やはりぼうっとしていたのだろう。人目を気にしながら歩いていたのも良くなかったのかもしれない。

どこで道を間違えたのか、気づいた時には、ロレッタは全く見知らぬ場所に出ていた。

目の前に現れた小さな木の扉をそっと開く。おそらく、使用人の使う出入り口なのだろう。目の前には植え込みで目隠しがしてあって、そこを抜けると薔薇園《ばらえん》に続いていた。

――こんな場所、あったんだ……。

夏の社交シーズンに向けて調整されているのか、膨らんだつぼみがいくつも咲く時を待っている。夕日に照らされたその姿は美しく、ロレッタの唇から自然と感嘆の息が漏れた。

ロレッタの育った地方では、これほど見事な薔薇園を見る機会はなかった。辺境の地は自然豊かではあったけれど、人が手を入れている場所はそう多くない。その余裕もあまりなかった。

だが、ロレッタはその自然を愛していたし、野原を駆け回った子どもの頃は何も考えず、ただただ幸せで――。

指先が自然につぼみに伸びる。触れようとした瞬間、生け垣の向こう側に足音が聞こえた。はっとして指を引っ込めたのと同時に、その足音の主であろう声が聞こえてくる。

「……から、少し待てって言っただろ」

「あなたの場合、その少しが長いのよ」

聞こえてきた声に、ロレッタの身体がこわばる。それは、これからロレッタが会いに行くつもりだったアレックスと――それから、あの時の令嬢、ジャスミンの声だった。

「仕方ないだろうが……こっちにも事情があるんだよ」

「もう三年も待ってるの。いい加減、覚悟を決めたらどうなの」

ため息交じりのアレックスの声に、被せるようなジャスミンの言葉が続く。明らかに苛立ちを含んだその声音に、そしてその内容に、ロレッタは息を飲んだ。

――三年……。

何を待っているか、なんて明らかだ。長い戦いを終結に導いた立役者、王太子アレックスとの婚姻。それ以外にあるだろうか。

――ほら、なにが「お目当ては俺じゃない」よ。

小さく嘆息して、ロレッタは足元を見つめた。整備された庭園には、石一つ落ちていない。薄い茶色をした地面をじっと見つめて、心の中で呟く。

ロレッタの存在は、ジャスミンから見れば完全に邪魔者でしかない。だというのに、冷たい態度を取られることもなければ罵声を浴びせられることもなかった。

ただ、じっとそこにいただけだった。きっと、口さがない噂話だって耳にしていたはずなのに。

――ああいう方も、いるのね……。

ジャスミンのような忍耐強い令嬢がアレックスの妻になるならば、きっとレイクニー王国も安泰だ。だから、ロレッタは安心してアレックスの治癒に専念すればいい。そうして、さっさと治癒を終わらせて、去るだけだ。

何を思ってアレックスが彼女に邪険な態度をとるのかはわからないが、きっとそれが正しい道のはずだ。

ぽた、と薄茶の土に雫が落ちて、その色が濃くなった。二つ、三つと増えていくそれに、ロレッタはぼんやりと空を見上げた。

──雨……？

だが、頭上の茜色の空には雲一つない。

「あ……」

握りしめていたペンがぽとりと手からこぼれ落ちる。しかしそれには気づかず、ロレッタは自分の頬を撫でた。

「やだ……」

地面に落ちたのが自分の涙だったことにようやく気づいて、ごし、と袖口で目元を擦る。だが、涙がこぼれるのを止められない。うずくまったロレッタは、膝に頭を埋めて嗚咽《おえつ》を堪えた。

植え込みの向こうでは、まだ何かを話している声がしている。だが、既にロレッタの耳にはその内容まで入ってはこない。

ただ、一方的にジャスミンが、何かをアレックスに話していることだけはぼんやりと理解できた。

──ジャスミン様のためにも、やっぱり早く治癒を完遂して、城を出なきゃ……。

以前、アレックスの結婚を想像した時よりも、ずっと心が痛い。これ以上苦しくなる前に早く城を出たい。

──ほら、やっぱり勘違いだった。

自意識過剰な自分に、笑いがこみあげてくる。ほんの少しでも、自分に気があるんじゃないか、なんて思うとは、とんでもない勘違いだ。今この時、道に迷ったことに感謝の念が湧き起こってくる。きっと神殿長なら「神のお導き」とでも言うだろう。ロレッタも、そうかもしれないと思う。

──今夜、来るって言ってたよね……。

それで、最後にしよう。──今夜、キメる。

決意を込めてロレッタが立ち上がった時、ドレスの裾が植え込みにひっかかり、がさりと音を立ててしまう。ハッとしたロレッタが身を翻《ひるがえ》すのと、植え込みの向こうの声が止まるのは同時だった。

脱兎《だっと》のごとく逃げ出したロレッタは、木の扉に飛び込んでバタンと閉める。誰もついて来ていないことを確認して、ほっと息をつくと、元来た道を思い出しながら早足で歩いて行った。

7　今日は目隠しをします

その日の夜、アレックスはいつもより少し遅い時間に現れた。ただし、ロレッタの言いつけをきちんと守って風呂には浸かってきたようだ。

その濡れた髪からまた雫がこぼれているのを見て、ロレッタの口元に苦笑が浮かぶ。

「殿下、急いでくださるのはいいのですけど……髪、ちゃんと拭かないと、風邪ひきますよ」

「ロレッタが治してくれるだろ？」

タオルを差し出したロレッタに、アレックスが頭を差し出してくる。前回と同じように拭いてほしいらしい。だが、ロレッタはその頭にタオルを被せると、上からぺちんと軽く叩いた。

「自分でちゃんと拭いてください」

「なんだよ……」

前はしてくれたじゃん、と呟いたアレックスが、わしわしと自分の髪をタオルで擦る。乱暴な仕草に思わず口が出かかるものの、そういうのは自分のすることではないと、ロレッタは口をつぐんだ。

「……今日は、目隠しをしますから」

雑な仕草で髪を拭いている途中のアレックスに、なるべく事務的な口調でそう告げると、彼は戸惑ったようにロレッタを見上げた。

「あ、ああ」

その視線を正面から受け止めるのが怖くて、ロレッタはさっさと寝台の方へ向かう。枕元の引き出しから目隠しを取り出して、いつものように寝台の上によじ上った。

――今日は……殿下の体調次第では、かなり持ってかれちゃうだろうけど……。

マイラには、事前に明日の朝は来ないように言ってある。万が一アレックスとまた同じ寝台で寝る羽目になっても、目撃者は現れない。

決まった婚約者がいるのなら、これ以上アレックスとの噂が広まるのは避けた方がいい、という配慮のつもりだったが、これはまあ、今更だろう。ジャスミンに心の中で謝りながら、ロレッタは目元にきゅっと目隠しを巻いた。

「おい、ロレッタ、大丈夫なのか？」

「問題ないです」

どうしても、口調が硬くなる。最初の頃のように軽い口はきけなかった。むしろ、王子様だと気づいた時点でもっと改めなければならなかったのに――咎《とが》められないのをいいことに、調子に乗りすぎていたかもしれない。

――彼は王子様で、私はただの聖女。

改めて、自分にそう言い聞かせる。目隠しをして鋭敏になった耳に、アレックスが立ち上がった音と、タオルが落ちるぱさりという小さな音が聞こえた。それから、こちらへ歩いてくる足音も。

ごく、とつばを飲み込む音がやけに耳につく。彼が寝台の上に上ったのか、わずかに足元が傾いだ。

「ロレッタ、もう少し前に」

「あ、はい」

ごそごそと衣擦れの音がして、アレックスが声をかけてくる。その声を頼りに、ロレッタは這うようにして前に少しだけ進むと、手を伸ばした。

宙で迷った手をアレックスに握られて、前回と同じように導かれる。指で触れたその場所は少しだけ熱いものの、前回感じたほどの張りはない。

ゆっくりと撫でるように触れ、指を回す。それだけで、今回はなぜかロレッタの身体に緊張が走った。同時に、アレックスが一瞬息を詰める。

――今日が、最後だと思っているからかな……。

アレックスの吐息がやけに耳について、ロレッタはごくりともう一度つばを飲み込んだ。気を落ち着けるように、ひとつ、大きく息を吸って吐く。

「今日は……もしまずいと思ったら、声出してくださいね」

「はァ……？」

これまで、力を過剰に持っていかれても、アレックスに影響が出たことはなかった。だから大丈夫だと踏んではいたが、万が一ということもありえる。

念のため、異常を感じたら声をあげてもらいたい——という意味だったのだが、それを聞いたアレックスの声が裏返った。と、同時に手の中のものがぐっと力を増す。

「え、なに」

「い、いや、おまっ……ロレッタが妙なことを言うから」

ぎょっとして離そうとした手を押さえつけられて、ロレッタは目隠しの下で目を瞬かせた。どこか焦ったような口調のアレックスが、そう言い訳のように呟いてため息をつく。

——妙なこと、言ったかしら……。

普通の注意事項だと思うのだけれど。首を傾げたロレッタは、アレックスの言葉の続きを待ったが、彼は何かを言いかけて、それから言葉を飲み込んだようだった。

「じゃ、やりますからね……」

「おう……」

アレックスの返答に、ロレッタは指先に少し力を込めた。気の流れを辿って、いくらか巡りの悪いそれを促す。

幸いなことに、気の巡り自体はそれほど悪くない。やはり、入浴には身体をリラックスさせる効果があるからだろう。これからも、きちんと続けてもらうように話をしなければいけない。

――私がいなくなった後でも、ちゃんと……。

今後のことを考えた瞬間、包み込むようにしていた指先に、思わず力が入った。う、と一瞬呻いたアレックスにハッとして、ロレッタは体を起こそうとする。だが、アレックスの手が腕を押さえているため、それは叶わなかった。代わりに、肩から掛けていたショールがはらりと落ちる。

あ、と思ったが、それよりもアレックスの様子が気になった。

「殿下、大丈夫ですか……？」

「大丈夫だ、その……続けてくれないか」

答えるアレックスの息が荒い。もしかしたら、痛みを与えてしまったのかもしれない。そう思って、ロレッタは蒼白《そうはく》になった。

そういえば、と、最初の日にロレッタの腕が当たった時、やたらと痛みを訴えていたことをうっすらと思い出す。ここはおそらく、痛みに弱い場所なのだ。そういえば、人体の急所だったような気がする。確か、神殿の教本にはそう書かれていた。

――そ、そんな大切な場所を触らせてたんだ……！

改めて、ロレッタはことの重要性に思い至った。それと同時に、アレックスの自分に対する信頼を感じて嬉しくなってくる。

――や、優しくしないと……。

アレックスの呼吸が整うまで待とう、と、ロレッタはなるべく優しく握った手を動かす。こうして撫でてやれば、少しは痛みが薄れるはずだ。そうして、落ち着いたら治癒を再開しよう。

だが、ロレッタの意に反して、アレックスの呼吸は荒くなるばかりだ。それどころか、なぜか緩く掴んでいたロレッタの手を上から押さえつけると、力を込めてそれを握らせる。ぴく、と手の中のものが動いたような気がして、ロレッタは息を飲んだ。

「ど、どうして」

「いい、から……」

続けて、と乞われて、ロレッタは再び指先に集中した。もう、自分の手が熱いのか、彼のものが熱いのかもよくわからない。アレックスの手に動かされるまま、ロレッタは手の中のものを撫でて――いや、擦らされている。

そうしていると、自分でも意図しないうちに治癒の力がとろとろと漏れ出て、吸われていってしまう。頭がぼんやりしてきて、そのスピードがどんどん速まっていくのにも気づけない。

「う、んっ……」

じわじわと、汗が浮き出てくる。それがこめかみを、そして自分の首筋を伝った時、ロレッタの唇から声がこぼれた。

「ロレッ……タ……」

アレックスの声が、ひどく熱を持っているように聞こえる。ぼうっとした頭に、それはやけに蠱惑《こわく》的な響きに聞こえた。握らされているものを、アレックスに押さえつけられているからではなく、自分の意志で握り始めている。

ぴくりぴくりと、また手の中でそれが跳ねる。そのたびにどんどん力が吸われていく。ぼんやりとしだした意識の中で、アレックスが何か囁いている――が、それがうまく聞き取れない。

「――いいか……？」

だが、彼の言うことなら、何にだってロレッタは頷いただろう。そうして、事実ロレッタは何を言われたのかもわからないままに、アレックスの言葉に頷きを返していた。

「……いんだな？」

「う、ん……」

再び確認するように問われて、ロレッタはもう一度頷いた。すると、やんわりと動かしていた手を止められて、アレックスが身体を寄せてくる。それだけではなく、大きな手がロレッタの肩を掴むと、その身体を引き寄せた。肩が彼の――おそらく胸元にあたって、今日は森の香りではなく、石鹸の香りがロレッタを包み込む。おそらく、彼の足の間に座らされたのだろう。

息を飲んだのも束の間、再びアレックスはロレッタの手を取って自分のものを握らせると、息を吐いた。

その息が、耳元を掠める。熱くて、火傷しそうなほどの——艶めかしい息。

ロレッタの心臓が、どくんと音を立てて大きく跳ねた。

「このまま……続けて」

距離が近づいたせいか、声は囁くように耳元に吹き込まれる。その声に促されるようにして、ロレッタは同じ行為を再開した。

相変わらず、アレックスの片方の手はロレッタを補佐するように添えられている。

肩を抱いていたアレックスのもう片方の手が、ロレッタの腰に回る。ぎゅうっと力が込められて、アレックスの匂いが強くなった。おそらく、同じ石鹸を使っているのだろう。自分と同じ匂いの中に、ほのかに別の匂いが混じっている。

は、とロレッタが小さく息をついた時、その首筋にアレックスの唇が押し当てられた。その舌先が、ちろりとロレッタの首筋に流れた汗を舐めとった。

その、瞬間だった。

「ん、あ、あっ……」

弾けるように、ロレッタの力が暴走を始める。とろとろとした力の流れが一気に変わり、ま

るで何かをこじ開けようとするかのような奔流《ほんりゅう》となってあふれ出ていく。

体中が燃えるように熱くて、何も考えられない。唇からは、意味のない音だけが出ていく。

「う、ロ、ロレッタ、それ……っ」

「だ、だめ……とめられな……」

アレックスに名前を呼ばれて、それに返事ができたのさえ奇跡に近かった。

ぐぐ、と手の中のものが力を増す。最初よりもずっと、硬くて、そして大きくなっているようだ。そして、熱くて、脈打っているような気がして、何か別のものに触れているような気さえする。

だが、ロレッタにはもう、自分が熱いのか、それが熱いのかもわからない。

ただ、耳元でアレックスの荒い呼吸が聞こえて、苦しそうなことだけはわかる。

――うそ、失敗……したの……!?

ロレッタ、ロレッタ――と耳元で自分の名前を呼ぶアレックスの声がする。掠れ気味の、どこか切羽詰まったような声音が、やがて小さくなっていく。

もう一度、腰に回された腕にぐっと力が込められて、アレックスの呻き声がした瞬間、残った力を吸い取られて――ロレッタの意識はぷつんと途切れた。

◇◇◇

がさ、という音にハッとして、アレックスは背後の植え込みを振り返った。ジャスミンは物音には気づかなかったようだが、そんなアレックスの姿に目を瞬かせて言葉を止める。

しばらく耳を澄ませていたアレックスには、誰かが駆け出す軽い足音が聞こえたような気がした。

――気のせいか？

いや、その前の物音は間違いなくしている。

すぐに再開されたジャスミンの話にかき消されて、足音はすぐに聞こえなくなってしまったが、アレックスはそれが妙に気にかかった。

「……いい？　そろそろお父様もしびれを切らし始めてる。このままじゃ、私があなたと結婚しなくちゃならなくなっちゃうでしょう⁉　あなたも嫌でしょうけど、私も嫌。私はあなたと結婚するために何年も待ってたわけじゃ……」

「わ、わかった、ちょっと静かにしろよ……」

ここでジャスミンと密会もどきのようにして会っているところを誰かに見られたら、また面倒なことになる。

アレックスが「自分の妻は自分で見つける」と宣言して以来、一年ほどはジャスミンの父であるエイマーズもおとなしくしていた。二年が過ぎるころには、見込みがないと判断したのかジャスミンに他の縁談を持ってきたこともあるようだ。だが、それを断ったのはジャスミン本人である。なにせ、本人がそう言うのだから間違いない。

それを、エイマーズは「アレックスがその気になるのを待っている」と誤解したようだ。おかげで、三年目を迎えた今、こうしてジャスミンが焦りだすほど、エイマーズはあからさまに娘を王太子妃にするために動き出しているのである。

「いい加減あなたが結婚を決めなきゃ、彼だって――」

「あーもう、わかってるし、相手ももう決めてある！」

背後の物音が気になって仕方がなかったアレックスは、大声を出して強引にジャスミンの言葉を途中で遮った。いつもならそこまではしないアレックスに驚いたのか、ジャスミンが黙り込む。

――別に俺に義理立てはいらないって言ってるんだけどな……。

変に真面目な側近の姿を思い浮かべて、アレックスはため息をついた。だが、そのため息をどう理解したのか、ジャスミンの口元ににんまりとした笑みが浮かぶ。

――いや、それよりさっきの物音だ。

時間がたってしまったから、きっと誰もいないだろう。だが、痕跡が何かあるかもしれない。そう思って歩き出した彼の後ろから、ジャスミンがついてくる。

「ね、アレックス。もしかしなくても、その相手って……」

「ああ、もう、うるさいな……」

植え込みの背面には少し回り込まないとたどり着けない。そのことになんだかもどかしさを感じる。背後でにまにましながら何か言っているジャスミンを適当にあしらいながら、アレックスは彼女を置き去りにするかのごとく、足早に角を曲がった。

その先が、先程までアレックス達がいた場所のちょうど反対側だ。

「え？」

「おや」

意外な人物の登場に、アレックスは目を丸くした。そこにいたのは、アレックスの弟のジェロームである。屈みこんで何かを拾い上げたところらしく、曲がった上着を直していた。

洒落者の弟らしく、その装いはいつも通り華やかだ。小さなころから騎士団で厳しい訓練を受けさせられ、戦場に放り込まれたアレックスの無骨な装いとは全く違う。陽気で人好きのする、気さくな――そしてちょっとばかり女好きの――弟。

だが、別にアレックスは弟が嫌いではなかったし、仲も悪くはない。意外とジェロームは世話好きな一面があって、アレックスの服装にあれこれ口を出したりもしてくるのだ。まあ、ブルーノあたりはあんまり馬が合わないらしく、ジェロームにいい感情をもっていないようだったが。

アレックスはほっと息を吐いた。ジェロームなら、ここで誰かを見たのであれば教えてくれるだろう。

「ジェローム、ここで誰か見なかったか？」

「……いえ、誰も」

アレックスの期待に反して、ジェロームは一瞬ためらったような顔をした後に否定の言葉を口にした。不審に思ったアレックスが問い質《ただ》そうとした瞬間、追いついてきたジャスミンがひょっこりと顔を出す。

「あら、ジェローム殿下。今日はお一人？」

「これは、ジャスミン嬢。ご機嫌麗しく――ええ、今日は残念ながら、小鳥に逃げられてしまいまして」

「まあ、珍しい」

ばちばちと目に見えない火花が飛び散っているような気がする。アレックスは、内心で重いため息をついた。いつのころからか、この二人は仲が悪い。特にジャスミンはことあるごとにジェロームに突っかかるので、アレックスは毎回げんなりしていた。

――昔は仲良しだったんだけどなあ……。

少なくとも、アレックスが出征する前までは、それなりに仲が良かったと記憶している。だが、それから五年経ってようやく戻った頃には、すでにこの状態だったのだ。

――何があったのかは知らないが……困ったもんだ……。

どうせ、ジェロームが何かしでかしたのだろう。こいつは少し、人の気持ちに疎いところがあるからな、と考えて、アレックスの口元に苦笑が浮かんだ。

どのみち、この状況でジェロームを問い詰めることもかなわない。弟をちらりと見たが、彼は苦笑を浮かべながら胸元に何かをしまい込んだ。

「おい、ジャスミン。これで用が済んだだろ……俺は戻るからな」

「あ、私も戻るわ。じゃあね、ジェローム殿下。せいぜい小鳥ちゃんに突っつかれないようお気をつけあそばせ」

「ええ、肝に銘じておきますよ」

ひらひらと手を振るジェロームをその場に残し、アレックスはジャスミンを伴って執務室の方へと歩き出す。振り向きざまにちらりと見たジェロームは、なぜか自分たちとは反対の方向へ歩き始めていた。

――あっち、なんかあったっけか……？

一瞬疑問に思ったものの、ジャスミンに名前を呼ばれて思考が霧散する。緩く首を振ると、アレックスの頭の中は自然と今最も気がかりな事柄に飛んでいった。

――今夜は、遅くなってしまうな……。

昼間のロレッタの姿を思い浮かべて、アレックスはため息をついた。

なんだかんだ言いながら、ロレッタは自分に甘い。好意めいたものを感じることさえある。

実を言えば、アレックスは油断していたのだ。――きっと、ロレッタに好意を告げれば、彼女は応えてくれるだろう。そう思ってさえいた。

だから、執務室でチャーリーと抱き合っていた姿は衝撃的だった。

――ま、それも誤解だったんだけど……。

執務室に戻った後の、チャーリーの必死の弁明はなかなか見ものだった。アレックス自身、既にロレッタの様子から自分の誤解だと気づいてはいたのだ。だが、大柄な彼が必死に身を縮めて弁明する姿があまりにもおかしくて、ついついそのままにしてしまった。

まあ、その結果として、アレックスは執務室を襲撃してきたジャスミンに引き渡され、こうして薔薇園で話をする羽目になったのだが、それは自業自得というやつだ。仕方がない。

この日何度目になるかわからないため息をつきながら、アレックスはジャスミンに「余計なことはまだ言わないように」と釘をさすと、執務室へと戻っていった。

「案の定、遅くなったな……」

王太子の居室近くということで、城の廊下にはまだ煌々《こうこう》と灯りがともされている。だが、昼間に比べればやはり格段に暗い。

その廊下を一人で歩きながら、アレックスは呟いた。

執務室からの帰りである。本来であればブルーノがついてくるのだが、アレックスはそれを断って一人足早に部屋への道を急いでいた。

――このまま行ったら、また怒るんだろうな。

ほっぺたを膨らませて怒るロレッタもかわいらしいのでそれはそれでアリなのだが、純粋に心配をしてくれている彼女を思えばきちんと言うことを聞くべきだ。ロレッタの部屋の前で一瞬緩んだ歩調を戻し、アレックスは隣の自室へ入っていった。

慌ただしく――だが、一応念入りに身体を清め、申し訳程度に湯船に浸かる。この湯船に浸かることが重要なのだ、とロレッタに言われていたからだ。

――待っていて、くれるかな。

いや、彼女はいつだって待っていてくれている。それが、自分に会いたいからだったらいいのに。

湯船から立ち上がったアレックスは、ふと鏡に目を留めた。そこに映る自分の顔を見て、それから髪を摘まんでみる。

――そういえば、髪を拭いてくれたな……。

あの時は照れくさくなってついタオルを取り上げてしまったが、もう一度やってくれるだろうか。

鏡の中のアレックスの口角がにんまりとあがる。風呂桶を掴んだアレックスは、頭からもう一度湯を被ると、そのまま浴室を出て行った。

コンコン、と扉を叩くと、中から小さな声で返事があった。それに思ったよりもほっとして、アレックスは自分で扉を開く。マイラに言い含めておいたのが功を奏したのか、ロレッタは前にも見たナイトドレスにショールを羽織っただけの軽装だ。思わず喉が鳴りそうになって、アレックスは慌てて咳払いをして誤魔化した。

「待たせたな」

「お仕事、お疲れ様です」

口を開いたのは、二人同時。おかしくなって、二人で笑みを交わす。それだけで幸せな気持ちになれるのだから、自分は相当参っているのだろう、ロレッタに。

そのロレッタが、アレックスの濡れた髪に気づいてくれる。笑み崩れそうな顔面をなんとか誤魔化しながら頭を差し出すと、なぜか今日はタオルを頭に被せられてぺちんと叩かれた。そのうえで、自分で拭くように言われて、思わず口から文句が出る。

「前はしてくれたじゃん……」

だが、ロレッタは一瞬硬い表情を浮かべると、髪を乱雑に拭くアレックスに背中を向けて寝台の方へ歩き出した。

「……今日は、目隠しをしますから」

やはり、口調も少し硬い。だが、その内容に心臓が跳ねる。目隠しをする、ということは例の治癒をするという意味だ。

今回は前の治癒から一日空いたが、自分のことよりも、彼女が力を使いすぎるのが心配で、アレックスはロレッタに声をかけた。

「おい、ロレッタ、大丈夫なのか？」

「問題ないです」

アレックスの問いかけに、やはり硬い声が答える。訝《いぶか》しく思いながらも、彼女がさっさと寝台の上に上り、目隠しをした状態で待っていると、自然と足がそちらへ向いた。

――なんだ……？

いつもと様子が違っているような気がする。何か違和感を覚えるが、それが何なのかわからない。

寝台にあがり、ロレッタに声をかけると、彼女はいつも通り素直にアレックスに近づいてくる。

――いつも、通りだよな……？

喉元までせりあがった不安と、これから行われる治癒への期待。それらが入り混じって、アレックスの頭が軽く混乱してくる。

伸ばされた手を掴んで、寛《くつろ》げた下肢へと導くと、彼女のほっそりとした白い指が、自分のものを軽く握りしめてくる。その手つきだけで妙な熱さがもたらされて、アレックスは息を飲んだ。

気を落ち着かせようと、息を吸ったり吐いたりするが、うずうずとしたその疼きは治まるどころかどんどん強くなっている。

ここまでくれば、アレックスにも理由はわかっていた。

——俺が、ロレッタを欲しているから……。

その欲が強くなればなるほど、役立たずの場所が力を取り戻しているような気さえする。目隠しをしたロレッタに手を伸ばしそうになった時、突然彼女が口を開いた。

「今日は……もしまずいと思ったら、声出してくださいね」

「はァ……？」

一瞬、自分の行動に気づかれたのかと思ったが、そうではないらしい。慌てて誤魔化すように早口で言い訳をする。だが、身体の方は正直だった。先日と同じ——いや、少し勢いは弱い程度だが力が漲ってきて、余計に焦りが生まれてしまう。

離されそうになった手を思わず押さえつけて、アレックスは治癒の開始を促した。

やりますからね、と宣言したロレッタの声に呼応するように、彼女の指先が熱くなる。いつも通りの手順なら、まずは気の流れを確認されているのだろう。じわ、と温かい指先に包まれてほっと息を吐いた瞬間、彼女の手に力が籠る。

——う、あ……。

気持ちがいい。そう思ってしまったら、もう駄目だった。手を離されたくなくて、押さえつけた手に力が籠る。身じろぎしたロレッタの肩からショールが落ちて、胸元から谷間が見えた。触覚と視覚の両方が、暴力的な欲望を連れてくる。

ロレッタの気遣いの言葉さえもどかしい。早く続けてほしい。だというのに、彼女の手つきは緩慢で、次第に我慢が効かなくなってくる。

既に、息が荒くなっているのは自分でもわかっていた。この先を求めて、下半身がじくじく疼く。

ロレッタの手をもう一度上からしっかりと押さえ、半分勃ち上がった自分のものを擦る。最低な行為だと自覚していたが、すでに膨れ上がった欲望に支配されて、自制が効かない。それどころか、熱いロレッタの手から何かが流れ込んでくるかのような錯覚さえ覚える。

なぜかロレッタが抵抗しないことも、この暴挙を後押しした。

――もっと……。

側によって欲しい。だが、それは――。

アレックスの逡巡を吹き飛ばしたのは、ロレッタの声と流れ落ちる汗だった。

――ああ、だめ、だ……。

既に彼女の手は、アレックスの支配から脱して自分から彼のものを擦っている。びくびくと跳ねるそれは、本来の力を取り戻し始めていて、もはやアレックスの制御を受け付けていない。

「ロレッタ、触れてもいいか……？」

掠れた、自分のものとは到底思えないような声が出た。喉がカラカラに乾いていて、それ以上を口にできない。

ロレッタの目隠しに隠された瞳が、アレックスを見上げている。その首が縦に振られたのを見て、更に身体の熱があがった。いいんだな、ともう一度確認する自分の声が、みっともなくうわずっているのがわかる。

ロレッタがたどたどしく返した肯定の言葉を聞いた瞬間、アレックスはたまらなくなって彼女の手を一度止めさせると、その肩を抱き寄せた。

ふわ、とロレッタの香りが鼻腔をくすぐる。同じ石鹸を使っているはずなのに、それは甘く香ってくる。その香りを吸い込んで、はあ、と息を吐くと、ロレッタの身体が震えた。

その手を取って、再び自分のものを握らせる。

「このまま……続けて」

抱き寄せたことで近くなった耳に、そう告げる。やはり掠れ声しか出なかった。かすかに頷いたロレッタが、行為を再開する。たまらなく気持ちが良くて、そして触れた身体が柔らかくて、もう何も考えられない。自然に動いた手が、彼女の腰に回って更に力を込めた。抱き寄せた身体は、折れそうなほどに細いのに柔らかい、自分とは全く違う生き物のようだ。

自分のものが、ぐぐっと力を増して、その体積さえも増大しているような気がする。彼女の手だけでは物足りなくなって、その上から握り込んで自分でも手を動かす。

ぐち、と手を動かすたびに音が鳴る。その音の卑猥さに、目の前がくらくらした。

――こんな、ロレッタにも聞こえて……？

意識すればするほど、音が大きく聞こえてくる。いや、実際先程よりも手の滑りが良くなって、自分の手も濡れている。もちろん、ロレッタの手もそうなっているはずだ。

それに気づいた瞬間、心臓が大きく跳ねた。

熱に浮かされた視界、その目の前のロレッタの首筋に汗が浮いている。ん、と彼女が切なそうなため息を漏らすと同時に、それは首筋を流れ落ちた。その味が知りたくなって、アレックスは思わずそれを舌先で掬《すく》う。甘いはずはないのに、それはアレックスの舌には甘露のように感じられた。

――ああ、もっと欲しい、触れたい、抱きしめたい……舐めたい。

ありとあらゆる欲望が、アレックスの頭を埋め尽くす。その瞬間だった。

「う、ロ、ロレッタ、それ……っ」

「だ、だめ……とめられな……」

激流に流されるかのように、一気に何かが背中を駆け上ってくる。突き動かされるようにしてロレッタの手ごと握った自分のものが、いつもよりもずっと力にあふれ、熱くて太く、硬くなっている。

――う、だめだ……！

だが、その思いとは裏腹に、アレックスの唇からこぼれるのはロレッタを求める声だけ。荒い息と、それからその声だけが耳の奥に響く。

「ロレッタ、ロレッタ……」

弾ける。何の前触れもなく、背中を駆け上がった何か――それが快楽というものだと、アレックスは本能で理解した。それが、弾ける。

目の前が真っ白になる。これまでに経験したことのないような悦楽に呑まれ、アレックスの口から呻きが漏れた。と、同時に握ったものの先端から熱い飛沫が飛び散る。

はあ、はあ、と荒い息を吐いたアレックスの腕の中で、ロレッタが崩れ落ちた。

「ロ、ロレッタ……!?」

一体何年ぶりになるのかわからない射精の余韻に浸る間もなく、アレックスは慌ててロレッタの名を呼んだ。が、力を失った彼女の身体はくったりとしているばかりで、目を開ける様子はない。

――力を、使いすぎたんだ。

前もこうだったことを思い出して、アレックスの身体から力が抜ける。

――明日には、起きるよな……？

だが、今日はどうも様子がおかしかった。一抹の不安が頭をよぎる。

ロレッタが息をしていることを確認すると、アレックスはそっとその身体を寝台に横たえた。

「ロレッタ……」

彼女の頬に触れようとして、アレックスは今の自分の惨状に気が付いた。見れば、ロレッタのナイトドレスにまでその被害は及んでいる。自分の手を見れば、そこには白いものがべったりと付いていた。

――い、いやいや……。

とりあえず、着替えは明日マイラに頼むとして、それ以外は始末をつけなければ。

先程落としたタオルを絞り、それを使って周囲を綺麗に整える。少し迷ったが、結局アレックスは彼女の隣に潜り込むと、その横顔を眺めた。

「明日には、起きる……よな……？」

今度こそその頬に触れると、アレックスは小さな声で呟いた。

――明日、彼女が起きたら、治癒の成功を伝えて、それで……。

夜通し見守るつもりだったが、だんだんと瞼が重くなってくる。そのまま、アレックスも夢の中へと旅立っていった。

8　聖女は結果を確認したい

「ロレッタが、起きない……？」

「はい……」

マイラの視線は、窺うように寝台に向けられている。朝と同じように寝台に横たわっているロレッタの姿を見て、アレックスはふらつく足を叱咤《しった》して彼女のもとへ向かった。

今朝、ロレッタはいつもの時間に目を覚まさなかった。昨夜のことを考えれば、おそらくは必要以上に力を使ったからだと思われた。

――だが、神殿でも城に来てからも、朝が過ぎても起きないということはなかったと思うが……。

できれば自分が側についていて様子を見てやりたい。起きたらすぐに、治癒の成功を伝えてやりたい。そう思ったアレックスだったが、それで仕事がなくなるわけではない。責任ある立場として、突然それを放り出すわけにもいかず、後をマイラに任せて部屋を出てきたのだ。

当然、起きたとしても執務室の手伝いは休んでよい、と伝言を託してある。

一日中そわそわしながら仕事をしているアレックスを、ブルーノもチャーリーも不思議そうに見ていた。本当ならば、事情を知っている彼らには治癒が成功したことを伝えるべきだっただろう。それに合わせて、ロレッタの現在の様子についても。

だが、その成果を一番に知るのはロレッタであるべきだと思ったアレックスは、彼女の不在については言葉を濁していた。

しかし、そうしたアレックスの様子に何か感じるものがあったのだろう。ブルーノは珍しくアレックスの手から書類の束を取り上げると「今日だけですからね」と念押しして執務室から解放してくれた。

「悪い……」

「いえ――でも、何があったのかは後でゆっくりお聞きしますよ」

肩をすくめるブルーノの向こうで、チャーリーも頷いている。感謝の気持ちを込めて二人に頭を下げると、アレックスは半ば駆け出すようにロレッタの部屋へと向かった。

――もう、起きているかな……。

きっと、こんなに早い時間に自分が姿を見せたら、ロレッタは驚くだろう。早く戻れるのなら、いつもそうしてください、と唇を尖らせる姿まで想像できる。

だというのに、どうしてか心臓がざわざわして、期待よりも不安の方が上回った。

部屋の前で足を止め、一度深呼吸をする。額に手を当てると、うっすらと汗が噴き出ていた。ハンカチを出してそれを拭うと、服装におかしなところがないかチェックする。

あんまり慌てて来たところを見せて、彼女に笑われたくはない。

もう一度深呼吸をする。扉を叩こうとした手が震えているのに気づいてもう一度。目を閉じて、そして開いて――アレックスはごくりとつばを飲み込みながら扉を叩いた。

「……はい」

「……マイラか、俺だ」

部屋の中から答えたのは、ロレッタではなくマイラの声だった。そのことに、アレックスの抑えつけていた不安が増大した。

中から扉が開かれるのを待てず、自ら扉を開けて中に入る。すぐに、不安そうな顔をしたマイラと目が合った。

「殿下……」

「ロレッタの様子は？」

それが、と消え入りそうな小さな声で、マイラはロレッタが朝からずっと起きないことを告げたのである。

「……そうか。あとは俺がついているから……」

「かしこまりました」

マイラもロレッタが心配なのだろう。だが、主であるアレックスにそう言われては逆らえない。なにがあったのか、と問うこともできないのだろう。

しかし、アレックスにもまたそれを思いやる余裕はなかった。

結局、いつもの朗らかな笑顔を見せることなく、何かもの言いたげにしながらも、マイラはしずしずと下がっていく。

「ロレッタ……」

二人だけになった部屋の中で、アレックスはぽつりと呟くと彼女の頬に手を寄せた。触れると温かいこと、そしてうっすらと聞こえる寝息が、ロレッタが少なくとも生きていることを伝えてくれる。

――このまま、寝かせておけばそのうち起きるのか……？

少なくとも、聞いた限りではそのはずだ。神殿でも一度、城でも一度そうなった姿を見ている。だがあの時は、もっと早くに目を覚ましたはずだ。

もう一度頬を撫でて、それから唇に触れてみる。少しかさついているのに気づいて、アレックスは背後を振り返った。机の上の水差しを手に取ると寝台に引き返し、「悪い」と呟きながら枕元の小さな引き出しを探る。最初に手に触れたのは、あの、黒い目隠しだ。一瞬どきっとしたが、すぐにそれを放り投げると、目的のものを探す。

「あった」

指先に触れたのは清潔そうな白い布だ。何枚か用意されたうちの一枚を手に取ると、アレックスはそれに水を含ませて、ロレッタの口元に近づける。

唇を濡らしてやると、わずかに開いた場所から小さな舌がそれを舐めとった。

それにホッとして、肩から力が抜ける。何度か同じことを繰り返すと、満足したのかロレッタの舌の動きが止まり、また寝息だけが聞こえてくる。

「早く起きてくれよ……」

寝台に腰かけて、アレックスは少しだけ歪んだ掛け布を直した。そのまま、じっとロレッタの顔を見つめる。

「なあ……ロレッタ、早く起きて、一緒に成功を喜んでくれよ……」

自然と手が伸びて、彼女の淡い金色の髪に触れた。少しだけ癖があるがさらりとした髪質で、それは揃った端からさらさらとこぼれ落ちていく。その拍子に、ふわりと昨夜と同じ匂いが漂った。

――ロレッタ……。

じくじくと胸が疼く。

早く起きて、そして成功を笑い合って、それから抱きしめさせて欲しい。あの時、触れてもいいか、という問いに頷いてくれたのだから、きっとロレッタだって自分と同じ気持ちでいてくれているはずだ。

まだカーテンの閉まっていない窓の外では、夕方の空が夜の闇に侵食されて、紫色に染まり始めている。薄暗くなった室内で、アレックスはしばらくの間そうして彼女の髪を弄び続けていた。

◇◇◇

「ん……」

ロレッタは、硬くなった身体を無理矢理に伸ばすと、うっすらと目を開いた。なんだか、身体がだるくて重くて、ものすごくこわばっている。まるで寝すぎた後のようだ。

――あれ、どうしたんだっけ……。

寝起きのぼんやりとした思考回路では、なんだかよく思い出せない。いや、いつも以上に頭に靄《もや》がかかっているような気がする。

頭を軽く揺すって、それからなんとか動くようになった右手を掛け布の外に出す。妙に重たいそれを引っ張ると、何かが指の先を掠めた。

「え、あ、あれ……？」

まるで髪の毛みたい。そう思ってから、ゆっくりとそちらに視線を動かす。最初に目に入ったのは、赤い色。それから、白いシャツの――。

「え、で、殿下……？」

一気にロレッタの目が覚めた。よく見ると、アレックスは寝台の脇に椅子を持ち込んで、そこに腰かけたまま寝ているようだ。なぜか、ロレッタの寝台に突っ伏して。

——え、なにこれ、どんな状況？

眉を寄せて考えてみても、答えは出ない。だる重い身体をなんとか動かして、ロレッタは彼の肩をゆすった。

「殿下、殿下、なんでこんな……ああ、もう……そんな格好で寝たら、いくら夏でも風邪を、ねえ、殿下！」

ゆさゆさ、と揺すられて、アレックスの口から「うう……」と声がこぼれた。起きそうだ、と思ってもう一度揺さぶろうとするが、ロレッタの身体がうまく動かない。

それに、なんだかものすごく空腹だ。気づいたとたん、ロレッタのお腹から「ぐう」と大きな音がした。

「んあ……？」

「あ、殿下、起きました？」

自分の声ではなく、腹の音に反応されたのは恥ずかしい。だが、ロレッタが次に何かを言うよりも、アレックスが立ち上がって彼女を抱きしめる方が速かった。

「ロレッタ、ロレッタ……よ、良かった……！」

「え、な、なに、なに!?」

若干、アレックスの声が涙交じりのような気がする。ぎゅうぎゅうと力任せに抱き着いてくる彼の背中をぽんぽんと叩きながら、ロレッタは首を傾げた。

「は、はあ……？　私、五日も寝てたんですか……!?」

「正確にはまあ四日か。今日が五日目だからな」

ようやくアレックスの腕が緩んで、ロレッタは改めて彼の顔を見上げた。その口から語られた驚くべき話に目が丸くなる。

アレックスの話によれば、その間ちょっとした騒ぎになっていたらしい。

まず、寝込んで二日目には騎士団詰めの聖女を呼び出して様子を見させ、次に神殿から神殿長が引っ張り出されてきたという。二人とも「治癒力の使いすぎ」との診断を下し、「寝ていれば治ります」と答えたが、三日目になってもロレッタは目を覚まさない。

アレックスはブルーノに無理を言ってなんとか暇を作ってはロレッタのもとに通い、夜はこうして側についていた――というのだ。

今は、五日目の朝らしい。

「え、毎晩……ここに……？」

「当然だろ」

もちろん、初日から。

こつん、と額同士を触れ合わせてそう囁くと、アレックスが笑う。腕が緩んだとはいえ、まだ彼の手は背中に回ったままだ。その距離の近さに気が付いて、ロレッタは眩暈がしそうな気持ちになった。頬に熱が集まって、どうしていいのかわからない。頭がくらくらして、大きく息を吸い込む。すると、彼の首筋から、以前に嗅いだ森の香りとも石鹸の香りとも違う匂いがした。

――殿下の、匂いだ……。

夏場の夜だ。椅子に座ったままなにも掛けずに寝ていたとしても、汗はかいているだろう。だというのに、ちっとも不快な匂いではない。もう一度その匂いを確かめたくなって、すん、と鼻を鳴らす。

すると、アレックスは何かに気づいたようにぱっと身体を離した。

「え、匂う……？　汗かいてるかも」

「え、あ、い、いえ……」

そんなにあからさまに匂いを嗅いだつもりではなかったし、決して不快な匂いはしなかった。むしろ、好ましい匂いに感じて――と思わず口にしそうになって、慌ててロレッタは下を向く。おそらく、今自分の顔は赤くなっているはずだ。だってとても熱いから。

しかし、急に動いたのが悪かったのか、途端に眩暈が襲ってきた。ふら、と倒れそうになったところをもう一度アレックスに抱き留められて、ロレッタは息をつく。

「そういえば、ロレッタ」

「あ、はい」

　満面の笑みを浮かべたアレックスが、何か思い出したように口を開いた。思わず顔を上げたところで、ロレッタのお腹から「ぐうう」と盛大な音が鳴ってしまい、更に顔が熱くなる。それを見たアレックスが、一瞬目を丸くした後で声をあげて笑い出した。

「……話の前に、何か食べるか。待ってろ、マイラを呼ぶから。あいつも心配していたから、起きたことを知らせてやらないといけないしな」

　ロレッタの背中に、どこから出したのか枕とクッションを押し込むと、もたれかからせてくれる。その手に素直に従いながら、ロレッタは彼の顔を見上げた。

　――なんか、ご機嫌ね。

　そういえば、先日の……ええと、五日前の治癒の結果はどうなったのだろう。あんなに苦しそうだったのに、身体に影響はなかったのだろうか。

　扉に向かう背中に問いかけようとしたが、言葉に詰まってしまう。だいたい、なんと聞けばよいのか。

　――勃ちました？　なんて聞けるわけないし……そもそも、あんなに苦しそうだったんだもの……悪影響は今のところ見受けられないみたいだけど……。

　それこそ、穴が開くのではないかと思うほど背中を凝視しながら、ロレッタは考える。

とりあえず、食事をして動けるようになったら確認しよう。それが問題を先送りにしただけということはわかっている。はあ、とため息をついたロレッタが目を閉じた時、扉がばん、と大きく開かれた。

「ロレッタ様……！　お目覚めになったんですね……！」

ばたばたと大きな足音を立てて、マイラが走り寄ってくる。どうやら、扉の前でアレックスと鉢合わせしたらしい。そのアレックスを突き飛ばす勢いで駆け寄ってくると、マイラはロレッタの手を取りしっかりと握りしめた。

大きな瞳に涙を浮かべたマイラは、ロレッタの姿を確かめるように何度も眺める。

「本当に、良かった……殿下が、あんなこと、もう、私、心配で……」

とうとうしゃくりあげ始めてしまったマイラが、切れ切れの言葉の中でなぜかアレックスを責めている。ぱちぱちと目を瞬かせたロレッタが、事情の説明を求めてアレックスに視線を移すが、彼はなぜかさっと目をそらすとぽりぽりと頭を掻いた。

その間にも、感極まったマイラがとうとう大声で泣き始めてしまう。

結局、ロレッタが食事にありつけたのは、それから三十分ほど経ってからだった。

「ほら、熱いから気をつけろよ」

「わ、わかってますよぉ……」

ロレッタは遠い目をしながらアレックスの言葉に頷いた。なぜ、彼がスプーンを握っているのだろう。なぜ、彼が掬ったリゾットに息を吹きかけているのだろう。

それは、ロレッタの為に準備された食事のはずだ。まだちょっとだるいが、一応手は動く。自分で食べられるんですけど。

——なんだ、この状況……。

アレックスに出会ってから、何度同じことを思ったかわからない。混乱した頭で差し出されたスプーンをじっと見つめていると、アレックスが「ん」と促してくる。ええい、とロレッタは意を決して口を開いた。

そこに、そっとアレックスがスプーンを入れてくる。

「大丈夫か？」

「はふ……らいりょうぶれふ……」

アレックスの手前そう答えたが、口の中が熱い。火傷しそうなそれをなんとか誤魔化しながら咀嚼《そしゃく》して飲み込むと、準備を終えたスプーンがまた口の前に出てきた。

——いやいや、ほんとなんだこれ。

やけにご機嫌なアレックスが怖い。もしかすると、これはなんらかの報復行動なのではないか。

——やっぱり、失敗してるのかな……。

ちらりと彼の表情を窺う。しかし、彼はやはり微笑んでいるばかりで、その表情に裏があるとは到底思えない。

悩みながらも、もう一口。熱いが、今度は火傷しそうなほどでもない、ちょうどいい温度だ。さっきはわからなかったが、体調を考えて薄味にしてくれているのだろう。だが、さすがというべきか、それでもおいしいと感じさせるシェフの腕に乾杯。

そう感じると、空腹も手伝って、もうこの異常な状況下でも平気になってくるから不思議なものだ。

さらにもう一口、さらに……といった具合に食べ進め、皿の中身はどんどん減っていく。やがてそれが空になるころ、ようやくロレッタの空腹も落ち着いて、唇からは満足の吐息が漏れた。そんな彼女の様子を見たアレックスが、また口元の笑みを深くする。

「これだけ食べられれば大丈夫そうだな」

「うっ……」

満足して一息ついて。その途端に、彼に食事を食べさせてもらった、という行為が果てしなく恥ずかしくなってくる。

恐る恐る彼の顔を窺うと、やはり彼は微笑んだまま。だが、ロレッタの気のせいでなかったら、彼のその目が――青緑の瞳が、やけに甘ったるい色をしているような、そんな気がしてしまうのだ。

――なんだろ、ほんと……。

そういう目で見られると、どきどきするからやめて欲しいな、と思う。視線から逃れるように、ロレッタは俯いて小さく息を吐く。

目を閉じてぎゅっとこぶしを握り締めると、ロレッタは気合を入れた。

――いや、そういうことを考えている場合じゃなくて、結果を確認しなきゃ……。

食事もした。身体が中から温まったおかげか、手足も自由に動く。五日も寝込んだわりに回復が早いのは、これが病ではなく、ただ治癒力が枯渇してそれを補充するための睡眠だったからだろう。

治癒力さえ回復してしまえば、あとはずっと寝ていたことによる倦怠感だけで、他に問題はなさそうだ。

ただ、自分がそれだけ寝込むほどの治癒力を注いでしまった結果が気になって、ロレッタはようやく、勇気を振り絞った。

「あの、殿下……」

「ん？　どうした」

気のせいだろうが、目つきが甘いと感じると声音まで甘く感じるらしい。うっ、と息を飲んだロレッタの肩にアレックスの手が触れる。

じっと目を覗き込まれて、ロレッタの心拍数がまた上がった。

「う、あー、その、食事、ありがとうございました……」

「いや、気にすることはない。俺のせいでもあるんだし、面倒はしっかり見るから安心しろ」

頼むから、その目つきと声をどうにかしてくれ。微笑むアレックスに、なんだか恥ずかしくなってつい誤魔化してしまう。早く結果を確認しなければ、と気ばかり焦ってもぞもぞと肩をゆするロレッタに、アレックスがとうとう訝しげな視線を投げかけてきた。

「なんだ、さっきから……」

「い、いや、あのですね、殿下……」

――ええい、聖女でしょうが、私は……！　治癒がどうなったのか、確認するのは私の義務……！

思い切って口を開く。だが、内心の焦りが口を滑らせた。

「あの……た、勃ちました……？」

違う、そうじゃない。気にかかっていたのは確かにそこだけど、違う。

あ、とロレッタが己の失言に口を押さえるのと、アレックスがぽかんとするのは同時だった。

ぐ、と息を詰めたアレックスの顔が次第に赤くなって、ロレッタは「しまった」と唇を噛んだ。だが、出て行ってしまった言葉はもう戻らない。肩を震わせ始めたアレックスの様子に叱責を覚悟して、ロレッタはぎゅっと目をつぶった。

――やっぱり、失敗……？

だが、ロレッタの予想に反して聞こえてきたのはアレックスの笑い声だ。しかも、かなり本気の笑い声。

目を開いて彼の様子を窺うと、口元を押さえたアレックスが目の端に涙をにじませている。明らかに、おかしくてたまらない、といったその様子に、ロレッタの肩から力が抜けた。

――もう……勇気出して聞いたのにぃ……！　なんで笑うのよ……！

こんなに笑われてしまうと、なんだか腹が立ってくる。ただ、ここまでアレックスが笑うということは最悪の状況だけは免れていると思っていいだろう。そのことにだけはほっとして、ロレッタは息をついた。

「あー、悪い悪い……そうか」

そう言うアレックスの声音には、まだ笑いがにじんでいる。むう、と唇を尖らせたロレッタの横に腰かけたアレックスが、そんな彼女の頭に手を乗せた。ぽんぽんと叩かれて、むっとした顔のまま彼を見る。

すると、口の端を吊り上げたアレックスが顔を近づけてきた。それこそ、息がかかりそうなところまで。ぎょっとして目を見開く。先程もそうだったが、なんだかやけに距離感が、近い。

「覚えてないのか？」

「え、え、あの」

近くないですか、という言葉は最後まで口にできなかった。アレックスがロレッタの身体に腕を回して、抱きしめたから。

——え、えええ⁉

混乱するロレッタの耳元に、アレックスが囁いた。

「成功した。もうばっちり」

「そ、それはよかっ……」

「なんなら、今から試してみる?」

「よ、よかっ、え、えっ、なんっ……⁉」

もしかすると、今、自分の顔からは湯気が出ているかもしれない。そう思うほど顔が熱い。

アレックスの言葉の意味を考えて、その意味は理解しても意図が理解できない。

——え、た、試すって、な、なんで、わ、わた……⁉

混乱に混乱が重なってプチパニックを起こしているが、アレックスは全く気に留めていないようだ。くすくす笑いながら、彼はロレッタの髪を撫で始めた。そうかと思えば、掬ってはこぼれ落ちるその感触を楽しんでいる。

ぎし、と音がしそうな勢いでロレッタの身体が固まった。

そのロレッタの耳に、笑ったアレックスの吐息がかかるのがむず痒い。体中の力を総動員して、なんとか彼の胸元を押し返そうとしてみるが、かえって強く抱きしめられただけだ。時折彼の含み笑いが聞こえてくるが、それさえもなんだか艶めいて聞こえてしまう。どきどきと心臓の音がやけに激しくなって、口から飛び出してきそうだ。

耳の付近に何度か落とされた温かい感触はアレックスの唇ではないか、と思い至ったあたりで、ロレッタの頭がパンクした。

「む、むりむりむり……！」

とうとう顔を覆って首を振ったロレッタの耳元に、更にアレックスが追い打ちをかけた。とろりとするような甘い声が、とんでもないことを告げてくる。

「ま、今はな。――また、夜に来るから」

「ひっ……!?」

今が無理とかそういう話じゃない、と言おうとしたが、ロレッタの唇から出たのは結局意味のない悲鳴のかけらだけだった。

そんなロレッタを妙に甘ったるい視線で見つめると、アレックスは再度彼女の頭に手を乗せる。髪を滑った手が後頭部に差し掛かった時、ぐっとその手に力が込められた。

唇に柔らかい感触が押し当てられて、すぐに離れていく。名残惜し気な手が耳を撫で、ロレッタの身体にぞわっとするような感覚を与えていった。

――え、な……？

呆然としたロレッタが我に返った時には、既にアレックスの姿は扉の向こうに消えている。

「ど、ど……え？　なに……なにしてんの……」

混乱しきったロレッタの言葉だけが、むなしく宙に落ちる。そのまま、ロレッタはしばらく寝台の上から、彼の出て行った扉を見つめ続けていた。


「そっかぁ……成功、したんだ……」

それをしみじみと実感できたのは、ようやく身体が自由に動くようになって最初に希望した入浴の最中、湯船に浸かっている時だった。

ぱしゃ、とお湯を掬って落として、ロレッタはぶくぶくと顔の半分までを湯船の中に沈める。お湯の中から空気の泡がぽこぽこと上がってきて、そして呆気なく消えていく。それをじっと見つめながら、ロレッタは頭の中にさっきの出来事を思い浮かべた。

——……私、殿下にキスされた……のよね……？

お湯の中で、そっと自分の口元に指先をつける。軽く押して、離して、もう一度。こんな感じだったかな、とちょっと考えてからもう一度。

ふにふに、と何度か試すように指を動かしてから、ロレッタは自分の行動に気が付いて湯船から顔を出し、「うがあ」と叫び声をあげた。

——もー、なに、何してんのぉ……!?

ぶんぶんと頭を大きく振って、それを頭から追い出そうとする。だが、そうしようと意識すればするほど、ロレッタの頭の中にはアレックスのしたこと全てが鮮明に思い出されて頭に血が上った。

妙に甘い視線だとか、声音だとか、それから仕草も、抱きしめられたことも、吐息が耳に触れたことも――キスされたことも、全部。

――なんで、そういうことするの？

浴槽のへりにもたれかかって、ロレッタは目を閉じた。全然、意味がわからない。はあ、と自然と口からため息がこぼれて、気分が重くなってくる。

――結婚、するんでしょ……そのためにしたことでしょ……。

もしかしたら彼は、ロレッタをその気にさせて、完全に復活できたのか本当に確認するつもりなのかもしれない。いや、まさか、とロレッタは呟いた。

――いやいや……あれは冗談。冗談だよ……。

ぶんぶんと首を振って、ロレッタはもう一度お湯で顔を洗う。顔が熱いのは、きっとのぼせかけているからだ。

結局、何の結論も出ないまま、ロレッタは立ち上がると脱衣所に足を向けた。籠に用意されたナイトドレスを見て、またため息が出る。

今日は一日寝台でおとなしくしているよう、マイラからきつく言われていた。アレックスからも同様の伝言が届いている。ロレッタとしては少し身体を動かさないと、という気もしているのだが、気を失って五日も眠っていたことを考えると二人の心配もわからなくはない。

無理を言って風呂の準備はしてもらったが、これ以上の無理は聞いてもらえないだろう。特に、なんだか激しく心配しているマイラの心労をこれ以上増やしたくない。

「逃げる……って選択肢は、やっぱなしかな……」

そもそも、治癒の成果を実際に確認できてないのだ。さすがにそこを投げ出すわけにはいかない。気の流れを見て、停滞が解消されていればおそらく大丈夫だと思うのだが。

どうすれば、治癒の成功を確認できるのか、そこが問題だ。この状況になるまで、ロレッタもそこまで気が回っていなかった。

――だからって、試すっていうのは……ねぇ……。

ナイトドレスに腕を通しながら、ロレッタは必死で考える。とりあえず、今夜は気の流れの確認だけして、成果の確認の方は何かいい手立てを考えよう。

もしかすると、アレックスがいい方法を他に知っているかもしれない。そこのところ、今夜じっくり話し合うべきだろう。

脱衣所の鏡に映ったロレッタの顔が赤い。これは、湯船に浸かりすぎたせい。

そう言い聞かせながら、ロレッタはぱちんと両手で頬を挟むように叩くと、脱衣所を出て行った。

結論から言えば、この日アレックスはロレッタの部屋には現れなかった。そのことにほっとしながらも、ロレッタはなんだか落ち着かない気持ちになる。

夕刻、再度の伝言を持ってきたブルーノによれば、これまで仕事を後回しにした分のツケが溜まっているのだそうだ。深夜までかかりそうです、と呟いたブルーノの目にも疲労の色が浮かんでいて、なんだか申し訳ない気分になる。

ぎりぎりまで仕事を後回しにしてアレックスが何をしていたかと言えば、ロレッタの側についていたのだ、というのを知っていたからだ。

「あの、無理しないようお伝えくださいね。ブルーノ様も」

「ありがとうございます。……ええ、伝えておきます。ロレッタ様も、どうか安静になさってください」

これまでになく慇懃《いんぎん》に頭を下げられて面食らったが、「安静」の一言にロレッタは曖昧に頷いた。どうも、やたらと過保護に扱われて居心地が悪い。神殿だったら起き上がれるようになったとたんにあれこれやらされるのに。

おまけに、上着を羽織らせてもらったとはいえ、寝間着姿でブルーノと対面しなければならなかったことも、ロレッタを困惑させていた。

――うーん……。

この扱いは、期待通りの仕事を成し遂げたロレッタに対する敬意、なのだろうか。だが、実際自分の目で確認していないだけに、なんだかむず痒い。それに、自分は聖女として当然の働きをしただけなのだ。

——いや、自分の目で確認って。

自分で自分にツッコミながら、ロレッタはブルーノの背を見送った。

「ロレッタ様、さ、どうぞ」

「いや、マイラ……私、大丈夫だから……」

ブルーノが去った後、マイラから差し出されたのはどろっとした緑色の液体だ。いわゆる滋養強壮《じようきようそう》の薬で、治癒では戻すことのできない体力を回復させる時に飲むものである。えぐみが強く、匂いもすごい。神殿でも時折患者に出しているが、ロレッタはそう習っただけで実際に飲んだことはなかった。それを、目の前に差し出されている。

「いいえ、ロレッタ様……これはぜひ。全く、アレックス殿下にも困りましたよね……。二、三日、お越しになるのをご遠慮願ってもいいんですよ」

「い、いや……それも困るっていうか……」

結果を確認する日が遠のいてしまう。すると、それだけロレッタが城に滞在する日数も増えてしまう。

——これ以上側にいると、辛くなっちゃうから……。

曖昧な笑みを浮かべるロレッタに、マイラが肩をすくめる。

そうして「さあ」と笑顔で差し出されて、ロレッタはそれ以上断ることが出来なかった。鼻を摘まんで一気に口の中に流し込むと、実物は想像以上の味がする。

道理で、これを出すと患者たちが一様に嫌な顔をするわけだ、とロレッタはしみじみ思った。次からは、これを処方するのは控えめにしよう。

密かにそう決意しながらなんとか飲み下すと、マイラが水を差しだしてくれる。それも一気に飲み干して、ロレッタはうえぇ、と声を出しながら大きく息をついた。

「さ、ロレッタ様、あとはゆっくりお休みくださいね」

「ん、ありがと、マイラ……」

とにかく安静を言い渡されている身なので、おとなしく掛け布の中に潜り込む。すると、静かに扉を開けてマイラが部屋から出て行った。

一人でゆっくり休めるように、という配慮だろう。それは、正直ありがたい。

はあ、と大きな息を吐いて目を閉じる。とりあえずの猶予ができたことに、ロレッタは安堵していた。なんといっても、アレックスの態度が良くない。あれでは、ロレッタだって期待してしまう。そんな浮ついた気持ちで彼に会うのは避けたかった。

そして、それと同時に暗澹《あんたん》たる気持ちにもなるのだ。

――あんまり惑わせないで欲しいなあ……王子様のくせに……。

こうして期待させられたって、どうしたってロレッタには手の届かない人なのだから。だから、惑わせないで欲しい。

だが、それでもロレッタの頭の中には「身分が違うから遊びで手を出してもいい」とは——アレックスは考えないだろう、という確信めいた信頼があった。

たとえ、周囲からどう思われていたとしても。

そんなことをぐるぐると考えている間に、瞼が重くなってくる。あんなにたくさん寝たのに、と思いはするものの、風呂にゆっくりと浸かり、柔らかな寝具に包まれた身体は言うことを聞かない。

結局、ロレッタは睡魔に抗えず——ゆっくりと意識を手放した。

ロレッタが再び目を覚ましたのは、まだ夜も明けきらぬうちのことだ。だが、寝た時刻を考えれば、明らかに寝すぎだろう。

ふわふわとした寝起き特有の感覚に支配されながら、もぞもぞと身体を起こす。

ロレッタが気を失って寝ていた五日間の間に準備されたのだろう、寝台の脇には小さなテーブルが置かれている。そこには水差しと軽食、それから折りたたまれたメモが置かれていた。

——なんだろ。

かさかさと音を立てて、それを開く。

「ええっと……あ、え、殿下……？」

真っ先に目に飛び込んできたのは、末尾に記された彼の名だ。思わず指先でなぞって、もう一度確認する。筆跡はこれまで何度も目にした書類と同じもの。

慌てて先頭に戻って、読んでみる。

「なになに……あ、これ、夜食なんだ……？　ってことは、仕事終わった後に来てくれたってこと？　あ、えっと……」

そこに記されていたのは、テーブルの上に夜食を置いておいたこと、それから明日の朝もう一度顔を見せること、今日は来られなくてすまない、という謝罪だった。簡潔な、彼らしい文面に口元が緩んでしまう。

「律儀だなあ、もう」

その小さな紙片を胸に押し当てて、ロレッタは目を閉じた。この内容を見る限り、きっとアレックスはここでこの手紙を書いたのだろう。ロレッタは使ったことがないが、文机には紙もペンも置いてある。

――あ、そうだ、ペン……。

アレックスのペンを、そういえばこの部屋で拾ったのだった。それを思い出して、ロレッタは慌てて寝台から下りて衣装室へ駆け込む。あの日着ていたドレスを探し出して、その隠しポケットの中をごそごそ探った。だが、お目当ての品は見つからない。そもそも、ペンは手に持っていたような気がする。

——え、私……どこかで落としてきちゃった？

順を追ってあの日のことを思い出してみる。部屋を出て、いつの間にか知らない場所に出て、そしてあの薔薇園にたどり着いて……。

——落としたとしたら、あそこ……？

あそこからは、なるべく人目につかないよう注意しながら元の道をたどったはずだ。やはり、薔薇園で落としたのだろう。

困った、とロレッタはため息をついた。もう一度あそこに行くにしても、道をよく覚えていない。この五日の間に、アレックスもペンがないことには気づいているだろう。

もしかすると、庭師の誰かが拾って彼に届けたかもしれない。

——けど、結構使い込んだ古いペンだったのよね……。

古いからといって、捨てられたりしていないといいのだけれど。

とりあえず、城内の落とし物を管理してる部署などがあれば、そこに聞くしかないだろう。

そんなものがあればだが。

——もう、必要ないかもしれないけど……。

もう、あれから五日なのだ。必要ならばアレックスはいくらでも新しいものを用意できる。

無事に見つかって、もう必要がなさそうなら——とロレッタは思った。

——その時は、記念にもらって帰ろう。

とりあえず、アレックスが朝顔を見せるというのだから、ロレッタは準備をしなければいけない。窓の外がうっすらと明るくなり、小鳥のさえずりが聞こえ始めている。寝台の側まで戻って軽食を口に放り込みながら、ロレッタはまずはマイラが来るのを待ち構えることにした。

ほどなくして現れたマイラは、ロレッタが起きて夜食を摘まんでいるのを見て目を丸くした。どうやら、本気でロレッタが起きて動き回れるとは思っていなかったようである。

昨日は一人で風呂にだって入ったのに、やはり過保護な扱いだな、とロレッタは苦笑した。

そんなロレッタに、マイラはため息をつきながら言う。

「体力がおありなんですねえ……」

「まあ、それなりに」

いつだったか交わしたような会話を繰り返して、ロレッタは肩をすくめた。確かに五日も寝込んだならば、マイラが知っていそうな貴族の令嬢ならもっと回復に時間がかかるのだろう。ジャスミンの折れそうな腰が目に浮かんで、思わず自分の腰の肉を摘まんだ。

――いやいや、比べてどうするの。

ふるふると首を振って、そこからぱっと手を離す。

まあ、ロレッタの場合はそもそも少しばかり事情が違う。治癒力さえ回復すれば、身体に異常があるわけではないので動くのに支障はないのである。病気ではないのだから当然だ。

ただ、今日は申し訳ないけれど、ロレッタは黙ってマイラの心配に乗っからせてもらうことにした。ドレスの中でもなるべく楽で簡素な一着を選んで着せてもらうことにしたのだ。その方が身体が楽だから、と言って。

――そろそろ、お別れだから。

華美なドレスもほどほどにして、なるべく質素な装いに戻りたい。

最初のうちこそひそかに心を弾ませたりもしたが、今のロレッタには普段と違うドレス姿でさえ彼との身分の差を感じさせられるような心地がした。

コルセットは緩めにしてもらい、選んだドレスを身に纏《まと》う。鏡に映った自分の姿を見て、ロレッタは頷いた。

先程夜食を平らげてしまったところなので、朝食はお断りする。それから、城の中で落とし物があった場合どうなるのかを尋ねてみたが、マイラもその辺りには詳しくないようだ。奥向きの侍女であるマイラは、表向きの方の事情はよくわからないのだという。

だが、そちらの方に仲のいい侍女仲間がいるので、聞いておきますと言ってくれた。それにほっとして、お礼を言うと、マイラは恐縮したように「いえいえ」と首を振った。

そのマイラが下がった後、ロレッタは再び衣装室に入り込むと、聖女の制服を探した。だいぶ奥の方にひっそりと吊るされているのを確認して、ほっと息をつく。城に来てまだ半月ちょっとしか経っていないというのに、その手ざわりもなにもかも懐かしく感じてしまう。

――次にこれを着る日が、お別れの日か……。

柄にもなくしんみりと制服の裾を撫で、それから持ってきた鞄を探す。それもやはり隅に置かれていて、中には数日分の着替えが入ったままになっていた。これも結局用無しだったが、そこにあったことになぜかほっとする。全部このまま持って帰れば、忘れ物はなさそうだ。あ、と思って持参した寝間着を探してみたが、それはなぜかなかった。まあ、どうせ支給品である。神殿に戻って頼めば同じものが手に入るだろう。

「よし……あとは……」

衣装室から出て、ロレッタは長椅子にごろんと転がった。天井を見上げると、壁と同じ青みのある緑が目に入る。しばらく見つめているうちに、それがアレックスのあの瞳と同じ色だ、と気が付いて、ロレッタはくすりと笑った。

――わざわざ誂《あつら》えたみたいね。

そんなはずはないのだが、なんとなく新しいもののような気がする。きっとアレックスが戻ってから模様替えでもしたのだろう。使っていなかった部屋だというし、綺麗なのはそのせいだと思う。

そんな風に物思いにふけっていたところへ、扉をノックする音が響く。おそらくアレックスが約束通り来たのだろう、とロレッタは体を起こしながら「はーい」とちょっと気の抜けた返答をした。彼のことだから、きっと勝手に扉を開けて入ってくるだろう。

その予想に違わず、がちゃりと開かれた扉から赤い髪がひょっこりと現れた。先程壁紙と同じだと思った青緑の瞳が、きょろきょろと周囲を見てロレッタの所在を探している。真っ先に視線が寝台へ向いたのを見て、ロレッタは忍び笑いを漏らした。

「おはようございます」

「ああ、おはよう……そこにいたのか」

そう声をかけると、彼女の存在に気づいたアレックスが、ほっと息をつき扉を閉めてロレッタのもとに近づいてきた。そのまま、長椅子に座ったままのロレッタの隣に腰を下ろすと、顔を覗き込んでくる。

顔色をチェックでもしたいのだろうか、と真面目な顔で見返すと、彼は小さく噴き出した。

「なに真面目な顔してんだよ」

「顔色のチェックかと」

正直に答えると、また笑われる。それじゃ、と伸びてきた手が頬に触れ、顔の向きを変えられると、今度はじっと正面から見つめられた。

その目が優しいから、嫌になる。

「大丈夫ですよ、ただの治癒力の使いすぎなんですから」

「そうは言うけどな……」

そっけなく言い、ぺしっとその手を払うと、アレックスの表情がわずかに歪んだ。だが、その視線を避けるように下を向く。傷ついたような表情を見るのはつらい。

ため息が出そうになるのをなんとか飲み込み、ロレッタは口を開いた。

「殿下の方こそ……その、治癒は成功っておっしゃってましたけど」

「ああ、それな」

「……今、お時間あります？　確認を……」

「い、いま……？」

アレックスの声がわずかにうわずって、次いでごくりと息を飲む音が聞こえる。あ、と小さく呟いて、ロレッタは自分の言葉が足りなかったことに気が付いて顔をあげた。

すると、耳まで赤くなったアレックスと目が合ってしまう。青緑の瞳がゆらゆらと揺れるのを見て、ロレッタは自分まで頰が熱くなるのを感じた。いや、耳まで熱い。きっと自分も彼と同じかそれ以上に赤くなっているだろう。

慌ててぶんぶんと首を振って、それから手も振り回して、ロレッタは全身全霊で「ち、違います！」と叫んだ。

さすがに今この時間この時に、患部を見せろとはロレッタでも言わない。寝台かここか、どちらかで横になってもらって、目を閉じてもらえれば充分だ。

「き、気の……気の流れを見れば……」

「あ、ああ……」

なんだ、と小さく彼が呟いたような気がして、ロレッタはもう一度視線を向ける。どこかがっかりして見えるのは気のせいだろうか。昨日の朝を思い出して、ロレッタの心臓が跳ねる。

『試してみる？』

あの時の声音までそっくりそのまま、アレックスの発した言葉を思い出してしまったからだ。

——いや、あれは冗談、冗談だから……！

これでうろたえたりしたら、本当に彼の思うつぼだろう。きっとニヤニヤ笑いながら、馬鹿なやつ、とか言うはずだ。

ぶん、ともう一度大きく首を振ったところで、アレックスが立ち上がった。

「うん……そうしたいのはやまやまなんだけど、今日はもう行かないとならないから」

「そうなんですか？　早いんですね……」

ロレッタが呟くように言うと、アレックスは苦笑を浮かべて頷いた。

「その代わり、昼にはいったん顔を見せる。用意しているものがあるから……ここで待っててくれ」

「へ……？　あ、ええ……それは、別に……」

いつも通りなので問題ない。なぜわざわざそんなことを言うのかわからないが、ロレッタは頷いた。途端に、苦笑を浮かべていたアレックスがにっこりと笑う。

一歩近づいた彼に思わず身を引こうとしたロレッタの肩が掴まれた。と思うと、流れるような仕草でアレックスの顔が近づいてくる。

え、と思う暇もなかった。顎に手をかけられて、上を向かされる。唇に温かい感触がして、それはまたすぐに離れていった。見開いたままのロレッタの目に、少し濡れたアレックスの唇が映る。

「じゃ、また昼にな」

そう早口に呟いたアレックスが、微笑みながら手を振って扉の向こうに消えた。

「え、えええ!?」

ようやく我に返ったロレッタが叫び声をあげたのは、それからゆうに三十分が経過した後のことだった。

9　先走りすぎた王子様

「こ、これは一体……？」

ひとしきり部屋の中を転げまわったロレッタが落ち着いた頃、大きな箱を持って現れたのはマイラと数人の女性たちだった。

なぜかマイラが少し不機嫌なのは気になるが、その大きな箱の中身も女性たちの存在も気になる。

じっと見つめるロレッタの目の前でその箱から取り出されたのは、朝焼けのような赤い色をした夜会用のドレスだった。

「アレックス殿下からご依頼いただきまして」

「殿下から」

ぽかん、と口を大きく開けたロレッタが繰り返すと、マイラがため息交じりに頷いた。

「まったく、なにもこんな日に持ってこさせなくてもよさそうなものですけれど。ロレッタ様に無理を強いたお詫びのつもりでは？」

「いや、無理っていうか……」

詳しい事は話せないので何が起きたかは言えないのだが、別にお詫びの品をいただくような謂《いわ》れはないはずだ。そもそも、こんなドレス、二日や三日で準備できるとも思えない。いや、倒れた日から数えれば、五日以上ある――が、やはりそれでも無理だろう。

だって、既製品を手直ししたこれまでのドレスとは全く違う。明らかにロレッタのサイズで一から作られたものだろう。それくらい、ロレッタの目にもわかるほど、それはこれまでのものとは全く違っていた。

目をぱちくりさせたロレッタが気づいた時には、女性たちが彼女が今着ているドレスを脱がそうとしていた。

「え、えっ、なに!?」

「これから最終調整を」

おそらく彼女たちの代表なのだろう。栗色の髪の女性にそう言われ、ロレッタはわけもわからず頷いた。

すると、準備を整えた女性たち――おそらく、お針子なのだろう――が手際よくロレッタのコルセットを締めなおし、ドレスを着せていく。

鏡の前に立たされ、あちこちに針が刺されていく。あっという間に作業が終わり、栗色の髪の女性は満足げに頷いた。

呆然としてされるがままだったロレッタも、その頃にはなんとか気を取り直し、鏡を見る余裕が生まれている。

これまで着ていたのは、いわゆるデイドレスと言われるもので、首元までしっかり覆われたデザインだ。腰当を着けて背面を膨らませたスカートが今の流行で、ドレスに慣れないロレッタでも無理がない程度にやはりその流行が取り入れられていた。最初は違和感があったが、それにもだいぶ慣れてきたところである。

ところが、夜会用のドレスはそれとは違う。大きく肩と胸元を出し、絞ったコルセットで胸を押し上げるようにして強調する。控えめだった腰当も大きくなり、優美なシルエットを作り出していた。

——うっわああ……。

鏡に映ったロレッタは、まるで別人のようだった。コルセットのつけ方によるものなのだろうか、これまでよりもさらに絞られたウエストに、せりだした胸。それは、いつもよりも大きく見える。開かれた胸元から見える谷間が、なんだか妙に恥ずかしい。

これまで着ていたドレスもそうだが、聖女の制服も首元はぴっちり閉まっているのが普通だったから、なんだかいけないものを見ている気分だ。

そっと目をそらしたところで、部屋の扉がノックされた。

「おい、ロレッタ、入るぞ」

「え、ちょっとまっ……」

最後まで口にすることはできなかった。心得顔のマイラが、さっさと扉を開けてアレックスを招き入れたからである。

――ま、マイラぁ……!?

裏切者、と思わず喉元まで出かかった叫びを、お針子たちの手前ということを考えてぐっと飲み込む。思わず扉を振り返っていたため、入って来たアレックスとすぐに目が合った。

そのアレックスが、無言でロレッタを凝視している。

――え、もう……何なの……せめて、なにか言ってよぉ……。

似合わないと言って笑われるのでも構わない。ロレッタだって、こんなドレスが自分に似合うとは到底思えないのだから。

だが、ほお、とため息をついたアレックスの口から出てきたのは、ロレッタの予想外の言葉だった。

「うん――思った通り、良く似合ってる」

うんうん、と頷いたアレックスの顔には、蕩《とろ》けそうな笑顔が浮かんでいる。その表情に、ロレッタの胸がきゅんと音を立てた。

――じゃ、なくって……！

どきどきと高鳴る胸を押さえつけて、ロレッタは俯いた。これ以上アレックスの顔を見ていられる気がしない。こんな姿、本当は似合わないと言って笑ってくれた方が良かった。

——分不相応な夢を見てしまうから。

こんなドレスを着て、彼の隣で笑えたら——なんて。

そんな感傷に浸っていたロレッタは、扉の開閉音ではっと我に返った。気づけば、マイラもお針子たちも姿を消している。残っているのはアレックスだけで、やはり先程と同じ、蕩けそうに甘い目でロレッタを見つめていた。

思わず後ろに一歩下がる。すると、アレックスも一歩進む。ロレッタが一歩、アレックスが一歩。一向に縮まらない距離は、ロレッタが背後の鏡に到達したところで一気に縮む。

これ以上後ろに下がれないのに、アレックスは歩みを止めない。直ぐ近くまで彼の足が迫ってきて、俯いたロレッタの視界に彼の黒い靴が入り込む。

「なんで逃げるんだよ」

「な、なんで近づいて来るんですか……」

なんとなく恥ずかしくて、胸元を隠すようにしていた腕をアレックスが掴んだ。ゆっくりとそれを外されて、アレックスがじっくりと自分の姿を観察する視線を感じる。

あまりの恥ずかしさに、ロレッタの顔は火を噴くのではないかと思うほどに熱い。むき出しになった腕を直《じか》に掴まれていることも、恥ずかしさに拍車をかけている。

——もう、やだ……何か言ってよ！

こうして距離を詰められると、アレックスにキスされたことまで思い出してしまって、心臓が壊れそうなほどにどきどきしてしまう。

俯いたままのロレッタの視界で、黒い靴がまた一歩、ロレッタに近づいたのが見えた。

あ、と思った時には、彼のいつもの香水の香りがふわりと漂い、耳元に息が当たる。目の前にアレックスの着ているシャツの白と上着の紺が広がって、さらに距離が縮まったことをロレッタに教えた。

「うん……いい……すごく綺麗」

「う、うそ……」

耳元でアレックスが囁いて、ロレッタの心臓はこれ以上ないほどに騒がしい。壊れそうだとさっき思ったばかりなのに、それ以上――もう、耳の奥で心臓の音がうるさいほどに聞こえている。

「俺は、嘘は言わない。綺麗だと言ったら、本当にそうだから」

「うう……」

髪を撫でられている気配がする。おもわずうっとりしそうなほどに優しい手つきで。

そうしているうちに、もう片方の手が、腕を離して背中に回った。大きく開いたそこを、熱い手が撫でる。ぞく、としびれるような心地がして、息が詰まった。思わずアレックスの胸元に縋《すが》り付くと、その手はまるで心得たように、もう一度ロレッタの背を滑っていく。

まるで、背骨を辿るように、指先が触れるか触れないかの絶妙な加減で――そうされると、ロレッタの身体がじんわりと熱くなって、くすぐったさと同時に得体のしれない感覚がやってくる。ふ、と詰めていた息を吐くと、耳元に彼の含み笑いが聞こえたような気がした。

「やっ、殿下……っ」

「やじゃない」

弱弱しい抵抗は、一言で封じられた。何度も背を撫でた手が、首筋にまで上ってくる。髪の生え際をくすぐられ、その手のひらが頬に擦り付けられた。その温度が心地良い。

「なあ……」

その感触に集中していたロレッタの耳元で、アレックスが囁く。ん、と返事をしようとしたロレッタの唇からは、自分でも恥ずかしくなるほど甘い声が漏れた。

それに少しだけ笑ったアレックスが、言葉を続ける。

「それを着て、今年最初の夜会に一緒に出てくれないか」

「んっ……そんなの……」

無理、と言おうとして、唇が塞がれる。言葉を発しようと開いていた唇の隙間から、ぬるりと熱いものが差し込まれて、ロレッタの歯を撫でた。

彼に縋り付いていた指先に力が籠って、シャツと上着にしわが寄る。

だが、ロレッタは既にそれを気にする余裕さえない。

口腔内を、熱い塊が蹂躙《じゅうりん》する。歯列をなぞったそれが、上顎をくすぐったかと思うと、ロレ

ッタの舌を探り当てて擦りつけられる。背中にぞくぞくとした感覚が這って、思考がかき乱される。ただ、ロレッタにとって——それは不思議と嫌な感覚ではなくて、それが余計に混乱を連れて来た。

——なんで……？

後頭部に回された手に、離さないという強い意志を感じる。さすがのロレッタも、ここまでくれば、アレックスが本気でロレッタを求めているのだと理解できた。

これまでの全てが、戯れでも冗談でもない、彼の真意だということも。

——でも、だって、殿下は王子様で、綺麗な女性はたくさん周りにいて、それで、もうじき結婚もする……。

ぐるぐると、頭の中をいろんな思いが駆け巡る。だが、最後に行き着くのはやはりこれだった。

——私じゃ、身分も外見も、釣り合わなさすぎる。

本当に、自分が——正式な父の娘だったら、とロレッタはこの時初めて両親を恨んだ。もし、そうだったなら、このまま身を任せても良かったのに。

そうだったら——彼に、手が届いたかもしれないのに。

「やっ……！」

渾身の力を込めて、ロレッタはアレックスを突き飛ばした。呆然とした表情のアレックスが、ロレッタを見ている。

胸が痛い。そんな顔をしないで欲しい。そんな、心の底から傷ついたような表情を。

今からでも遅くない、彼の腕に飛び込んだら、きっとうまくいく——今は。だけど、その先はない。

ロレッタは、俯きながらもはっきりと拒絶の意味を込めて首を振った。アレックスが息を飲む音が聞こえて、ロレッタの胸が締め付けられるように痛む。

「ロレッタ……」

弱弱しい声が、名前を呼ぶ。だが、ロレッタは今、顔をあげるわけにいかなかった。だって、見られたらきっと、自分の気持ちなんてバレバレだ。

やがて、重いため息をついたアレックスの足音が遠ざかっていく。その音を聞いたロレッタの瞳から、涙が一滴こぼれて、床に落ちた。

◇◇◇

どうしていいのかわからなくなって、はっきりと拒絶を言葉で聞きたくなくて——アレックスは逃げるように部屋から出ると、扉を閉めてずるずるとその場にへたり込んだ。

きっと頷いてくれると信じていただけに、ショックは大きい。

――なんでだよ……。

これまで、自分の好意は素直に態度で示してきたつもりだ。ロレッタの方も、それなりの好意を持ってくれていたのは間違いない、と、そう思っていた。そうでなければ、彼女はあれほどまでに過剰なスキンシップを受け入れたりしなかっただろう。

それにあの晩、アレックスが触れてもいいか、と尋ねた時、彼女は頷いてくれた。明らかに性的な接触を、少なくともロレッタは、どうでもいい相手に――いくら治癒のためとはいえ許すようなタイプではない。だからこそアレックスは、自分の気持ちは通じているし、彼女も同じ気持ちだと信じられたのだ。

父にも既に、最初の夜会に自分の結婚相手を連れていく、と宣言までしてある。

だというのに、だ。

――なんで、あんな顔して……。

アレックスの脳裏に浮かぶのは、部屋に入ってすぐのロレッタの戸惑い顔だ。もっと、喜んでくれると思っていたのに。

彼女のドレスを仕立てるにあたって、アレックスは迷いなく自分の隣に立つための――それこそ、自分の執着が一目でわかるものを選んだ。それでなくても、既に城の中では噂になっている。それが一時のものでないと周囲に知らしめるための赤いドレスだ。

――よく似合ってた。

自分が選んだ、自分を想起させる赤いドレス。それは、密かに「これ」と思う相手が現れた時には絶対に身に着けてほしいと思っていたもの。

そんな日は永遠に来ないのでは、と考えた日もある。だけど、それをロレッタが打ち破ってくれた。

自分のために、一生懸命になってくれる可愛いロレッタ。

そんな相手を、どうして好きにならずにいられるだろう。

膨れ上がった愛しさのまま、触れた。その結果が——今だ。

「先走りすぎたか……？」

まだ何か足りなかっただろうか。それとも、好意を持たれていると、彼女も自分を好いてくれていると思ったこと自体が間違いだったのか。

——だからといって、諦めるわけにはいかない。

もう既に、自分の心は定まってしまったのだから。

アレックスは立ち上がると、頭を振った。少なくとも、ロレッタはアレックスの治癒がきちんと完了したことを確認するまではここにいる。その間に、全て決着をつけよう。

——今夜、もう一度話をしよう。それでだめなら次の日、それがだめでも……。

勝利を掴むまで粘る。それがアレックスが戦場で生き延びるため身に着けた戦術だ。時には危ないこともあったが、それでも粘り強く、時には我慢もして、そうして勝利を掴みとってきたのだ。

——根比べなら俺の方が強い。

戦というのは、根比べである。

かつて、戦場で自分にそれを教えた男の顔を思い出して、アレックスはそっと胸元に手を伸ばした。だが今、そこには何もない。いつも持ち歩いていた一本の古びたペン。それは、その男の遺品だった。

はあ、とため息が漏れる。どこで落としたのかわからないが、最近は執務室と自室の往復ばかりだ。きっと見つかるだろう。

あれは、自分にとってお守りのようなもの。最後の戦いで自分を助けてくれた——そして、命を賭《と》してアレックスの作戦を成功に導いてくれた、あの人のものだ。

そういえば、とアレックスはふと思った。

——彼も、ロレッタのような……綺麗な紫紺の瞳をしていたな……。

前線に出る必要もないだろうに、常に自ら陣頭に立ち、アレックスの作戦を支援してくれた人。十五で戦場に出た名ばかりの指揮官だった自分に、戦術のいろはを叩き込み、全ての戦いの勝利を掴みとらせてくれた人だ。

戦後のドタバタで、彼の家族に挨拶に行くのがかなり遅くなってしまったことを思い出して、アレックスの胸に苦い気持ちが蘇った。

――あれ……？

そういえば、とアレックスの脳裏に何かがよぎった。だが、思い出せないまま霧散する。何か大事なことのような気もしたが、アレックスは軽く頭を振ってそれを追い出すと、執務室に足を向けた。

――とにかく、今はロレッタのことだ。

なるべく早くに執務を終えて、ロレッタのもとを再度訪れよう。そう決意すると、アレックスは早足でその場を後にした。

それを物陰から見ている視線があることには、気づかなかった。

◇◇◇

アレックスの後ろ姿を見送ることもできず、ロレッタはこぼれた涙を拭った。擦ってはいけない。そんなことをしたら、泣いていたことがマイラにわかってしまう。

何があったのか、彼女はきっと心配するだろう。だから、擦らないで、あとが残らないように。

それだけを念じるように頭の中で繰り返しながら、側にあった布で目元を押さえる。

――泣くな、泣くな……！

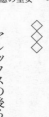

アレックスが真剣に自分のことを想っていてくれたのは嬉しい。きっと、その思い出だけで、ロレッタには充分だ。だから、泣いてはいけない。

笑顔でここを出て行かないと、自分もアレックスも、心にしこりが残ってしまう。

「はは……」

鏡に向かって無理矢理笑顔を作る。その時、背後の扉からノックの音が聞こえた。

──マイラかな。

アレックスが出て行ったので、きっとお針子を連れて戻ってきたのだろう。はあい、と返事をしかけたところで、扉が勝手に開いた。いや、扉の外の人物が開けたのだ。

──あれ？

マイラならば、返事があるまで開けないだろう。不思議に思って鏡越しに窺ったそこに立っていたのは、前に一度だけ遭遇した、アレックスの弟、ジェロームだった。

「お邪魔しますよ」

「は、はい……？」

後ろ手に扉をぱたりと閉め、にっこりと微笑んだ彼が、ロレッタを検分するように眺めている。今の自分の姿を思い出して、ロレッタは慌てて長椅子の上に放り出してあったショールを手に取ると、それを身に着けた。

露出はそれでかなり抑えられたが、なんだか心もとない気分だ。

「あ、あの……何のご用で……？」

「ああ、そう警戒しなくても。それにしても、兄上もアレだなあ……」

もうちょっと、こう……などと呟きながら、ジェロームは再びロレッタの姿を上から下へ、真剣な目で見ている。口元には笑みが浮かんだままだが、ロレッタからすると、なんだかそれが怖い。

だから、彼が一歩歩み寄ってきたところで、思わず大きな声が出た。それも、かなりきつめの声が。

「な、なんですか……!?　ご用があるなら、そのまま……！」

「わお……兄上の小鳥ちゃんだから、きっと気が強いと思っていたけど、なかなかだねえ」

両手を胸の高さまで上げたジェロームが、その声に従い、肩をすくめて足を止める。それにほっと息をついたのも束の間、彼のその手に握られているものを見て、ロレッタの動きが止まった。

「そ……れ……」

「ああ、これ？　うん、見覚えある？」

ころり、と手のひらに転がすようにして見せられたもの。

それは、あの日ロレッタが拾って、そしてどこかで落としてきた――アレックスのペンだった。

「これ、きみのでしょう？」

ジェロームに問われ、ロレッタは一瞬迷った後に頷いた。自分のもの、というわけではないが、自分が落としたものには違いない。

返してもらおうと手を伸ばしたところで、彼はすっとそれを自分の目線の高さへ持っていく。そうして、ペンをくるりと回すと、その下の方を指さした。

「でもさ、ここに刻まれているのは、きみの名前じゃない」

「……名前？」

そういえば、うっすらと何か刻まれているのは目にしていた。だが、ロレッタには読めない異国の文字であったようだし、それが名前だとは気づかなかった。

訝しげな顔をしたロレッタに、ジェロームがくすりと笑う。そうして、彼はその名前を読み上げた。

「エリオット」

「エリ……？」

ジェロームの口から出た名前に、ロレッタの目の前がくらくらと揺れた。なぜ、いま、その名前が出てくるのかわからない。

——いいえ、だって、そんな、ありふれた名前だもの……。

必死にその可能性を否定する。だって、あれはアレックスが持っていたものだ。エリオットの──父の名前が、どうしてそこに刻まれているというのか。

「おや、知らなかった？　おかしいな……これ、きみが落とすところを見ていたんだけど……」

「どこで……？」

「薔薇園で」

ショックを受けて青ざめたロレッタを見るジェロームの顔に、うっすらと戸惑いが浮かんだ。ぱちぱちと瞬きしながら、ジェロームは手元のペンとロレッタを交互に見やる。

それから、首を傾げて呟いた。

「やだな、てっきり僕は……」

だが、その言葉が終わるか終わらないかのうちに、再び扉をノックする音が響く。やべ、と慌てた調子で呟くと、ジェロームはあっさりとペンをポケットにしまい込み、バルコニーに続く窓へ駆け寄った。

「ごめん、マイラが戻ってきちゃったみたいだから……またね！」

「ちょっ……」

せめて、それを置いて行って──というロレッタの言葉は声にならなかった。バルコニーに出たジェロームが、あっさりとその手すりを飛び越えると姿を消したからだ。

──ちょ、こ、ここ……二階なんですけど……!?

ショックよりも驚きの方が勝った。ノックの後に外からマイラが何か言っているのが聞こえたが、それを無視してロレッタは慌てて窓に駆け寄る。バルコニーから下を覗くと、一体どう飛び移ったのか、ジェロームが器用に木を滑り下りていくのが見えた。そして、ちらりとこちらを振り返ると、元気に手を振って走っていく。

とりあえず、怪我をしているわけでもなさそうな走りぶりにほっとして、それからロレッタは納得した。

——なるほど、さすが女好きの王子様ってわけか……。

この手馴れた感じ、どこかで女性の部屋に潜り込んでは同じような手口で帰っているのだろう。はあ、と大きなため息をついたロレッタは、振り返って叫び声をあげそうなほどに驚いた。

「ぎゃ……マ、マイラ……」

「どうなさったんですか、ロレッタ様」

どうやら、返事がないことに焦れたマイラが踏み込んできたらしい。

「殿下がお帰りになったと伺いましたので……ロレッタ様、お顔の色が……やはり、お疲れだったんでしょう。本当に、殿下は気が利かないというか……。さ、着替えて休みましょう」

「い、いや……」

別にアレックスのせいではない、と言おうとして、ロレッタは口をつぐんだ。今日は彼の顔を見られる気がしない。

体調が悪い、と言って、引きこもらせてもらおう。

——もう、本当に……。

マイラの言葉に頷きながら、ロレッタはおとなしく部屋の中へ戻っていった。

再び寝台の住人になったロレッタは、掛け布をすっぽりと頭まで被って目を閉じると、深く息を吐き出した。

アレックスのこと、それからジェロームに見せられたペンのこと。考えることが多すぎて、頭がパンクしそうになっている。

本当なら、もう——今すぐにでも城を出た方がいいのはわかっている。アレックスが言うには、治癒は成功したというのだから、それで問題ないはずだ。だが、それを確認できていないことは気がかりである。

それにもう一つ、気になることが出来てしまった。あのペンだ。

——エリオット……なんで、お父様の名前が、ここで出てくるの……？

いや、そうとは限らない。だって、アレックスと父の間に何か接点があるなんて聞いたことがない。だけど、母を亡くしてからは父と過ごした記憶はあまりない。何か繋がりがあったとしても、それを聞く機会もなかった。

「……だめだ」

ロレッタは、小さく呟くと首を振った。考えても埒《らち》が明かない。せめて、家名でも入っていればわかるだろうが、ジェロームは何を考えてかロレッタにペンを渡してはくれなかった。

そもそも、父とアレックスの間に繋がりがあったとしても、ロレッタには関係のないこと。正式には、父の妻はあの女で、父の娘はあの子一人。そういうことになっているはずだ。

「……出て行こう」

ロレッタは決意した。これ以上、自分がここにいていい結果が出るとは思えない。

アレックスの治癒は成功した。あのペンは、自分とは関係がない。たとえ、父のものであっても。

アレックスの手元に戻せなかったことは心残りだが、仕方がないと思って諦めるしかなかった。

潜り込んだ掛け布の隙間から、窓の外を見る。もう夕刻を迎えた空は、茜色と紺色が混ざり合った不可思議な色をしていた。それは、父の――自分の瞳を彷彿とさせる色だ。

――お父様……お母様……。

どうして二人は、お互いに身分の差を考えて身を引こうと思わなかったのだろう。どうしたって幸せになどなれないとわからなかったのだろうか。

――私は、そうはならない。

このままここにいたら、自分は間違いなく流されてしまう。だって、本当はアレックスのことを好きだから。だから、もう一度彼が迫ってきたら、きっと頷いてしまうだろう。

だが、その後に待っているのは決して幸福ではない。父と母のように――引き裂かれて辛い思いをする。今のうちにいなくなった方が、傷は浅いはずだ。

お互いに。

――決行するなら、今だわ。

暮れゆく空を見つめながら、ロレッタは心の中で呟いた。アレックスには、マイラを通して体調が悪いから来ないで欲しいと伝えてある。だから、今夜は彼は来ないはずだ。不在に気づかれるのは、早くても明日の朝だろう。

決めてしまえば、ロレッタの行動は速かった。寝台から下りて、衣装室へ向かう。

手早く聖女の制服にそでを通すと、鞄を持つ。それだけで、簡単に準備は整った。

衣装室からそっと顔を出して、一応部屋の中に誰もいないことを確認する。マイラが様子を見に来るかもしれないので、掛け布の中にクッションを詰めて身代わりにした。きっと中までは確認しないだろうから、ロレッタが寝ていると思ってくれるだろう。

「さてと……」

軽くぱんぱんと手を払って、もう一度鞄を持つ。部屋の中をくるりと見渡して、ロレッタは机の上の紙とペンに目を留めた。

「挨拶くらい、書いておかないとね……」

マイラと、アレックスと。二人に向けて、簡単に辞去のあいさつ文をしたためる。余計なことは書かず、少しだけ考えてアレックスの方には「幸せをお祈りいたします」の文章を付け加えた。

「よっし……」

逃走経路は考えてある。ジェロームがやっていたように木に飛び移って——それから、城の門から何食わぬ顔で出ていけばいいだけだ。騎士団詰めの聖女がいるから、特に不審には思われないだろう。

もうすぐ、完全に夜になってしまう。その前に行かないと、視界が悪くなる。

バルコニーからそっと顔を出し、外に人がいないことを確認する。えい、と思い切りよく飛ぶと、ぎりぎり外の木にしがみつくことが出来た。

——あっぶな……。

ジェロームが軽くこなして見せたので、もっと楽かと思っていたが危うかった。心臓がどきどきと音を立て、それをしずめるために深呼吸をする。

そこから先は楽だった。するすると木から下り、正門の方角に向かって駆けていく。

正門の衛兵に笑顔であいさつすると、彼らも笑って「遅くまでご苦労様」と声をかけてくれる。ちく、と痛む胸には気づかない振りをして、ロレッタは彼らに手を振った。

こうして、ロレッタは城から姿を消したのだった。

10　次の方どうぞ！

「はい、次の方どうぞ！」

ロレッタが城を出て、はや一か月が過ぎ去ろうとしていた。今日も神殿の治癒室は満員御礼だ。

忙しくしていればしているほど、日中は全部忘れていられる。だからロレッタは、自ら進んで当番の回数も増やしたし、それが終われば上級聖女は免除されている雑用までこなした。

神殿長はそんなロレッタを何も言わずに見守ってくれている。おそらく彼の中では、それさえも「神のお導き」なのだろう。何も言わず、何の前触れもなく戻ったというのに、そのことさえ聞かれなかった。

他の聖女たちもロレッタの様子に何か感じるところがあったと見える。城での生活などを一通り聞いて騒いだ後は、突然戻ったことを深く追及することなくそっとしておいてくれた。

あのラモーナでさえもだ。

それをロレッタは、素直にありがたいと思っている。

そうして過ごしていられる昼の間は良かった。

問題は、夜。一人の部屋で過ごしている時だ。

どうしても、一人でいると城でのことを——アレックスのことを思い出してしまう。城に上がるまでは馴染んでいたちょっと硬くて冷たい寝台の上で、ロレッタは眠れぬ夜を繰り返していた。

「どうしてるのかな……」

ぽつり、と唇から言葉がこぼれる。

あれから一か月、ロレッタのもとには何の連絡も来ていない。実際に治癒が成功したのかどうかを確認してこなかったが、この分だとうまくいったのだろう。

今は社交シーズン真っ最中のはずだ。きっと彼は、ジャスミンのような綺麗な令嬢たちに囲まれて、鼻の下でも伸ばしているに違いない。

いや、そうでなくては困るのだ。だってロレッタのやるべきことは、彼の結婚の障害を取り除くことだったのだから。だから、憂いが無くなって、そうして結婚相手を決めてくれていれば、それが一番いいはずだ。

だというのに、やはりロレッタの心は暗く沈んだままだった。目の端に涙がにじんで、慌ててそれをごしごしと拭う。

——神殿に戻って、忙しくしてれば忘れられると思ってたのに。

なんだか悔しい。自分ばかりがアレックスを好きみたいで。

——いや、実際そうなんだよね。

アレックスにとって、ロレッタはただ目の前にいるちょっと毛色の変わった女の子、くらいのものだった。目新しさに惹かれはしても、いなくなればどうってことない。

ただ、自分の治癒をしてくれた聖女というだけの、それだけの存在だ。

もうきっと、ロレッタのことなど忘れているだろう。その証拠に——。

「この社交シーズンが終わるころには、殿下の婚約発表があるかも、か……」

昼間、患者と何気なく交わした世間話を思い出して、ロレッタは深いため息をついた。噂によれば、そのためにアレックスはあちこちの夜会に顔を出しているのだそうだ。

——うん、だって、それが一番だって決めたのは自分だもの。

神殿の上級聖女、といえばそれなりの地位ではあるが、元が貴族階級出身でない自分はやはり彼とは釣り合わない。

せめて……と、ロレッタの思考はいつものようにどうにもならない過去に向いていく。

「お父様、お母様……」

ゆっくりと起き上がると、ロレッタは鏡台の前に置いてある小さな箱を開けた。その中から母の形見のネックレスを取り出してぎゅっと握りしめる。それからゆっくりと手を開いて、そのヘッドをそっとなぞった。

小さくて丸い、母の瞳の色と同じ石がはまっている。その背面には見慣れない文字が彫られていて、それが母の名前だということだけをロレッタは知っていた。

おそらくは、母の故郷の文字なのだろう。

――そういえば、あのペン……。

あれにも、父と同じ名前が刻んであるとジェロームは言っていた。ロレッタも見たが、思い出してみればこれと似たような文字ではなかっただろうか。

――だったら、本当にあれは、お父様の……？

それほど良く見たわけではないから、確証はない。けれど、そうなのかもしれない。

あの時は関係ない、と思ったが――母の故郷の文字が刻んであるのなら、もしかすると母が父に贈ったものなのかもしれないな、とロレッタは思った。

けれど、今のロレッタにはそれを確かめるすべもない。

ぶん、と大きく頭を振ると、ロレッタはネックレスを元の箱に戻した。

気づけば、もう窓の外が明るくなってきている。

――今日も、眠れなかったな……。

もう習い性になったため息をついて、ロレッタは窓の側に近寄るとカーテンを開けた。東向きの窓からは、太陽が姿を現すのが見える。

赤く染まった空を見つめて、もう一度――ロレッタは大きく息を吐いた。

――殿下の髪の色みたい。

そして、あの日着せられたドレスみたいな色。うっとりと眺めて、それからロレッタは自嘲した。

——未練がましすぎる。

自分で逃げ出してきたくせに。

肩をすくめると、ロレッタは窓に背を向けて着替えを始めた。今からなら、仕込みを始めた厨房の手伝いが何かあるはずだ。

今日も忙しくしていれば、きっと昼間は何ともない顔をしていられる。それを繰り返していれば、きっと自分だってすぐにアレックスのことを忘れるはずだ。

——早く、婚約者が決まればいい。

そうすれば、自分はもっと安心できる。間違いなく彼の治癒を成し遂げて、役に立ったと思っていられる。彼の期待に応えられたのだと。

部屋を出る前、ロレッタはもう一度振り返った。赤く染まっていた空は、だんだんと朝の青にその姿を変えている。少しだけ紫めいたその空に微笑んで、扉を閉めると厨房へと足を向けた。

そんな生活を続けていたせいだろうか。

「はい、つぎの……っ」

治癒を終えた患者を送り出し、次の患者を呼び入れようとしたその瞬間、くら、と眩暈がロレッタを襲った。あ、と思った時には床にお尻が付いている。立ち上がろうとしても、足に力が入らない。

――だめ、こんなんじゃ……。

そう思って焦る気持ちとは裏腹に、ロレッタの意識はだんだん遠くなっていく。このままだと、床に倒れ伏してしまう。そう思った時、力強い腕がロレッタの身体を支えて立ち上がらせた。

「まったく、ロレッタはいつもそうだな……」

聞こえるはずのない声が聞こえる。泣きたいくらいに、聞きたかった声。

――幻聴？

だが、自分の身体を誰かが支えているのは現実だ。そして、その人物から香る、森を思わせる匂いも。

薄暗くなった視界で、慌てて背後を振り仰ぐ。そこに見えたのは、フードの下の赤い髪。それから、どこか悪戯めいた青緑の瞳だ。

「うそ……」

「ほんと」

にや、と弧を描いた唇が耳元に寄せられる。

「迎えに来たぞ」

「へ、え……？」

何言ってるの、という言葉は声にならなかった。おい、という慌てた声の呼びかけを最後に、ロレッタの気が徐々に遠くなったから。

「お、おい、ロレッタ、ロレッタ……！」

──ああ、きっとこれは夢なんだ。だったら、しばらく見ていたい。

そう思いながら、ロレッタはゆっくりとその腕に身体を預け、意識を手放した。

◇◇◇

机にだらしなく突っ伏したアレックスは、手にしたままの手紙を見つめてため息をついた。

昼過ぎの執務室では、そんな彼に構わずブルーノとチャーリーがそれぞれの仕事に従事している。ペンを走らせる音と、書類を重ねて整えるトントンという音が、アレックスのため息とともに室内に響いていた。

「……死にたい」

ぽつりとアレックスが呟く。それを聞いたブルーノとチャーリーは、顔を見合わせるとお互いに首を振った。

ロレッタが姿を消した翌日のことである。

朝、マイラの報告でロレッタが姿を消したことを知るや否や、アレックスは部屋から飛び出した。すれ違ったブルーノが事情を理解するまで一分半。そこから出勤途中のチャーリーに遭遇し、周囲の騎士まで巻き込んで暴走するアレックスを止めるまで、約一時間近くを要した。疲れ果てた三人は、とりあえず執務室へと来たものの――今日のアレックスはずっとこんな調子なのである。

「はあ……」

このため息も、何度目になるかわからない。

だがまあ、アレックスの心情を思えば、それもやむなきことだろう。なにせ、根比べをするつもりだった相手に逃げられてしまったのである。

――絶対、いてくれると思っていたのに……。

そこまで嫌だったのか、とアレックスが意気消沈するのももっともな話だった。

「諦めちゃうんですか？」

「あぁん……？」

そこにかけられた能天気な声に、アレックスの機嫌が地の底まで落ちる。ドスの効いた低い声音で返事をして、それから「ん？」とアレックスは眉を寄せた。

ここでは滅多に聞くことのない声が、聞こえた気がしたからだ。

がば、と顔をあげる。目の前にあったのは、赤茶の髪に緑の瞳をした、自分とどこか似通った顔だ。その背後で、ブルーノとチャーリーが肩をすくめている。

「なんだ、ジェローム……また、おまえノックもなしに」

「いや、しましたし」

あからさまにアレックスが不機嫌なのに気が付いているだろうに、ジェロームの態度は飄々《ひょうひょう》としている。そのとぼけた顔と、後ろで知らん振りを決め込んでいる二人の側近を順繰りに睨みつけて、アレックスはようやく身体を起こした。

ふん、と偉そうに椅子にふんぞり返ってはみるものの、その直前までの姿を見られているのであまり効果はない。

「……で、なんだ、用事は」

「実はですね、兄上にとっておきの情報を持ってきました」

そう前置きしたジェロームが取り出したのは、一本のペンである。得意そうに翳して見せたそれを見て、アレックスは訝しげな顔つきになった。

――あれ、俺の……？

手を伸ばしたところを、ペンに触れる直前で躱される。にんまりと笑った弟の顔に少し苛つきながら、アレックスは口を開いた。

「それ、俺のだぞ」

「は？」

でも、と呟いて、ジェロームがペンを見つめる。少し古ぼけたペンの軸の部分、彼の視線の先に気づいて、アレックスは「ああ」と小さく頷いた。

そこに彫られた名前は、確かにアレックスのものではない。

「それは、俺の恩人からの貰い物なんだ」

「恩人……はて、そうすると妙ですね……」

「何がだよ」

首を傾げたアレックスに、ジェロームは「はい」と存外素直にペンを手渡しながら呟いた。

「それ、隣国の文字ですよね。エリオットって、名が彫ってありますけど」

「ん、ああ……おまえ、これどこで手に入れた？」

「えっと……あの、薔薇園で。ちょうど兄上とジャスミン嬢がお話しになってたあの時です。兄上の聖女が、あそこで落とし――」

「ロレッタが？」

そこで、アレックスの頭の中に何かがまたチラついた。エリオット・サリヴァン――辺境伯であった彼の顔が脳裏に浮かぶ。

これを渡されたのは、最後の戦いの前夜だ。珍しく酒に酔った風だった彼が、最後にアレックスに頼んだのは娘のことだった。

その時は、縁起でもない、と突っぱねたのだが――。

『殿下、私の娘はそりゃ可愛くて……私と同じ色の瞳をしてて……妻に似て可愛くて……私はね、あの娘を守るためにここにいるんです。もう……そうだな、十四、十五になったのかな……』

ねえ、殿下、と彼は続けた。

『だからね、万一のことがあった時には、娘を頼みますよぉ……』

ガタン、と音を立ててアレックスは立ち上がった。エリオットと同じ色の瞳をした娘。あの瞳の色は、珍しいものだ。つまり、ということは。

「なんで、気づかなかった……？　いや、なんで……？」

顔色を変えたアレックスに、ジェロームは目を瞬かせた。不思議そうな顔をして、兄の顔を覗き込んでくる。

「兄上？」

「いや、ジェローム、悪い、ありがとな——おい、ブルーノ！」

「はいはい？」

アレックスに呼ばれて、ブルーノが顔をあげる。そのとぼけた顔に向かって、アレックスは声を張り上げた。

「おまえ、ロレッタの身上調査をするって言ってただろう。もう結果は出たな？」

「出てますよ」

肩をすくめたブルーノが、薄い書類つづりを持ってアレックスのもとへと近づいてくる。差し出されたそれをひったくるように受け取って、アレックスは血走った眼でその内容を確認した。

――やっぱり……！

すまし顔のブルーノを睨みつけて歯ぎしりする。

「おまえ、知ってたのか……！」

「むしろ、殿下が気づかない方がどうかしてますね。私は結果が出る前からそうじゃないかと思ってましたから」

なるほど、とアレックスはそれを机の上に放り投げて腕組みした。道理で、ブルーノはロレッタを妻にしたいという自分の意向に強くは反対しなかったわけだ。

「ロレッタが、まさかエリオットの話していた娘だったとは……」

「敵を落とすには、まず敵をよく知ること……って、教わってましたでしょうに」

確かに、それもエリオットの教えの一つだ。

しかし、アレックスの側にも言い分はある。エリオットの屋敷にようやく挨拶に出向けたのは終戦の一年後。そこで紹介された娘はまだ十にも満たない子どもだったのだ。どうも聞いていた話と違う、と思ったものの、エリオットの娘はその子一人、と言われてしまえば納得するしかない。

おかしな話だとは思ったが、エリオットもあの時は酒に酔っていた。きっと、この先自分が見られないかもしれない未来でも見ていたのかもしれない。

聞けば、幼いながら既に祖父のツテにより婿も決まっているのだという。それならば、当時のアレックスにしてやれることなど何もない。

そう思って、その場を後にしたのだが——調査書によれば、その時は既にロレッタが神殿へ連れていかれた後だったようだ。

——にしても、これは……。

調査書には、ロレッタの母についても記されていた。正式に婚姻はなされておらず、更には正式な妻を迎えたことによる心労が祟《たた》り、病を得て亡くなったらしい。

異国の踊り子という触れ込みだったのだと、調査書には記されていた。

「身分差、か……」

アレックスがぽつりと呟く。自分は一切気にならないし、父にも文句を言わせるつもりはない。いや、文句など出るはずもない。

戦神と呼ばれた自分が王位に就き、その直系の子を残していくことをこそ、父も、そして国の重鎮たちも望んでいる。それがすなわち、後々レイクニー王国の国力を高めることに繋がるから。それを思えば、ロレッタは国を救った大恩人、まさに救国の聖女と言える。

だが、ロレッタからしたらどうだっただろうか。きっと彼女には、そんなことは思いもつかなかったはずだ。加えて、父と母を引き裂いた原因は、身分の差だと——思ってはいなかっただろうか。いや、きっと思っていただろう。

——都合のいい、俺の思い込みかもしれないがな。

だが、それでも。ロレッタの自分に対する態度を思い返して、アレックスは気力を奮い立たせた。少なくとも、なんとも思っていない相手にとる態度ではなかったはずだ——あの時、彼女の身体に触れることを許してくれたことも含め、全て。

——絶対、頷かせてやるからな……。

やっぱり、粘れるだけ粘るのが自分のやり方だ。そのためにできる手はなんでも打とう。

「ブルーノ、この——ロレッタの母親について、もう少し調査してくれ。気になることがある」

「かしこまりました」

ブルーノが頭を下げ、そのまま踵《きびす》を返して部屋を出ていく。

「いやあ……絶対聖女の恋人か何かだと思ってたんですけどね……」

蚊帳の外に立たされたジェロームは首をすくめてそう呟くと、ちぇっと唇を尖らせた。

◇◇◇

ぼんやりと意識が浮上する。柔らかな枕に頭を擦り付けて、ロレッタははっと目を開いた。

——え、ここは……？

まだ昼らしく、部屋の中は明るい。急に開いた目をその光に焼かれ、ロレッタの視界が白く染まった。だが、身体に伝わる感触が、ここは神殿ではないと訴えかけてくる。こんな柔らかい寝台は、あそこにはない。あるとしたら——。

「お、目が覚めたか」

まだはっきりしない視界に、人の顔が入り込んでくる。うっすらとしか見えない人影だが、ロレッタはその人物が誰なのかを理解して息を飲んだ。

——うそ、夢じゃない、の……？

気を失う前のことを思い出して、ロレッタは青ざめた。確かに、この声をあの時も聞いたような気がする。だけど、それは倒れる間際の頭が見せた都合のいい夢だと思っていたのに。

呆然とするロレッタの目の前に、大きな手のひらが伸びてきた。それを二、三度振った後、その向こうの赤い髪がわずかに揺れて、もうロレッタの目にも、それがはっきりと見えている。

「おい？」

「な、なんで……？　なんで、殿下……」

大きな手のひらがよけられて、その向こうから笑みを浮かべた顔が覗いている。青緑の瞳が満足げに細められ、口元が大きく弧を描いていた。

――ああ、殿下だ……。

不意にじわりと目の端に涙が浮かぶ。たった一か月だが、ロレッタにとっては長い一か月だった。その間、見たくてたまらなかったアレックスの顔が、目の前にある。

「迎えに来たって言っただろ」

「言って、たけどぉ……」

なんで、どうして、聞きたいことはいっぱいある。だけど今、ロレッタの言葉は声にならない。代わりにぽろぽろと目から涙がこぼれだす。

それをちょっと困ったような顔をしたアレックスの指が、そっと拭った。

「遅くなって悪かったな」

そう囁かれて、違う、と答えたかったが、喉の奥からこみあげてくる嗚咽のせいで全く声が出てこない。ふるふると首を振ると、アレックスはまた少し困ったように笑った。

――ああ、本当に、殿下なんだ……。

涙を拭ってくれる指に、思わず頬を寄せる。すこし硬い指の感触に、また「本物だ」と実感がわいてきて、目の奥が熱くなった。

「おい、もう泣くなよ……」

「……っ、だ、だっ……て……」

一目会いたかった顔が、すぐそこにあるのだ。この時ばかりは何も考えられず、ロレッタはただ素直に頬に添えられた手に甘え、その感触に安堵していた。

結局、ロレッタが泣き止んだのはそれから三十分ほどが経った頃。その頃には、ただ泣いていたロレッタもだんだん落ち着きを取り戻し、考え事をする余裕が生まれていた。

——え、どういう状況……？

確か、ロレッタは気を失う前までは神殿の治癒室にいたはずだ。なのに、今、この寝台の感触からして——そして、見覚えのある内装からして、どうやら城の、自分に貸与されていた部屋にいるようだ。

アレックスに助けられながら体を起こし、それから水を一杯。くるりと見渡した部屋は、やはりあの部屋である。

そこは、ロレッタがいた頃と、何も変わっていないように見えた。

「……あの、殿下？　私、なぜ連れてこられたのでしょう……」

「あぁ？」

何を言ってるんだ、と言わんばかりの声音に肩が跳ね、ロレッタは恐る恐る傍らのアレックスの顔を見上げる。眉間にしわを寄せた彼は、呆れたように首を振った。

「そりゃ……あのドレスを着てもらおうと思って」

「……は？」

ロレッタは目を瞬かせた。全く意味がわからないのだけれど、アレックスの目は真剣だ。ドレスというのはあの時の、あのドレスで間違いないのだろうか。だけど、あれは……。

真っ赤な、まるでアレックスの髪の色のようなドレスを思い出して、ロレッタは俯いた。それから、あの時のキスの感触も。

「む、無理、無理……」

「無理じゃない」

いつの間にか寝台に腰かけたアレックスが、ロレッタの身体をまたぐようにして両脇に手をついた。まるで閉じ込められたかのような錯覚に、ロレッタの身体がびくりと跳ねる。彼の青緑の瞳がまっすぐにロレッタを見つめている、その目から視線が全くそらせない。

目力の強さに押され、ロレッタの唇から思わず本音がこぼれ落ちた。

「だって、私……私、貴族でも何でもない……」

「やっぱりそれか」

その言葉を聞いたアレックスの唇が、弧を描く。はっとして口を押さえたが、すでにこぼれた言葉は戻らない。

――ば、馬鹿……！

これじゃあ、自分がアレックスのことをどう思っているのか、白状したも同然だ。だって、貴族の令嬢だったなら、喜んで着た——と言ったようなものだから。

アレックスのことだ、言葉の意味を取り違えたりはしないだろう。

かあ、と顔に血が上る。熱くなった頬を両手で挟み込んで、ロレッタは「ちがう」と繰り返した。が、それで許してくれるような甘い男なら、そもそも神殿までロレッタを連れ戻しに来るはずがない。

——だって、だって、そんなの絶対おかしいよ……！

自分は、ただの身寄りのない平民の娘で、アレックスがそこまで執着してくれるようなものは何もない。

それこそ、あのジャスミンのような美しいご令嬢と——しかも、三年も彼を待っていてくれた一途な女性と結婚するのがお似合いなのに。

そう——だと、思っているのに。

ちくり、とロレッタの胸を棘がさした。俯いたロレッタの頭に、アレックスがそっと手を乗せる。だけど、その顔を見上げることがどうしてもできない。

今きっと、自分は酷い目をしている。嫉妬にまみれた、酷く醜い目を。

泣き笑いのような、そんな表情を浮かべて、ロレッタはまた小さく首を振った。どうしたって、自分はアレックスの隣には並べない。

アレックスの手が優しく髪を撫でている。その甘い感触に溺れたい。だけど。

あんな——自分は彼のもの、みたいな赤いドレスを身に纏っても、彼がいくら自分を好きだと言ってくれても、無理なのだ。

だって、きっと、アレックス以外の誰も、ロレッタのことを認めないから。

「俺は、気にしないけど……ロレッタが気になるのなら、教えてあげようか」

優しい、甘い——そんな言葉がしっくりくる声音で、アレックスが囁く。何を、と聞き返そうとした唇にそっと指を押し当てられて、ロレッタは涙のにじんだ目をあげた。

少しだけ、アレックスの表情が寂しげに見えるのは、気のせいだろうか。

だが、その口から出てきた名に、ロレッタはびくりと身体をこわばらせた。

「エリオット・サリヴァン。——知ってるな？」

どうして、その名前が出てくるのだろう。頷くこともできず、ロレッタは目を見開いた。顔から血の気が引いて、視界がぐらぐらと揺れだす。

——なんで、殿下が父の名を……？

そんなロレッタの身体に優しく手を添えて、アレックスが続ける。

「サリヴァン辺境伯は、ロレッタ、きみをきちんと実子として届け出ていた」

「え……？　だ、だって……？」

父と母は、正式な婚姻関係を結んではいなかった。だから、当然自分も、父の正式な娘ではない——そう、思っていたのだ。

だが、アレックスは真面目な表情で後を続けた。

「ロレッタの両親は、確かに正式に婚姻はしていなかった。だけど、レイクニーの法では、婚外子であっても父親が認めれば、実の子として届け出られる。もちろん、相続に関する優位性は嫡出の――正式な婚姻関係を結んだ夫婦の子に優先順位がある。けどロレッタ、きみは間違いなく、正当な辺境伯家のご令嬢だ」

うそ、という言葉は声にならなかった。涙があふれて止まらなかったから。

「だから――身分を気にしてるだけだったら、何も問題なんかない。そもそも、身分なんて、大した問題じゃないんだ」

アレックスがそう続けたが、ロレッタの耳には届かなかった。だって――ロレッタはずっと、自分は父の娘として認められていないのだと、そう思っていたから。

「おとうさま……」

静かに涙を流すロレッタを、アレックスがそっと抱きしめる。その腕の温かさに、もう素直に甘えてもいい――そうしてもいい理由を、父は残してくれていた。

「わたし……父には、捨てられたのだと……ずっと、おもっ……」

「うん……」

「けど、ちゃんと、認めて……っ」

「エリオットは、ずっとロレッタを気にかけてたよ」

その言葉を聞いたとたん、ロレッタは堰《せき》を切ったかのように泣き出した。その背中を、アレックスがゆっくりと撫でる。その優しい手に、また涙があふれて止まらない。

しばらくの間、部屋の中にはロレッタの泣き声だけが響いていた。

どれくらいの時間そうしていたのかはわからない。だけれども、アレックスは一言もしゃべらずに、ただロレッタの背を撫で続けていてくれた。

その温かさに、徐々にロレッタの気分は落ち着いてくる。だがそうなってくると、今度はこの状況がやけに恥ずかしくなって、顔があげられなくなってしまう。

最後にスン、と鼻をすったロレッタに気が付いたのか、アレックスの唇からかすかに笑い声がした。

「泣きすぎ」

「だ、だってぇ……」

どれ、と顔を覗き込んで来ようとする彼の顔を両手で防いで、ロレッタはぶんぶん首を振った。さっきとは別の意味で、見せられない顔をしている。泣きすぎて顔はべたべただし、たぶん鼻水だって出ているはずだ。せめて、顔を洗った後でなければ無理だ。

だが、そんなロレッタの微妙な乙女心には気づかないのか、アレックスは彼女の腕をやすやすと開かせてしまう。俯いたロレッタの前髪の上から額にキスを落として、それからもう一度顔を覗こうとしてくる。

「だめですってば……」

消え入りそうな声でそう言うと、ロレッタは身体ごと後ろを向こうとした。だが、腕を掴まれたままでは、完全に後ろを向くこともできない。不格好に身を捩《よじ》ったロレッタを見て、アレックスがくすりと笑ったのが聞こえる。

「いいじゃん、ロレッタの顔、見たい」

「だから……今、すっごく不細工な顔してるから」

それが見たいの、と耳元に囁かれ、ロレッタはとうとう降参した。まったく、この王子様には勝てる気がしない。さすがは戦神だ、と益体《やくたい》もないことを思って、ロレッタは少し笑った。

それでも、このままではあまりにも恥ずかしいので、少々行儀が悪いが袖で顔を拭う。それからゆっくり顔をあげると、にやにやと意地の悪い笑みを浮かべたアレックスと目が合った。

「……っ」

からかわれた、と思って慌てて顔をそらそうとしたところで、腕を離した手に頬を挟み込まれる。むにゅ、と挟まれた頬を、今度は指先で軽く摘まれて引っ張られた。

「あにふるんでふか」

「ん……やっぱ、ロレッタは笑ってる方がいいな、と思って」

にやにや笑ったままのアレックスだが、その声音は存外優しい。頬を引っ張られたままのロレッタが唇を尖らせると、今度はそこに彼の唇が少しだけ重ねられて、それからすぐに離れていった。

——な、なっ……！

あまりにもさりげなくそうされたものだから、ロレッタの反応は一瞬遅れた。それをいいことに、アレックスは二度、三度と同じことを繰り返してくる。

どう考えても、変な図だ。だというのに、アレックスの眼差しがやけに優しく——そして、雄弁に愛しさを伝えてくるものだから、拒否できない。それどころか、もっとして欲しくなって頬を引っ張る指に手を添えて、瞳を閉じる。

すると、その瞼の向こうでアレックスがわずかに息を飲んだ。頬を引っ張っていた指の力が緩んで、添えた手を逆に掴まれる。その手ごとロレッタの頬が挟まれて、それからゆっくりと吐息が近づいてきた。

「ん……」

鼻先に、あの森の香りがして、それから唇に優しく彼のものが押し当てられる。さっきよりも長く、だけれども触れ合わせるだけの、優しいキスだ。

ロレッタ、と彼の唇が名前を呼ぶ。その響きにうっとりとしながら、再びキスを受け取る。それを何度か繰り返すうち、アレックスがふっと呟きを漏らした。

「好きだ……」

どっきん、とロレッタの心臓が跳ねた。不意打ちの一言に、心拍数がどんどん上がる。気持ちを感じ取ってはいたけれど、そう言葉にされたのは初めてだ。思わず目を開くと、すぐ目の前に彼の瞳がある。切なげに細められた青緑の瞳としっかり目が合ってしまい、また心臓がばくばくと心拍数を上げる。

——し、心臓が壊れちゃうよ……。

ここは、自分も何か言うべきなのだろうか。だけれども、心臓の鼓動が激しすぎて言葉を発することが出来ない。息をするのも苦しくて、どうにかなってしまいそうなほどだ。

顔が熱い。頰を挟んだ手も熱い。きっと顔どころか、全身が真っ赤になっている。

ロレッタがそんなありさまだというのに、優しく微笑んだアレックスが再び唇を近づけてきた。また、と思ってぎゅっと目を閉じると、それはロレッタの唇を素通りして彼女の耳元に近づいた。

「言ってなかった？」

「う……」

「好きだよ、ロレッタ」

「……ううっ」

息の根が止まりそうだ。もう、完全にアレックスの勝ち。それでいいから、もうこれ以上はやめてほしい。

だというのに、アレックスは追撃をかけてくる。

「ねえ、ロレッタは？」

「ひ……ッ？」

「言ってよ、ロレッタ」

――む、むりむりむりっ……！

心の中で叫び声をあげて、だけれどもロレッタも自分の気持ちを示したくて、ゆっくりと彼に身体を預ける。掴まれていた手が緩んだのを引き抜いて、目の前の身体にぎゅっと腕を回すと、アレックスが一瞬息を飲んだ。

それから、耳元で笑う気配がして、蕩けそうなほどに優しい――だけれども、少しだけ不安そうな声が囁いてくる。

「俺のこと、好き？」

こくん、と頷くと、嬉しげな笑い声がする。これだけで、きっと気持ちは伝わった。だけど、ロレッタだって――ちゃんと、言葉にしたい。だって、言葉を貰《もら》って嬉しかったから。自分も彼を喜ばせたいから。

大きく息を吸い込んで、吐いて、もう一度吸い込んで。無理矢理鼓動を落ち着かせて、ロレッタはそうしてようやく口を開けた。

「殿下のこと、好き、です」

その瞬間、アレックスが大きく息を吸い込んだ。ひゅ、と息を飲みこむ音まで、はっきりと聞こえる。

がば、と音がしそうな勢いで身体が離れて、アレックスの瞳が正面からロレッタを見つめた。その青緑の瞳が、ぎらぎらと燃えている。

「で、でん……」

ロレッタの言葉は、最後まで音にならなかった。アレックスの唇が乱暴に重ねられ、開いた隙間から熱くてぬめったものが押し入ってくる。

それがアレックスの舌だと気づいた時には、もうロレッタの小さなそれは彼に搦《から》め捕《と》られ、執拗なまでに擦り合わされていて、息もできない。まるで食べられているみたいに激しい、余裕のないキスだ。

「ん、んっ……」

鼻にかかった小さな声が、自然と漏れて、背筋がぞくぞくする。苦しくて、なにか縋るものを探してさまよった手が、彼の上着に届いてぎゅっと握りしめた。

角度を変えて、より深く。舌の付け根まで擽《くすぐ》られ、身体が熱くなってくる。ぎゅうっと抱き寄せられて、身体が密着して。

角度の変わった彼の身体の——その変化に気づいて、ロレッタは目を見開いた。熱くて硬い塊が、腰のあたりに押し付けられている。

――こ、これって……！

もう、何度も触れたことがある。だけれども、そのいずれも、こんなに熱くて硬かったことはない。いや――とロレッタの頭の片隅で、それを否定する声が上がる。

――私、これを、知ってる……？

だが、考え事ができたのもそこまでだ。いつの間にかロレッタの舌が吸い出され、彼の歯で甘く噛まれる。んん、とまた鼻にかかったような声が出て、ロレッタのお腹の奥がきゅんと疼く。

――なに、これ……。

擦り合わされて、甘く噛まれて。そのたびに、背筋を這い上るぞわっとする気配と、それがお腹の奥にきゅうっと溜まる感覚。

「ロレッタ……」

ようやく唇が離れて、アレックスが呟くように名前を呼ぶ。その声が、あまりに艶めいて聞こえて、ロレッタの心臓は再び騒がしくなっていく。

ぎらぎらした彼の瞳に射抜かれて、身動き一つできない。その視線だけで、またきゅうっと、お腹の奥がひきつれるような感覚に陥ってしまう。

きっと、この先を期待しているのだ、とロレッタは本能的に理解した。だけど。

「……くっそ……」

そう一言呟くと、アレックスは目を伏せた。

ぎゅうっと握りしめたアレックスのこぶしが震えている。余程力が込められているのか、指先が少し白い。突然の彼の態度に、急に放り出されたような気持ちになって、ロレッタは彼に手を伸ばそうとした。

だが、急に不安が押し寄せて身体が動かない。

――まさか、まだ問題が……？

ぱっと思い浮かぶのは、彼に施した治癒のことだ。成功だ、と聞かされていたけれど、そして実際きちんと機能しているように思えたけれど、と思わずそこに視線をやってしまう。だが、その視線に気づいたアレックスは、着ていた上着の裾でその場所を隠してしまった。

「あの、殿下……？」

「いや、違う、そこは問題ない」

少々顔を赤くしたアレックスが、呻くようにそう口にする。それから、嫌そうな口調でこう告げた。

「その……倒れて、起きたばっかりだっていうのに……こんながっついて……」

悪い……と、絞り出すように言ったアレックスが、自分の顔を両手で覆う。うう、と呻いている姿に、ロレッタは少し呆気にとられ、それから堪え切れなくなって「ぷっ」と噴き出してしまった。そうなると、もうこみあげてくる笑いを止めることが出来ない。あはは、と声をあげて笑うロレッタに、アレックスが指の隙間から恨みがましい視線を向けてくる。

「おっま……くっそ、俺が……ああ、もう！」

べしん、と大きな音を立てて自らの頬を叩いたアレックスが、寝台の上にどっかりとあぐらをかいた。そのままじとっとロレッタを睨みつけ、それから小さく、それでいて長いため息をつく。はあーっと長いそのため息に、ロレッタはまた笑いを誘われてしまう。

それがアレックスには余程気に障ったらしい。まだ笑いを収めきれないロレッタの腕を掴むと、彼はそれを引き寄せておでこを合わせた。

「そんなに元気なら、別にいいか？」

「い、いやあ……」

アレックスの言葉にぎょっとして、「それはちょっと」ともにょもにょ呟いたロレッタは、恐る恐る上目遣いに彼の顔を見る。さっきまではかなりその場の空気に流されていたが、こう笑った後では素直に「はい」と言えるわけがない。雰囲気というのはどうやら大切なもののようだ。

――いちいち聞かなければいいのに。

ついそう思ったものの、アレックスのそういうところが彼らしくて好ましいと思う。

――ん……？　そういうとこ……？

また、頭の隅に何かがよぎったような気がする。何かを、彼に聞かれた記憶。ロレッタ、と自分の名を呼ぶ彼の切羽詰まったような声と、それから――？　靄のかかった記憶を掘り起こそうとしてみたが、何も思い出せない。んん、とロレッタは眉間にしわを寄せた。

だが、アレックスはそんなロレッタの態度を見て、なにやら誤解したらしい。慌てた様子で掴んでいた腕を離すと「なんてな」とにやっと笑って見せてくる。

それに苦笑を返しながら、ロレッタは自らの疑問を頭の片隅にしまい込んだ。

「体調は問題ないか？」

「ええ、まあ」

寝台から下りたアレックスは、さりげなく自分の衣服を整えながらロレッタに問いかけた。

倒れたのは単なる寝不足のせいだったので、よく眠った今、特に体に不調はない。あまり心配をかけたくもないので笑顔でそう答えると、彼はほっと息をついた。

「それじゃあ、大丈夫そうだな、明日」

「明日？」

はて、明日何かあっただろうか。そもそも、よく考えるとロレッタは治癒室の当番の途中で倒れて、なぜか起きたら城に連れてこられていたのだ。迎えに来た、とか言っていたけれど、これから一体どうなるのか自分でも理解できていない。

首を傾げたロレッタに、アレックスはにやりと人の悪い笑みを浮かべた。

「明日は、城でシーズン最後の夜会がある」

「最後の夜会」

「そこに、ロレッタにも出てもらう」

「そこに、出る」

ぱちぱちと目を瞬かせながら彼の言葉を復唱したロレッタは、その言葉の意味に気が付いて叫び声をあげた。

「う、うえええぇ!?　む、無理でしょ……！」

「いや、だって、急すぎ……」

「無理じゃない」

「急でもない」

ずい、と再び身を乗り出してきたアレックスが、ロレッタの腕を掴む。ほら、こっち来て、という言葉に促され――半分は彼に引きずられ――ロレッタは、衣装室へと連れてこられた。

そこには、あの日見た赤いドレスが、どどんと目立つ位置にしまわれている。

「これを着て、夜会に出てほしいって言ってただろ」

「い、言って、ましたね……」

そう、確かに言われていた。一か月前の出来事を思い出して、ロレッタの頬が熱くなる。そんなロレッタを振り返ったアレックスが、また耳元に囁きかけた。

「今度こそ、着てくれるよな」

「うっ……」

期待に満ちた目で見つめられて、ロレッタは俯いた。そりゃ、ロレッタだってこれを着て彼と一緒に夜会に出てみたい。だけれども、ロレッタはこれまでそんな場に出たことがないし、そもそもそんな教育を受けても来なかった。出たところで、恥をかくのが関の山だ。

――なんとか、今回だけは……。

勘弁してもらえないだろうか。そんな気持ちをなんとか伝えたくて顔をあげると、満面の笑みを浮かべたアレックスと目が合ってしまう。

――い、言いにくいっ……！

断られるなんて微塵も思っていない顔をしている。いや、ちょっと違う。断れるなんて思っていないよな、という顔だ、これは。間違いない。

最後の悪あがき、とばかりに、ロレッタは震える声を絞り出した。

「だ、って……私、全然、ルールもマナーもわからないし……」

「そんなの、問題ない。ロレッタは、俺の治癒を無事に成し遂げた聖女だぞ」

それこそ、ロレッタにとっては当たり前の話。治癒を求められて、それに応える力があるのなら、全力を尽くすのが聖女として当たり前の在り方だ。しかし、それがルールやマナーを知らなくていいという理由にはならない。そう言おうとしたロレッタの唇を、彼の指がそっと撫でた。

そうして、優しく微笑むから――ロレッタはもう、何も言えなくなってしまう。だって、ロレッタだって本当は、このドレスを着て隣に並びたい、そう思ってしまっているのだから。

――ああ、もう、本当に……殿下には敵わない。

こくん、と小さく頷くと、アレックスが小さく「やった」と呟く。その笑顔がやたらと子どものように見えて、ロレッタもつられて笑ってしまう。

小さな衣装室に、二人の笑い声はしばらくの間響いていた。

11　お世辞とかいいから

「さあ、ロレッタ様……お顔をあげて」

やたらと張り切ったマイラに指示されて、俯き加減にしていた頭をあげる。鏡台の前に座らされ、あちこちいじられたロレッタは、既にげっそりとした気分だ。

だが、マイラは満足げに「ふふん」と鼻を鳴らすと、鏡を見るように促してくる。

そこに映ったロレッタは、化粧を施され、髪を綺麗に結われている。アップにした髪を緩く巻かれ、ところどころを軽く散らした、マイラ曰く「最新流行の髪型」らしい。

正直なところそんなものは全くわからないので、ロレッタとしては「そういうものか」と思うだけである。

だが、鏡に映ったロレッタの姿は、確かにいつもよりも綺麗に見えた。まったく、全てマイラの手腕のおかげである。深窓のご令嬢、とまではいかないが、まぁまぁ見られなくはないのではないか。少しだけ気分が上がって、鏡に向かってちょっと微笑んでみたりしてみる。

すると、背後のマイラがにっこりして、「お綺麗です」と声をかけてきた。

――そ、そうかなあ……。

どちらかと言えば、今の笑みはちょっと不気味だったと思う。口の端もひきつっていたし。そう思いはするものの、せっかくのマイラの言葉なので「ありがとう」とだけ返しておいた。綺麗に見えるとしたら、それはあなたのお手柄です、と心の中で手を合わせる。

――夜会っていうからには、もちろん夜やるのよね。

それにしては、随分と早くから準備を始めるものだ、と当初ロレッタはそんな風に考えていた。準備を始めたのは、午後のお茶の時間よりも前くらいだろうか。昼食を終えて一休みしたあと、まずロレッタは風呂に入るように指示された。用意されたのは、いつもより格段に良い香りのする香油を垂らされた贅沢なお湯だ。ロレッタは首を傾げながらも、嬉々《きき》としてそれを満喫させてもらった。

だが、のんびりできたのもそこまでである。大満足で風呂を出た後からが大変だった。マイラの他に二人の侍女が現れて、つま先から頭のてっぺんまできっちりお手入れをされる。足の爪も指の爪もぴっかぴかになるまで磨かれたし、ちょっと荒れた手指にはいい香りのするクリームがすりこまれた。それだけではない、肩やデコルテ、そして腕にも。

それが終わったら、今度は鏡の前で髪が乾くまでタオルで水気を取られ、丁寧にくしが通される。そうされると、ロレッタの淡い金髪もいつもよりも艶が出て綺麗に見えた。さらさらつやつやになったところでマイラがそれを軽くまとめ、今度は顔に化粧水を塗り込まれる。ああでもないこうでもない、と他の侍女二人ときゃあきゃあ言いながら化粧を施した後は、今度は再びきゃあきゃあと髪型をいろいろ試された。

その頃には、既に窓の外は夕暮れだ。はあっ、と深いため息を漏らしたロレッタに、マイラがくすりと笑う。

「お疲れですか？」

「……ま、正直そうですね……」

このままだと、夜会に出る前に力尽きそうだ。そうぼやいたロレッタに、マイラは甘いお茶を用意してくれる。それを一息に飲み干すと、マイラが少しだけ肩をすくめた。

「さ、お支度もあと少しですよ。コルセットを締めますからそこに立ってくださいね」

「はぁい……」

何が楽しいのかにこにこ笑ったままのマイラに促され、大きな姿見の前に立つ。コルセットを二人がかりできっちりと締め上げられて、ロレッタは呻き声をあげた。だが、それに耐えただけの効果は充分にある。

締め上げられてくびれたウエストに、寄せて上げられた胸は充分なボリュームで、ロレッタは一瞬苦しさも忘れて鏡の中の自分を見た。

だが、苦しいものは苦しい。これでは夕食など入らない。普段は緩めに締めていてくれたんだな、と改めて実感する。

「うぇえ……」

「はい、ロレッタ様……こちらを」

そこに準備されているのは、あの赤いドレス。昨日も衣装室の中で見たが、薄暗かったので、色味は正直曖昧だ。だがこうして改めて室内の灯りに照らされた姿を見ると、本当に彼の──アレックスの髪の色と同じ、朝焼けのような色をしている。ところどころに散らされた小さなきらめきは、まるで消える直前の夜空の星のよう。スカート部分にあしらわれた薔薇にも同じようにきらきらと宝石が散らされていて、こちらは朝露に濡れているかのように思えてくる。こんな素晴らしいドレスを本当に自分が着るのか、と思わず気後れして一歩さがったロレッタを、笑顔のマイラが捕まえた。

「さ、まずはこちらを」

慣れた手つきで腰当をつけられ、ドレスを着せられた。サイズはぴったり、身体のラインも綺麗に出ている。

──う、わあ……。

気後れしていたロレッタもさすがに実際に着た姿を見ると、ときめきの方が上回る。ほわほわと頬を上気させて自分の姿を見ているロレッタに満足げに頷いたマイラは、今度は鏡台の上に置かれている箱に手を付けた。

「さ、仕上げですね」

「な、なにそれぇ……！」

ぱかり、と開いて見せた箱の中に鎮座しているのは、首にぴったり添うタイプの首飾りと耳飾りだ。正面にはめ込まれた宝玉の色は、青緑——そう、アレックスの瞳と同じ色。それだけでなく、輝きを見ればロレッタにさえそれが高級品だということがわかる。

「う、うそ……む、無理、こんなの付けて、万が一壊したら弁償できない！」

「ご心配いりませんよ。殿下からの贈り物ですから」

さらっととんでもないことを言って、マイラは鏡台の前にロレッタを座らせる。半分呆然としたロレッタは、言われるがままに着席し、ひやりと冷たい感触が首元にあてられた。

——な、なんて言った……？

聞き違いでなければ、贈り物、と言った気がする。贈り物という言葉の意味はなんだったっけ、と現実逃避気味に考えている間に、耳にも同じ色の飾りが付けられて、準備が整ってしまう。

そうして改めて鏡の中の自分を見たロレッタの唇からは、ほう、と感嘆の吐息が漏れた。

「す、すごい……まるで私じゃないみたい……！　すごい、マイラ、すごい……！」

「元がよろしいからです」

大げさな、と笑ったマイラがそう言ってくれたが、まあお世辞の部類だろう。ありがたく受け取っておくことにして、ロレッタはもう一度鏡を見る。

そこに、扉からノックの音がした。その音に振り返ると、にんまりと笑ったマイラが扉に向かっていく後ろ姿が見える。そうして、扉が開かれると――そこから姿を現したのは、あの日、凱旋パレードでも着ていた白い騎士服に身を包んだアレックスだった。

――ひ、ひいっ……かっこいいいっ……！

脳内で噛んだ気がするが、そんなことはどうでもいい。

以前は遠目にしか見られなかった姿が目の前にある。それだけでも気分は最高潮。しかも、想像以上に格好がいい。とにかく似合う。恐ろしいほど似合っている。

息を飲んでぼうっとその姿を見つめているロレッタに、なぜかアレックスは少し赤い顔をして声をかけてきた。

「あー……ロレッタ、すごく……似合ってる。その……似合ってる」

しどろもどろに同じことを二回繰り返したアレックスは、なぜか気まずそうにロレッタから視線をそらした。その反応に、浮かれていたロレッタの心臓がきゅっと縮む。

――え、なに……？　もしかして、やっぱ変？　後悔してる？

似合っている、と言ってはくれたものの、視線をそらしてからアレックスはこちらを見ようとしない。これは、と思ったロレッタの心情を察したのか、マイラがちょい、とアレックスをつついた。

仮にも相手は王太子殿下なのだけれど、大丈夫なのだろうか。そんな余計な心配をしたロレッタだったが、彼が再び自分に視線を向けたので無意識に身体に力が入る。思わず窺うように彼の方を見ると、アレックスはようやく少し口元に笑みを浮かべた。

「悪い、いや……えっと、その……」

こつん、といつもと違う硬い靴音がして、アレックスが一歩踏み出した。思わず一歩下がろうとしたロレッタに苦笑を浮かべ、彼は腕を伸ばして手を掴んだ。それから、流れるような仕草でその指先に唇が落とされる。まるで、淑女に対する礼のようだ、とロレッタは呆然と自分の手を見つめた。

「……予想以上に綺麗だったから、びっくりした」

いつもより少し低い彼の声が、ロレッタの鼓膜を揺らす。その言葉の意味が脳に届くまで、しばらくの時間が必要だった。

ぴし、と固まったロレッタを、青緑の瞳がじっと見つめている。その視線の甘さと、そして言葉の意味を理解して——ロレッタの顔は真っ赤に染まった。

「お、お世辞とかいいから……」

「いや、ほんと……」

うっとりとした瞳に見つめられ、ロレッタはおろおろと視線をさまよわせる。その先で、マイラが小さく肩をすくめると、「やれやれ」と言わんばかりのため息をついた。

どうしても、手が震える。いや、全身震えているのかもしれない。

アレックスと共に入った城の広間は、煌《きら》めくシャンデリアがそこかしこを照らしていて、夜とはとても思えない明るさだ。そして、圧倒されるほどの人の多さ。慣れないロレッタの身体はガチガチで、思うように歩くことさえ難しい。

彼の肘にかけた手に思わずぎゅっと力を籠めると、それに気づいたアレックスがくすりと笑う。

「緊張してんの？」

「そ、そりゃあ、もう……」

なにせ、入場した時から周囲の視線を集めまくっているのだ。

――気にならないわけ、なくない!?

逆に、どうしてそんなに普段通りでいられるのか、アレックスを問い詰めたいくらいだ。いや、そうだった――彼は王子様で、産まれた時からこういう世界の住人なのだ。

いくら辺境伯の正式な娘だ、と言われたところで、貴族としての生活などとは無縁で過ごしてきたロレッタである。こんな場に早々慣れるとは思わない。だけれども、今日はアレックスの隣に立っているのだ。せめて、と気力を奮い立たせる。

背筋に力を入れて、俯きがちだった顔をあげた。視界が広がると、周囲の視線のいくらかが慌てたようにそらされる。それに心の中で苦笑して、なんとか引きつり気味な笑顔を浮かべた。

そうして顔を上げると、会場の端の方にブルーノやチャーリーの姿も見つけることができた。軽く手を振ってくるのにやっぱり引きつり気味の笑顔で応える。

この先の手順は、アレックスから説明されていた。まずは、国王陛下にご挨拶をして、それから重鎮たちにご挨拶。それが済んだら、あとは適当に楽しめばいい。

――適当にって……う―ん、随分簡単に言ったな……！

それに頷いた自分も自分だけれど、よく考えると適当極まりない説明だ。まあ、ロレッタとしても城の夜会と聞いて思い浮かべたのが、おいしい食事だとかダンスだとかいうふんわりしたイメージだったので、細かく説明されてもわからなかっただろうけど。

ちなみにダンスの経験の有無を聞かれたが、当然「ない」と返答してある。アレックスは少し残念そうだったけれど、そこは仕方がないと思っていただきたい。欲を言えばロレッタだって彼とダンスを踊ってみたかったのだが、習ったこともないのだ。

「行けるか？」

周囲に聞こえないように配慮してか、いつもより少し低い声音で囁きかけられて、ロレッタははっと我に返ると、腹に力を入れて頷いた。それを確認したアレックスが口角をあげる。ほら、と促されて、ロレッタはまず最初の関門――国王陛下への挨拶のため、一歩を踏み出した。

踏み出してしまえば、あとは思ったよりもスムーズだ。周囲がアレックスに気を使って道を空けてくれることも関係していたのだが、そこまではロレッタの意識の外。さすがに気づけない。

広間の一番奥、一段高くなった場所にたどり着く。大きな椅子に座った男女——これが国王夫妻だろう。その二人に向けてアレックスが一礼するのに合わせて、ロレッタも付け焼刃の礼を披露する。いかにも上品そうな二人の姿に、ロレッタの緊張はいやがうえにも高まった。

——ええと、顔をあげていいって言われたらあげるのよね。え、この体勢で？

先輩聖女たちにもっと細かく聞いておけばよかった、と思うものの後の祭りだ。そもそも、国王陛下への謁見《えっけん》なんて先輩達でもしたことがあるのはほんの一握りだろう。ふるふると震える足を叱咤して、なんとかその体勢を維持する。そのことに集中していると、隣のアレックスが「ぷっ」と噴き出した。

「これ、アレックス……またおまえは……」

「そうよ、かわいそうじゃないの。ええと……ロレッタさん、だったわね。どうぞ顔をあげてくださいな」

アレックスが笑うと同時に、おそらく国王夫妻と思しき声がロレッタを気遣うように言った。伏せた顔のまままいったんアレックスを睨みつけたロレッタは、素知らぬ顔をして頭をあげる。正面にある国王夫妻の柔和そうな顔に、少しだけ肩の力が抜けた。

「おっ、お初にお目にかかります」

それでもやはり、緊張に言葉が震える。どもってしまったが、なんとか噛まずにそこまで言えたことにほっとして、ロレッタは少し息をついた。なんといっても、これまでのロレッタであれば絶対にお目にかかることのなかった相手だ。この国の最高権力者で、アレックスの両親。

「……俺と会った時より緊張してない？」

「えっ……だ、だって……」

少し拗ねたようなアレックスの言葉に、彼と最初に会った時のことを思い出して、ロレッタの表情が無になった。あの時のことは、緊張とかそういうのをすっ飛ばした次元だ。なんといっても、初対面で下着を脱いだ王子様なのだ。なんかもう、緊張もへったくれもなかった気がする。だが、そんなことを国王夫妻の前で言うわけにもいかず、ロレッタは口の端を引きつらせた。

――どういう顔をすればいいのかわからないわ、これ……。

そんな二人のやり取りを見て、国王夫妻がくすくす笑う。なんだかいたたまれなくなって、ロレッタは八つ当たり気味にアレックスの顔を再度軽く睨みつけた。

「いや、失礼した。息子の恩人に対して、申し訳ない。聞いていた通りのお嬢さんで、私も安心したよ」

「ええ、本当に。ロレッタさん、どうぞこれからもよろしくお願いしますね」

「は、はあ……」

再び国王夫妻に声をかけられて、ロレッタは慌てて二人に視線を戻す。その内容からして、どうやらアレックスは全てを彼らに報告済みらしい。

目を瞬かせながら曖昧に頷いて、ロレッタは隣のアレックスをちらりと見る。いったい何をどう報告したのだろう。これからも、と言っていたが、それはつまり、自分たちの間柄を国王夫妻も認めるという意味で本当にいいのだろうか。

――もっと、反対されるかと思ってた。

ロレッタとしては、今だけ――それこそ、アレックスの火遊び程度にしか考えてもらえていなくても仕方がないと思っていた。もちろん、今後認めてもらえるように努力はするつもりだ。そんな風に気負ってもいたのだが、二人の優しい表情からも、アレックスの表情からも、そんな風にはとても思えない。

むしろ、歓迎されているようにすら思えて、ロレッタは軽く混乱していた。

――仮にも、王太子殿下、なんだよねぇ……？

あまりにも簡単すぎやしないか。少しだけ安堵しながらも、ロレッタの心を不安がよぎる。そして、その杞憂はあながち的外れでもないようだった。

重鎮たちの居並ぶ列から、刺すような視線を感じる。ふと顔をそちらに向けると、筋骨たくましい壮年の男性と目が合った。

「恐れながら、陛下ならびに殿下に申し上げたい」

ぎりりとロレッタを睨みつけながら、その男が口を開く。知らず、ごくりとロレッタの喉が鳴った。

だが、隣に立っているアレックスはこの展開を予測していたのか、ちょっと肩をすくめただけだ。それにまた怒りを煽《あお》られたのか、男のまなじりが吊り上がる。

「なんだ、エイマーズ」

軽く首を傾げた国王がそう問いかけると、彼は一歩前に踏み出し、ロレッタを指さした。

大柄な見知らぬ男に突然睨まれ、指をさされたロレッタは、思わず傍らのアレックスの袖を握り締めた。その肩に宥めるようにアレックスの手が回されて、そのことにロレッタは少しだけほっとする。

「今のお話、聞いていた限りでは——まるで、その聖女を殿下の伴侶としてお認めになる、というように聞こえました」

「そうだが、何か問題があるか」

男——エイマーズの質問に答えたのは、アレックスだった。その回答に、また一歩、エイマーズはロレッタたちの前に近づいてくる。彼の返答を無視して、エイマーズは国王に向かって口を開いた。

「以前より、再三陛下には……我が娘の件をお願いしていたはず。それを無視してこのような

「……」

「しかし、お前も知っているだろう。アレックスは、自分の伴侶は自分で選ぶと宣言した。であるから、お前の娘のことも、話はするが、決めるのはアレックス自身だと言ったはずだが」

国王の言葉に、ぐ、とエイマーズが息を詰める。そこへ、再びアレックスが口を開いた。

「そもそも、ジャスミンは、俺と結婚する気はない」

「そんな、馬鹿な……では何のために三年も……？」

そう呟くエイマーズの視線を誘導するように、アレックスの顔が会場の端に向く。ロレッタもつられてそちらを見ると、そこにはブルーノと、先日執務室を訪ねてきたジャスミンの姿があった。え、と驚いてアレックスに視線を戻すと、彼はちょっと肩をすくめて見せる。

――ジャスミン様が、この人の娘、なの？　えっ、じゃあ……ジャスミン様がおっしゃってた、三年待ったっていうのは、えっ？

ロレッタが呆然としたように、エイマーズもまた呆然としている。その横顔に向かって、アレックスは再び口を開いた。

「娘の気持ちを尊重する、というのなら、あれを認めてやるといい。こう言っては何だが、ブルーノは将来有望ないい男だぞ」

なんといっても、未来の国王の側近だからな、とアレックスが続けると、国王がわずかに苦笑するのが見えた。

「し、しかし……その娘は……その、身分が」

現実を受け止めきれないのかなんなのか。諦め悪くエイマーズがロレッタに視線を戻す。その先に続けられる言葉を予想して、ロレッタはぐっと奥歯を噛みしめた。

これは、想定の範囲内。むしろ、ここまで不問にされていたのが不思議なほどだ。だけれども、実際にその言葉を聞くのは怖い。

いくら父の、辺境伯の正式な娘として届け出られているとはいっても、何の教養もない、平民と変わらない身なのはロレッタだってわかっている。それに加えて、母は流浪《るろう》の踊り子だったのだ。もちろん、だからと言って黙っておとなしく身を引くつもりはないのだけれど。

ぎゅっとこぶしを握り締めたロレッタは、彼の言葉の続きを待った。だが、予想に反して

──口を開いたのはアレックスだ。

「そのことだが……おい、入ってもらってくれ」

国王の背後に控えていた侍従が、アレックスの言葉に頷いて背後の扉に消えていく。何事か、とその付近にいた全員がその背中を見送っている。

ロレッタも、意味がわからず彼の視線を追うようにその扉を見つめた。

「心配するな」

小声でそう告げられたが、ロレッタにはいまいち事情が呑み込めない。いったい何が起こるのか、と思った時、重い扉が開く音がした。はっとして再びそちらに視線を戻す。

侍従に案内されて入ってきたのは、一組の老夫婦だ。視線が集まっているというのに堂々と背筋を伸ばし、前を見据えたその二人は、アレックスとその隣にいるロレッタを見て微笑んだ。

「お待たせして申し訳ない」

「いえいえ……それで、その……この子が……？」

大股でその老夫婦のもとへ歩み寄ったアレックスが、婦人の手を引いてロレッタのもとへ戻ってくる。

ええ、と頷いたアレックスは、ロレッタの隣に戻るとその肩を抱き寄せた。

「サリヴァン辺境伯と――イヴェット・ランヴァン嬢の娘、ロレッタです。つまり、あなた方の孫になります」

「そう……あなたが……イヴェットの……」

老婦人はそう呟くと、ロレッタに手を伸ばしその指先にそっと触れる。だがロレッタは、今聞いた話が理解できず、戸惑うように目の前の老夫婦との間で視線をさまよわせた。

「……ええ、急に私たちが祖父母だなんて聞かされても、実感はないわよね」

少し寂しそうに目を伏せた老婦人の背を、いたわるように老紳士が撫でる。それから、アレックスと国王へ向き直ると、深く腰を折った。

「この度は、このような席にお招きいただき恐縮です。そればかりか、孫との対面が叶うとは……ランヴァン家当主として、深くお礼申し上げます」

「ランヴァン伯、どうか頭を上げてください」

国王がそう声をかけ、アレックスが頷く。その名を聞いた瞬間エイマーズが、弾かれたように顔を上げた。ランヴァン伯、と呼ばれた老紳士がその視線に気づき、お互い顔を見合わせる。

ああ、と呻くような声がエイマーズの口から漏れた。

「ランヴァン殿、ご無事で……」

「ええ、エイマーズ殿。あれから……もう何年になりましょう。しばし身を隠しておりましたが、こうしてアレックス殿下にお呼びいただき、あなたにも会えてよかった」

落ち着いた口調のランヴァンに対し、エイマーズは感極まったように涙を浮かべている。その様子に、ロレッタは混乱するばかりだ。

――私の、祖父母？ ランヴァン……伯、って伯爵ってこと？ じゃあ母は……伯爵家のご令嬢だったってこと？ でも、じゃあなんで、踊り子なんて……？

もはや、疑問の大洪水だ。それを解消してくれる人を求めて、ロレッタは視線をさまよわせた。

そこに、老婦人――今の話によれば、彼女はランヴァン伯夫人ということになる――が再び近づいて、ロレッタの手を取った。

「急にびっくりしたでしょう……。でも、私たちも最初は驚いたわ。あのクーデターに反対した私たちが、屋敷を追われ、娘とはぐれてから……もうずいぶんと長い年月が経ってしまった。まさかあの子が生きて……こうしてあの子の娘と会える日が来るなんて……」

瞳を潤ませた老婦人が、ロレッタに話してくれる。隣国で伯爵の位をいただいていたランヴァン家だが、クーデターに反対したことで屋敷を闇討ちされ、娘であるイヴェットと離れ離れになってしまったこと。その後、娘の行方がわからず嘆き暮らしたこと。それから、密かに夫妻を探し当てたサリヴァン辺境伯に協力し、隣国との最後の戦でレイクニーを勝利へ導いたこと。

「エリオット殿は、それまでイヴェットが伯爵家の娘だとは知らなかったようなの」

娘の行方を追うことを条件にランヴァン家はレイクニーに味方することを決めたのだという。だが、戦後のどさくさで――サリヴァン辺境伯が亡くなったこともあり――半分諦めかけていたのだと。

不思議なご縁よね、と老婦人は微笑んだ。目尻にはまだ涙が光っていたが、気丈に微笑む姿に、貴族としての矜持《きょうじ》を感じる。そして、その微笑みに、ロレッタは母の面影を感じ取っていた。

「そう、なんですね……母は、何も言わなかったから……あ、そうだ」

ロレッタは、ドレスの隠しポケットからごそごそとハンカチに包まれたネックレスを取り出した。どうしても不安で、お守り代わりに忍ばせてきた、母の形見である。

それを見せると、とうとう老婦人は――いや、祖母は、泣き崩れてしまった。

代わりに、老紳士――いや、ロレッタの祖父であるランヴァン伯が妻の背を撫でながら言う。

「それは、イヴェットが産まれた時に作ったものだ。ほら、見てみなさい――背面に、イヴェットの名が彫ってある」

傷だらけになってしまった背面を差し出すと、祖父は懐かし気にその面を撫で、彫ってある名前を指さした。

「そう、だったんですか……」

正直なところ、ロレッタにはまだ事情が呑み込めていない。ただ、自分の母が隣国の伯爵家の娘で、その伯爵家が終戦に一役買った、というところまではうっすらと理解できる。

――っ、つまり……？

慌てて隣に戻ってきたアレックスの顔を見上げる。彼は、まるで悪戯が成功した時のように満面の笑みを浮かべてロレッタを見おろしていた。

「心配ないって言っただろ」

「ぜ、ぜんぜん事情が呑み込めませんけど……」

ロレッタが呟くと、アレックスは彼女の手を取って、その前に跪《ひざまず》いた。

「こうして、ロレッタに求婚しても、もう誰からも文句が出ないってこと」

「え、え？」

慌てたロレッタが、一歩身を引こうとする。だが、アレックスがしっかりとロレッタの手を握っていて、それは叶わない。

「ロレッタ・サリヴァン嬢、どうか、私の――アレックス・ウォルシュの妻になっていただきたい」

そう、真面目な表情でアレックスが告げてくる。じわ、とロレッタの瞳に涙が浮かんだ。もうよくわからないけれど、全部大丈夫なのだ、と彼の瞳が言っている気がして。

「……はい」

なんとか絞り出すようにそう答えて、こくり、と頷きを返すと――それまで固唾《かたず》を呑んで様子を見守っていた周囲から、どっと歓声が沸いた。

12　だから、下着は穿いて

「待って」

「もう待てない」

ぐいぐいと手を引くアレックスに連れられて、自分の部屋の扉を通り過ぎる。その先にあるのは、アレックスの部屋の扉だ。

ロレッタがそこに足を踏み入れたことは、まだない。

ひときわ豪華な造りの扉——重そうなそれを片手で簡単に開くと、アレックスはロレッタの手を握ったまま、室内に足を踏み入れた。

待って、と再度ロレッタが声をあげると、振り返ったアレックスにぎゅっと抱きしめられる。

「待てないって言っただろ」

そう囁くアレックスの声には、どこか焦ったような響きがあった。

——でも、だって……。

全てが突然すぎるのだ。突然祖父母に引き合わされたかと思えば、正式に求婚されて——そうして、頷いたと思ったら急に会場から引っ張り出されて。そりゃ確かにあのままあそこにいたら、注目を集めすぎていたし大変な騒ぎになっただろう。いや、実際騒ぎになっていた。それを避けるためだと思えば、会場から連れ出されたのはちょっともったいないけど仕方がないと思う。

だけど、こうして彼の部屋で、こんな風に抱きしめられたらもう、どうしていいかわからない。

そんなロレッタの困惑をどう捉えたのか、アレックスが腕の力をますます強める。耳元にあたる吐息がくすぐったい。軽く首を振ると、アレックスが吐息とともに囁きかけてくる。

「ロレッタが気にするから調べたけど……本当は、あんなの、全部きみと周りを納得させるためだけの方便だ。だって、ロレッタ……自覚はないだろうけど、きみはこの国を救ってるんだ、あんな肩書きなんかなくたって、充分――」

耳元でぼそぼそとそう呟いていたアレックスが、身を離してロレッタの顔を正面から見た。そこで初めて、ロレッタは彼が自嘲めいた笑みを浮かべていることに気づく。首を軽く振ったアレックスが、整えられていた自分の髪をぐしゃりと乱した。ふう、と小さく息を吐いた彼は、再びロレッタを切なげに見つめてくる。

その瞳に灯った熱に、ロレッタは息を飲んだ。何か、とても大切な話をされている、そう思うのに、言葉がなかなか出てこない。

「何、を……？」

「表立って言えることじゃないけど……ロレッタが治癒を引き受けてくれなければ、俺は未だに勃たないまんまだっただろう。いや、治癒だけじゃない——俺が、ロレッタを好きになったから、きっと……。それを父上もわかってる。だから、素直に俺たちのことを認めたんだ」

言葉を切ったアレックスは、少し迷ったように続けた。

「俺が王位を継いで、そして血を残していく——戦神なんて呼ばれた俺の血が残ることで、この先もレイクニーは平和を保っていける。そう考えたから……馬鹿馬鹿しい話だと思うだろうけど、そんなもんなんだ」

肩をすくめたアレックスの表情が、自嘲するように翳《かげ》る。それが、なんだか痛々しくて、ロレッタの中に彼を慰めたい、という気持ちが湧き起こった。そっと手を伸ばして彼の赤い髪を撫でると、アレックスは少しだけ微笑む。

「でも、全部どうでもいいんだ、ロレッタがいてくれたら。ロレッタがあれで納得するならそれで、理由なんか、どうでもいい」

「でん……」

「アレックス、って呼んで。いや、アレクでいい……もう、きみは俺の婚約者なんだから、いつまでも他人行儀じゃなくていいだろ」

今度はロレッタの髪を乱しながら、アレックスが囁きで言葉を遮る。ピンを何本か抜かれて、ぱさりとロレッタの淡い金の髪が落ちると、それをそっと掬った彼が唇を寄せた。

伏し目がちに髪に口づける彼を見つめて、ロレッタが口ごもる。

──確かに、求婚を受けたんだから、そうなるんだけど……っ。

あまりにも急すぎる展開に、ついていけないのだ。だというのに、アレックスは次々と要求を突き付けてくる。ロレッタは眩暈がしそうな気分だ。

「ほら」

「そ、急に、そんな風には……」

つん、と髪を引っ張られて、自然と顔が前に出る。そこを彼の唇に捕まって、啄《ついば》むようなキスが繰り返された。その合間に何度も名前を呼ぶことを迫られる。

殿下、と声に出そうとする回数だけ唇を塞がれて、ロレッタはようやく彼の意図に気づいた。ロレッタが彼の名前を口にするまで、ずっとこうしているつもりなのだ。

熱い吐息と繰り返されるキス、そしていつの間にか背中に回った手がなんども肌を直接撫でて、ロレッタの熱をあげていく。

は、とこぼれた吐息ごと彼の唇に攫《さら》われて、何も考えられなくなってくる。

「ん、も、わ、わかった……」

「うん？」

「ア、アレックス……！」

なんとか彼の名を口に乗せると、アレックスの唇がにんまりと弧を描く。よくできました、というように頭を撫でられたかと思うと、角度を変えた彼の唇から、赤い舌が出てきてぺろりとロレッタの唇を撫でた。

「つ、ん……」

薄く唇を開くと、すぐにその舌は口腔内に侵入し、ロレッタの歯を舐める。形を確かめでもするかのように、一つ一つ丁寧に舐められると、ぞわぞわとした感覚が背筋を這い、それを追うように彼の熱い手が撫でていく。すぐに息が苦しくなって呼気を求めて口を開くと、その分彼の舌が奥へと潜り込んできた。上顎から舌の付け根まで、まるでロレッタの口の中を全部知りたい——いや、暴きたいとでもいうように、じっくりと時間をかけて味わい尽くしてくる。

逃げ惑うロレッタの舌がとうとう捕まって、ゆっくり擦り合わされると、じんじんと頭の奥がしびれてきた。

「は、ま、まっ……」

「むり……」

は、と短い呼吸の後、再び舌を搦め捕られる。鼻と鼻がぶつかって、それでもまだ彼のキスは終わらない。次第に足の力が抜けて、ロレッタはアレックスに縋り付くように——いつの間にか彼のキスに応え始めていた。

ぴちゃぴちゃと舌を絡め合う淫《みだ》らな音がロレッタの耳を侵し、それに羞恥を煽られて体温が上がる。眩暈がしそうなほど、彼の唇も舌も甘く、それでいて強引で、ロレッタを溺れさせていく。

「ね、この先も……」

「ん……？」

息を継ぐ短い間に、アレックスの唇から熱の籠った声音が囁きかけてくる。

「触れていい……？」

「っ……あ……!?」

その言葉と同時に、背中側から彼の指がドレスの下に潜り込もうとしてくる。だけれども、ロレッタは記憶の奥底に引っかかるその言葉に気を取られてそのことに気づかない。

──私……。

うっすらと何かを思い出しかけている。返事をしないロレッタに焦れたのか、アレックスの指がドレスと素肌の境目をするすると撫でて、もう一度問いかけてきた。

「なあ、もっと……先まで、触れてもいいか……？」

許可を求める、その声をいつか聞いたような気がする。ロレッタを覗き込む青緑の瞳も、ぎゅっと押し付けられた身体も熱い。その熱い身体の、ひときわ熱を持つ部分をぐりぐりと押し付けられて、ああ、とロレッタは心の中で呻いた。そうだ、と心の中で呟く。

──なんだ、もう、私……この問いに頷いたことがあるんだわ……。

『触れてもいいか……？』

うすぼんやりとした記憶の底から、あの日何があったかを拾い上げる。あの日の熱の籠った声を思い出して、ロレッタは微笑んだ。

そっと彼の熱い身体に腕を回し、今度はこちらからもっと、とねだるように引き寄せる。胸がつぶれて、ドレスと素肌の間が少し開いた。ぎく、と身体をこわばらせた彼に、今度はロレッタから口づける。

「答え、知ってるんでしょ……？」

ロレッタが囁くと、アレックスの瞳が一瞬見開かれて、それから笑みの形を作る。細めた瞳が近づいて、もう一度ロレッタの唇を奪った。

そのキスに夢中になっている間に、指先がドレスの中に侵入する。もう片方の手が器用にボタンを一つずつ外して、ロレッタの肩から彼の髪と同じ色のドレスがずり落ちた。中に着けられたコルセットに、唇を離したアレックスが一つ舌打ちする。

「邪魔だな……」

ええと、と呟いたアレックスが、コルセットの上を何度も撫でる。結び目を探り当て、四苦八苦しながらそれを解くと、彼は満足げに息をついた。

「慣れてないの？」

「……残念ながら、ロレッタがこれを使い物になるようにしてくれるまで、コルセットを外す機会はなかったな」

彼の肩口に顔をうずめたままましたロレッタの質問に、アレックスは熱く猛《たけ》ったものを押し付けてそう答える。その間にも、彼の手は紐を緩め、とうとう完全にコルセットを取り去ることに成功した。

「……私、だけ？」

「そ、だからロレッタがずっと俺の専属で治癒してくれないと駄目なの」

ロレッタの身体から、ドレスもコルセットも滑り落ち、シュミーズとドロワーズだけの頼りない姿になる。それを満足そうに見つめながら上着を脱ぎ捨てると、アレックスは彼女を抱え上げた。

「さ、治癒の最後の仕上げの時間だぞ」

「……馬鹿」

もう、とロレッタが唇を尖らせると、歩き出したアレックスがまたそこにキスをする。どれだけキスが好きなのだ、と呆れたロレッタが顔を背けると、また彼はくすくすと笑った。

さすが王太子殿下の居室というべきか。ロレッタを抱き上げたアレックスは、広い部屋を急ぎ足で横切ると別の扉を器用に開き、薄暗い寝室に足を踏み入れた。中央に据えられた柔らかい寝台に、まるで壊れ物でも扱うかのようにそっと下ろされる。ロレッタの部屋にあるものよりいくらか広い寝台は、柱の細工も精緻で美しい。だが、ロレッタがそんな風に観察めいたことが出来たのは最初の一瞬だけだった。

体重をかけられて、寝台に仰向けに倒れ込む。のしかかった彼の唇が上から降ってきて、薄く開いたロレッタの唇に舌が差し込まれた。すぐに小さな舌を探り当てられ、先程と同じように絡め合わされる。懸命にそれに応えていると、シュミーズの上から彼の手がそっとふくらみに触れた。遠慮がちだった手は、ロレッタが拒絶しないことを見て取ると次第に大胆になり、襟口から侵入した手が直接ロレッタの肌を這った。

「っ、んっ……」

柔らかく触れた手が、形を確かめるようにふくらみをなぞり、今度はその柔らかさを確かめるかのようにゆっくりと揉みこむ。反応してぷくりと硬さを増した先端がシュミーズと擦れて、ロレッタの背筋にぞくぞくとしたしびれを運んできた。

もどかしい、だけれども口には出せない。アレックスのシャツにしがみついて、ロレッタは熱い息を吐いた。

「痛くない……？」

気遣うようにかけられた言葉に、ふるふると首を振る。安堵したのか、アレックスは口元に少し笑みを浮かべると、触れるだけのキスをロレッタの唇に落とした。それが顎の先に、首筋に、と続いて、鎖骨の辺りをぺろりと舐められる。

くすぐったい、と少し笑うと、今度はアレックスの鼻先が、ロレッタの胸の谷間に埋められた。

「は——……こうしてみたかった……」

「え、ええっ……」

戸惑うロレッタの反応を無視して、アレックスは何度もそこに頬ずりし、胸を揉む。それを繰り返されているうちに、シュミーズが肩から滑り落ち、胸があらわになってしまった。すると今度は彼の頬が直に肌に擦り付けられ、鼻先が胸の先端を掠める。熱い息が素肌に直接かかってむず痒い。

「んんっ」

思わず甘い声が唇から漏れる。何度かそれを繰り返しているうちに、アレックスもそれに気づいたらしい。顔を上げると赤い舌先を伸ばし、今度はつつくように嬲《なぶ》られたかと思うとぱくりと咥《くわ》えこまれる。

「あ、や、それ……」

硬くなった先端を、まるで飴でも舐めるように舌で転がされ、そうかと思えば甘く吸われる。反対側の先端は彼の指に摘まれて、くりくりと刺激され、ロレッタは甘い啼《な》き声をあげながら体をくねらせた。

「ん、ロレッタ……こうされると、気持ちがいい？」

「や、そんなこと……ん、あっ」

口では否定したが、身体の奥から湧き上がるぞくぞくした感覚が胎《はら》の奥にきゅうっと集まってくる感じがする。口を離したアレックスが問いかけてくる、その息にさえ反応して、ロレッタのまなじりに涙が浮かんだ。

その反応を良しと見たのだろう、口角をあげたアレックスが、今度は反対側を口に含むと、同じように舐め転がしてくる。ひゃん、とロレッタの唇からまた声がこぼれ、身体がひくひくと痙攣《けいれん》した。

大胆になった指先が、ロレッタの胸から腹へ、そして臍の周りをくるりと撫でる。だが、ずり落ちたシュミーズにその先を阻まれて、アレックスが不満そうに鼻を鳴らした。

「これ、邪魔だな……」

「つ、え……？」

片腕でロレッタを抱き起こすと、アレックスはシュミーズをずぼっと上から脱がせてしまった。それを放り投げると、彼も自身の首元に手をかけて、未だ締めたままの窮屈そうなタイを投げ捨てる。ついでのようにシャツのボタンを外すと、それも脱いで投げ捨て、あらわになった硬い胸板で、ロレッタをぎゅうっと抱きしめた。

直接触れる素肌は、思った以上に熱い。硬くなった胸の先が彼の胸と擦れて、ロレッタはまた甘い疼きを感じてしまう。はあっ、と漏らした吐息を吸い取るようにアレックスの唇が重ね合わされ、次第にそれは貪るような熱いキスになっていく。

身体を彼の手が這い、ロレッタが反応する場所全てを探られる。ひくりと身体が震えるたび、その場所を熱心に愛撫され、頭の芯が鈍く霞む。

ロレッタが熱い息を吐き、唇からこぼれる嬌声を堪えられないのと同じように、彼の息も荒い。時々反応を窺うように向けられる視線がギラついていて、彼の興奮を如実に伝えてくる。自分だけがおかしくなっているわけじゃない、彼もそうなのだ、と気づくと、愛しさが膨れ上がって、ロレッタは手を伸ばし、彼の首筋にぎゅっとしがみ付いた。

「ロレッタ……」

囁く声音は掠れていて、なんだか色っぽい。ロレッタの目の前で汗に濡れた前髪をかき上げると、アレックスは乾いた唇をぺろりと舐めた。それにどきりと心臓が跳ねる。

――あの時も、こんな顔をしていたのかしら……。

治癒をしている時には目隠しをしていたから、この色めいた声は聞いたことがあっても、表情までは見たことがない。だけれども、見ていなくてよかった、とロレッタは思った。こんな表情、見せつけられていたらきっと治癒に集中なんかできない。

そんなことを考えている間に、アレックスの手がまた肌を滑り、ドロワーズの中へと侵入してくる。いつの間にか紐が緩められていたらしく、彼の腕が進むのに合わせてドロワーズも自然とずり落ちる。

「え、い、いつの間に……」

「気づかなかった？」

にや、と笑ったアレックスが「なんかコツがつかめた気がする」と呟く。コツってなんだ、とロレッタが慌てる間にも彼の指は下腹の上をなぞり、その先の薄い和毛をさわさわと撫でる。

「や、まって、アレックス」

「だめ」

　にべもない返事に、ロレッタはぎゅっと目を閉じた。その先——足の間がどうなっているのか、ロレッタは自分でよくわかっている。こうなる、ということは神殿でも教わったので知識としては知っている。だけれども、自分の身に起こるとてつもなく恥ずかしい。

　しっとりと濡れたそこに、彼の指が沈んで、かすかにくちゅ、と音が鳴る。ごく、とアレックスがつばを飲みこむ音がして、ロレッタは小さく首を振った。

「わ……濡れてる……」

「ばか……っ！」

　喜色交じりにアレックスが言う。だけど、ロレッタとしてはただただ恥ずかしいばかりで、思わず罵りの言葉が出た。

「なんで……だって、これ、ロレッタが気持ちいいと感じてくれたから濡れてるんだろ？　俺は嬉しいよ」

「そ、そういうこと、言わないでよっ……！」

あのぞくぞくとした感覚、頭が霞むような熱。それが快感だと知らされてしまうと、途端に顔が熱くなって、羞恥心が倍増する。

そんなロレッタを見て、アレックスは肩をすくめた。

「ロレッタだって、散々やっただろうが……」

「え、えっ？」

戸惑ったロレッタが声をあげると、アレックスがロレッタの手を取った。それを彼の股間に導かれ、熱くて硬い塊に触れさせられる。びくっとして手を振り払おうとしたが、逆にそれを握らされ、上からしっかりと押さえ込まれてしまった。

「こうなるの、俺も気持ちいいからなんだけど」

「や、私、何もしてなっ……」

どうにかこうにか手を引き抜こうとするが、力で彼にかなうわけがない。ゆっくりと彼の手が動いて――そうすると必然的にロレッタの手も動いて、彼のものを擦りあげることになる。布地越しでもはっきりと主張するそれは、ロレッタの手の中でまた一段と膨らんだように感じられた。

「や、だ……うそ……」

「ん……ほら、いつもこう……してくれたから……」

眉間にしわを寄せたアレックスが、軽く瞼を閉じて吐息交じりに呟く。ふう、と息をつくと、彼の瞳に悪戯っぽい光が浮かんだ。

「それとも、直に触らないとわからない？」

「え、まっ……」

ロレッタの制止もむなしく、アレックスはもう片方の手で器用にベルトを外すと、やはりそれも放り投げた。もどかし気にボタンを外し、少し腰を浮かせると下着もろともずり下げた。

視線をそらすことも忘れていたロレッタは、そこに猛々しく反り返った彼のものを正面から見てしまい、ひぇっと情けない悲鳴を漏らす。

「そうか……」

ロレッタの悲鳴に、アレックスはにやりと笑うと、再び彼女の手を取った。ぐ、と引っ張られた指が、今度は彼のものに直接触れる。その光景の淫靡《いんび》さに、ロレッタの頭はくらくらしてきた。緊張か興奮か、喉が渇いて仕方がない。

「いつもは目隠ししてたからな。見るのは初めてか」

先程よりも生々しい肉の感触。だけれども、確かにロレッタはこれに触れたことがある。

「こうして……」

アレックスの手が再びロレッタの手を覆い、そそり勃つ肉槍を握り締めさせる。その行為は、もう何度もしたあの治癒の時と同じだというのに、目に見えるというだけでこれほどまでに羞恥に襲われるものなのか。

先端からこぼれた蜜が指を濡らし、手を動かすたびにぐちゅ、と卑猥な音がする。一度擦るたびに、握りしめた彼のものが膨らむような錯覚に陥って、ロレッタはごくりとつばを飲み込んだ。時折彼の唇から漏れる吐息を耳にするたび、ロレッタの胎の奥もじくじくと疼く。もぞ、と足を擦り合わせる。先程よりも潤みが強くなっていて、それと同時にまた新たに腹の奥からこぷりとあふれる感覚がした。

それに目ざとく気づいたアレックスが、またにんまりと笑みを浮かべる。

「ほら、ロレッタ……前みたいに、しっかり、自分で手を動かして」

「そんなこと、してな……」

「してくれた」

ほら、と二、三度手を添えたまま動かして、それからゆっくり彼の手が離れる。青緑の瞳が期待したようにロレッタの瞳を覗き込むと、なんだか逆らえないような気になって、ロレッタはおずおずと手を動かし始めた。にゅる、と手が滑る感触、動かす手に合わせてぐちぐちという音が響く。そうしているうちにロレッタの息も上がり始め、次第に手の動きも滑らかになってきた。動きを速めると、眉間にしわを寄せたアレックスが気持ちよさそうに吐息を漏らす。

自由になった彼の手がロレッタの太ももを撫であげ、潤んだ場所に近づいては離れていく。

もどかし気に身体を揺すったロレッタの頬に口づけると、今度は指先がつぷ、と潤みに差し込まれ、ぴっちりと閉じたあわいを撫でた。ふる、と身体が震えると、それを宥めるように髪を撫でられる。

「んっ……」

二、三度往復した指が、その少し上にある小さな粒を掠めると、ロレッタの唇から声が漏れた。しびれるような快感が背筋を貫き、指先に力が入る。う、と一瞬呻いたアレックスにハッとしたが、彼は軽く首を振ると「大丈夫」と短く告げた。

「ここが、良かった?」

ぬめりを纏った指先が、先程触れた小さな粒を探り当て、軽く擦る。あ、とまた声が漏れて、ロレッタの腰が浮いた。アレックスがそれを反対の手で押さえ込み、また指先でぬるぬると刺激する。

「あ、あっ、やっ……そこ、や……っ、あ、あっ」

「あ、ほら……また濡れてきた。ここ、触ると……身体がすごくひくついて、気持ちよさそう」

もう、手を動かすどころではない。彼の太ももに手を置いたまま、びくんびくんと身体が跳ねる。頭が真っ白になって、どこか遠くへ飛んでいきそうだ。

「だめ、だめ、あたま、おかしくなっちゃう」

「うん」

　返事をする声は優しいのに、指先の動きは止まらない。ぬるぬると擦り付けられていた指が、今度はその粒を挟み込み、くにくにと柔らかく動かしてくる。ひう、とロレッタの唇から悲鳴にも似た嬌声が上がり、ロレッタは彼の首筋に縋り付いた。こうしていないと、どこかに飛んでいきそうで怖い。身体の中に渦巻いた熱が破裂しそうで、だけどそれがどんどん膨らむばかりで――ロレッタの唇からは、意味のない喘《あえ》ぎ声だけが延々と垂れ流されている。

「う、あっ、あ、やっ」

　そこにばかり意識が集中していたロレッタの胸の先端を、アレックスが口に含む。ちゅく、と吸われ、先端をちろちろと舐められた。両方を同時に攻められて、ロレッタの背がしなる。

「や、だめ、とんじゃう、やだ、こわ……っ」

「大丈夫だから、ほら、もう達しそうなんだろ……？　そのまま、力抜いて」

　そんな風に言われても、力なんか抜けるはずがない。いやいや、と首を振って、彼の肩に爪を立てる。

　だけど、決壊はすぐに訪れた。

　身体の中に溜まった快感が、一気に破裂する。目の前が真っ白になって、どこかへ投げ出される感覚。

「あ、あっ、やあ、あっ……！」

ひときわ甲高い嬌声と共に、ロレッタは高みへ昇りつめた。力の抜けた身体をシーツに沈みこませ、荒い息を吐く。だが、それで終わり——というわけではない。

つぷ、と閉じたあわいに彼の指が押し込まれ、ロレッタの蜜口を撫でる。達したことで少し緩んだそこへ、ゆっくりと指が侵入してくる。

「うわ、あっつい……」

感極まったようなアレックスの声がして、それから蜜洞を指がなぞる感触。ぐちゅぐちゅと音がして、それがあまりにも淫らに思えて恥ずかしい。何度も内壁をなぞられて、そしてロレッタが反応する場所を探り当てて——気づけば指の本数が増え、中を探る指の動きも大胆になっている。

「あ、あっ、なんか、へん……」

ちょうどお腹側のところを揃えた指で押されて、ロレッタはふるりと身体を震わせた。違和感ばかりだったはずなのに、そこを撫でられるとなんだか背筋がぞわぞわする。身体の奥からまた蜜があふれ出て、きゅうっと中が収縮する。

「すっごい、きゅうきゅうして……指に吸い付いてくる」

は、と荒い息をついたアレックスは、指を引き抜くとがちがちに硬くなったものを蜜口に押し当てた。ロレッタから吐き出された蜜でぬめるそこに何度か擦り付けると、眉間にしわを寄せ、何かを堪えるように吐息をつく。

それを何度か繰り返しているうちに、くぷん、と先端が入ってくる。正直、先程の——指とは比べ物にならない圧迫感だ。う、と呻くと、アレックスが心配そうにロレッタの顔を覗き込む。

「大丈夫か……？」

そう問いかけられたが、どちらかと言えばそう聞きたいのはこちらの方。そう思うほど、アレックスの表情は切羽詰まって見える。

だから、ロレッタはなんとか笑顔を作ると頷いて見せた。それに一瞬ほっとした表情を浮かべたアレックスが、ゆっくりと腰を進めてくる。

「う、これ、やっばい……」

うわずった声と、紅潮した頬。それから、彼の額に浮かぶ汗。大きく首を振ったアレックスは、何かに耐えるよう奥歯をぐっと噛みしめた。ロレッタの腰を掴んだ手に一瞬力が込められて、再度彼の口から「うっ」と呻き声が漏れる。

みちみちと隘路《あいろ》を押し開かれる感覚と、痛み。だけれどもそれは耐えられないほどではない。だけど、何か縋るものが欲しくて、ロレッタはシーツをぎゅっと握りしめた。

「ん、う……っ」

「ロレッタ」

シーツを握った指先を解いて、アレックスが指を絡め合わせてくる。ほっと息をついて、ロレッタはその手をぎゅっと握りしめた。かすかに笑みを浮かべた彼が、ロレッタの唇にそっとキスを落とす。

「悪い……もう少しだけ、我慢してくれ」

「うん……私は、大丈夫だから」

短い言葉を交わして、もう一度唇を重ね合わせる。啄むようなキスを繰り返し、それが次第に舌を絡める濃厚なものに変わった。その間にも彼はぐっと腰を進めたり——時に戻したりして、ロレッタの一番奥を目指している。

ぎこちなく、だけれども最大限気を使っているのがわかる動き。ゆっくり、だけれども確実に進むのは、どこかアレックスらしい。

こんな時だというのに、そんなことを考えて、ロレッタの口元がふっと緩む。そこを、アレックスは見逃さなかった。気がそれる瞬間を待ち構えていたかのようにぐっと腰が突き入れられて、一気にロレッタの奥まで到達する。

鈍い痛みと圧迫感。だけれども、それ以上にロレッタの胸を満たしたのは幸福感だ。

「これで、ぜんぶ……？」

「ああ……」

ロレッタの問いかけに、どこか心ここにあらず、といった調子でアレックスが答える。だけれども、肯定の返答がきたということは、これで全部終わったのだろう。ほっと息をついた時、アレックスがまた呻いた。

「全部、入った……これ、やっばい……きゅうきゅうするし、狭いし、あったかいし……すぐにでももってかれそう」

「え？」

ロレッタが目を丸くした瞬間、アレックスの腰がわずかに引かれる。ずる、と中から抜けていく感触がリアルに感じられて、それからすぐに戻ってくる。ぞく、と背筋にしびれが走って、きゅうっと腹の奥が疼いた。

「ん、あっ、なっ……!?」

「だめ、ロレッタ……もう、止まれない……っ」

余裕をなくしたアレックスの声と、ぱん、と腰が打ち付けられる音。頭を振ったアレックスが、何度もその行為を繰り返す。ん、と鼻にかかった声が漏れ、それが壮絶に色っぽい。

「あ、あ、あっ」

「ロレッタ、ごめん、ごめん……っ」

額に浮かんだ汗の玉が、ぽたりぽたりと落ちてくる。目を閉じ、悩まし気に眉を寄せたアレックスは、もうロレッタの名前を呼び、ごめん、と何度も繰り返すばかりだ。

だが、そうしてがむしゃらに腰を振る彼のものに隘路を擦りあげられると、ロレッタの唇からも次第に甘い声が漏れだした。目の前がちかちかして、白い火花が散って見える。

「あ、あっ、やっ、また、またきちゃう……っ」

「ん、ロレッタ、ごめん、俺……」

ごりごりと中を擦る彼の熱杭が、ロレッタのいい場所を余すところなく刺激していく。一突きごとに甘いしびれがロレッタを襲い、わけもわからず翻弄されて、唇から嬌声がこぼれる。次第に白くなる視界と、ばちゅんばちゅんと腰を打ち付ける淫らな音。頭の先まで快感に支配されて、閉じた目の端に涙が浮かぶ。

「あ、あっ、だめ、だめっ」

「ロレッタ、ロレッタ……愛してる、もう、離れないで」

耳元で、そんな囁きが聞こえたような気がする。だが、その瞬間頭の奥が真っ白になり、腹の奥がきゅうっと収縮した。う、と呻くアレックスの声と、それからなにか熱い感触を奥に感じる。

だけれども、それが何なのか知る前に、ロレッタの意識は真っ白な空間に投げ出された。

◇◇◇

「ん……」

身体がやけに重い。何かが乗っているような感覚がする。それに加え、体中がぎしぎしと痛

い。

まだまどろんでいたくて、ロレッタは寝返りを打とうとした。だが、何かに邪魔されて身動きができない。

「ん……？」

なんだか、この展開にうっすらと覚えがある。恐る恐る目を開くと、目の前に広がるのは、人肌の色。ぎょっとして距離を取ろうとするものの、身体の痛みに呻く羽目になる。

──え、えっ……あ、私、昨日……！

頭が覚醒すると同時に、昨夜のことを思い出してロレッタの頬が熱くなる。ひう、と息を飲んだ時、とうとう堪えきれなくなった、とでもいうような笑いが聞こえてきた。

「ひ、で、殿下……」

「アレックス、だろ」

「アッ……アレック、ス」

昨夜は勢いもあって呼べた名も、一晩経つと勇気がいる。つっかえながら名前を口にしたロレッタに、それでも彼は満足そうに笑い、ロレッタの頭を撫でた。

わしゃ、と髪を掻きまわされて乱れた淡い金髪が顔にかかってしまう。

「やだ、やめてくださいよぉ」

「悪い、つい」

ちっとも悪いと思っていない顔でそう言われて、ロレッタは唇を尖らせた。そこに宥めるようにちゅっと口付けられて、今度は顔が赤くなる。

——ひ、ひええっ……なに、これ。

以前とは比較にならないほど、態度が甘い。こうも態度が違うと、もしかしたら今目の前にいる彼は別人なのでは、と疑ってしまいそうになる。

「え、でん……えっと、アレックス、どうしたんです……？」

「どうもこうも……一晩同じ寝台で過ごした婚約者に、朝の挨拶をしただけだけど」

さらりと言われて、ロレッタは絶句した。そんなお作法、ロレッタは全く知らない。にんまりと笑ったアレックスが、今度は自分の唇を指さすと、ん、とそれを突き出してくる。

——え、私もするの……？

困惑してアレックスの顔を見つめる。だが、そうするのが当然と言わんばかりの彼の態度を見ていると、戸惑っているロレッタの方がなんだかおかしいような気になってくる。

そっと身を起こして——そこでロレッタはようやく、自分が何も着ていないことに気が付いた。

「え、なっ、ええ……!?」

そういえば、昨夜は最後には気を失ってしまったのだ。当然服を着た覚えはないし、ここはアレックスの部屋で——ロレッタの着替えなど置いてあるはずもない。べたつきはないので、おそらくアレックスが綺麗にしてくれたのだとは思うが、さすがに明るい日差しの下で裸体を見せるのは恥ずかしい。慌てて掛け布の中に潜り込むと、アレックスが笑う声が聞こえてくる。

「もう、昨日全部見たから」

「き、昨日は暗かったから……っ！」

「そんなに恥ずかしがらなくてもいいのに」

ほら、とアレックスが自分の被っていた掛け布をはいで見せる。そこには、やはりロレッタと同じく何も身に着けていない彼の裸身があって――。

「だからっ……下着は穿いて……っ！」

ロレッタの叫び声に、アレックスの軽やかな笑い声が応える。もう、と頬を膨らませたロレッタの唇に軽く彼の唇が落とされて、それが再び深くなって――。

もう、と小さく呟いて、ロレッタは彼の腕におとなしく身を任せた。

エピローグ

雲一つない晴天の空を見上げて、ロレッタは大きく伸びをした。んん、と小さく声をあげて、朝の空気を胸いっぱいに吸い込む。

「いい天気……」

思わず笑みがこぼれてしまうのは仕方がないだろう。今日は、待ちに待った、アレックスとの結婚式が執り行われる日なのだから。

婚約してから半年。これは、王族の結婚式――とりわけ王太子の結婚式としては異例の早さだという。アレックスはそれを実現するためにだいぶ粘ったそうだ。

――結婚してもそんなに変わらないとは……思うんだけどね……。

アレックス的にはだいぶ変わるらしい。この半年間、何度も繰り返し「早く結婚したい」「毎朝顔が見たい」と言っていたのを思い出す。

そう言われ続けていたロレッタも、だんだんその気になってきていた。だから、今日の日を彼と一緒に指折り数えて待っていたのだ。

「さて、まずは顔を洗って……」

足取りも軽く洗面台に向かおうとしたロレッタは、その途中で今起きだしてきたばかりの寝台に目を留めた。

あそこで――アレックスと、最後に夜を共にしたのはもう一週間も前のこと。この半年、いつも夜の逢瀬《おうせ》はこの部屋の、あの寝台の上でだった。

ちなみに、一週間共寝を禁じられたのは、アレックスが調子に乗ってロレッタの肌に跡をつけまくったせいである。普段ならともかく、式では跡を隠すのも大変なので。

とにかく――その寝台とも、そしてこの部屋とも今日でお別れだ。

長かったような、短かったような、そんな複雑な気持ちになって、ロレッタは寝台の上に飛び乗った。青みのある緑の天井は、この半年ちょっとですっかり見慣れた光景の一つだ。それから、この寝台の天蓋も。

婚約してから知ったことだが、この部屋はロレッタを神殿から連れてくるのに合わせて突貫で改装したものだったらしい。激務の中時間を作って、アレックス自ら采配したのだとマイラから教えられて呆然としたものだ。

それくらい、ロレッタを最初から大切に思ってくれていた証だと言われると、なんだかくすぐったい。

思い返してみれば、アレックスとの思い出は、ほとんどこの部屋の中にある。少しだけさみしさを覚えて、ロレッタはシーツの上でしばし感慨に浸っていた。

レイクニー王国での婚姻に際しては、衣装は純白が主流だ。例に漏れず、ロレッタのドレスは白一色で仕立てられた。ドレスに施された刺繍《ししゅう》の色も白だ。陽の当たり加減で浮かび上がって見える刺繍の柄はブルースターの花。花嫁に「幸福な愛」をもたらす意匠として、結婚式のドレスとヴェールによく使用されるものだ。その中に一輪だけ、薄い青で刺されたものが混じっていて、それを見つけた者は次の幸せな花嫁になる、という言い伝えがある。

これまでにロレッタのドレス全てを手掛けてくれたドレス工房の手によるもので、その見事な出来栄えにはマイラも――そして友人となったジャスミンも感嘆の声をあげていた。短期間で良く仕上げてくれたものである。

ちなみにアレックスは、当日まで見ることを禁じられていたため完成品をまだ目にしていない。不満を漏らしていたが、これも伝統の一つなので諦めてもらうしかなかった。

そのドレスを身に纏い、ヴェールを被ったロレッタは、緊張した面持ちで神殿の大扉の前に立っていた。エスコート役は、祖父であるランヴァン伯――いや、今はレイクニー王国で侯爵位を戴《いただ》いているので、ランヴァン侯爵、である。

「まさか、孫の結婚式にこうして出られるとは……」

わずかに涙ぐんでいるように見えるのは、気のせいではないだろう。結局、ロレッタの母イヴェットは、父親に花嫁姿を見せることができなかった。その代わり――といっては何だが、こうして自分の花嫁姿を見せられたことは、ロレッタにとって嬉しい出来事の一つだ。

ロレッタが口を開こうとした時、神殿の尖塔《せんとう》に設置された大きな鐘が鳴らされた。式の始まる合図だ。

お互いに視線を交わし合い、微笑み合う。それだけで、気持ちは通じただろう。大扉が開かれる前に、祖父の腕に手を預けて、ロレッタは前を向いた。

入口から一直線に敷かれた赤い絨毯《じゅうたん》。その先に待っているのは、ヴェール越しにもはっきりとわかる、燃えるような赤い髪に青緑の瞳をしたロレッタの王子様だ。

周囲には、招かれた貴族たちやロレッタの同僚であった聖女たちの姿もある。けれど、ロレッタの目にはもう、王子様――アレックスの姿しか見えない。

一歩、また一歩。奏でられる祝婚の調べに合わせ、ゆっくりとロレッタがランヴァン侯爵と共に進んでいく。

その姿に、アレックスが眩しそうに目を細めた。

「……すごく、綺麗だ」

ロレッタが彼のもとに着くと、アレックスは感に堪えないといった様子でそうぽつりと漏らす。ランヴァン侯爵がロレッタの手を取り、彼の肘にその手を預けると――アレックスは深く息を吐いた。

「長かったな……」

「殿下、どうぞよろしくお頼み申し上げます」

「ええ……必ず、幸せにします」

きりりとした表情を浮かべたアレックスは、ランヴァン侯爵の言葉に頷くとロレッタと共に再び赤い絨毯の上を歩み始めた。その先に待っているのは、神殿長だ。背後には、神の姿を模した彫像が置かれている。その後ろにある大きな窓から柔らかな光がさして、ロレッタは眩しさに少しだけ目を細めた。

その場所で、新郎と新婦は二人揃って、これから夫婦として生きていくための最初の誓いを交わすのだ。

「では、アレックス・ウォルシュ。誓いの言葉を」

神殿長に促され、アレックスが一歩進み出る。斜め後ろからその凛々しい姿を見つめて、ロレッタは小さく感嘆の吐息を漏らした。

あの日、遠くに見たレイクニーの赤き戦神。その人が、今目の前で——こうして、ロレッタと夫婦になるための誓いを立てようとしている。

「私、アレックス・ウォルシュは、ロレッタ・サリヴァンを妻とし、お互いを支え、愛し、守り抜くことを誓います」

決まりきった、婚姻の誓句だ。けれど、ロレッタの胸にじわじわと歓喜の念が湧いてくる。アレックスが心からそう思ってくれていると、信じられるから。

「では、ロレッタ・サリヴァン。誓いの言葉を」

微笑んだ神殿長に促され、ロレッタも一歩前へ進む。アレックスの隣に立って、大きく息を吸い込む。

「私、ロレッタ・サリヴァンは——アレックス・ウォルシュを夫とし、生涯支え、愛し、守ることを誓います」

何とか、噛まずに言えた。ほっと息を吐きだして、ちらりと横のアレックスの顔を盗み見る。そうすると、なぜかこちらを見ている彼の青緑の瞳とヴェール越しに目が合った。

「では、その証として、神の御前で誓約の口づけを」

重々しく述べた神殿長の言葉と同時に、ヴェールが上げられる。そっと近づいたアレックスの口元が、不意に悪戯っぽい笑みを形作った。

「……すごく綺麗。だけど……早く脱がせたいな、それ」

「ん、なっ……」

彼の小さな囁きに思わず大声をあげかけたロレッタの唇を、アレックスが素早く塞ぐ。その瞬間、招待客たちの間から歓声が沸き起こった。

あっさりと唇を離したアレックスは、それに応えて手を振っている。けれど、ロレッタは顔を真っ赤にしてぱくぱくと口を開けたり閉めたりするばかりだ。

——な、なに言ってくれちゃってんの、この王子様は……！

そんなロレッタの肩を抱き寄せたアレックスは、再び彼女に顔を寄せて囁きかける。

「一週間のお預けは長かった――これからは毎日、な」

「ば、ばかじゃないの……っ！」

そんなロレッタの罵倒は、歓声にかき消され、他の人たちには聞こえなかっただろう。けれど、アレックスの耳にはしっかり届いていたらしい。

にんまりと笑うと、彼はロレッタを横抱きに抱え上げ、その頬に口づけを落とす。それから、悠々とした足取りで大扉に向けて歩き出した。

この後、神殿から城までは馬車に乗ってパレードを行い、その後は婚姻披露の宴が待っている。

そして、その後――。それを考えて、ロレッタの頬が熱くなる。ぞくりと背筋を這ったのは、悪寒だろうか。それとも――。

ロレッタは考えるのを放棄して、アレックスの胸に頭を預けた。

神殿の鐘が何度も鳴らされ、式の終わりを告げている。その音を聞きつけた民たちは、二人の姿を一目見ようと待ちわびているはずだ。

――今日は、いい天気。

うっすらと聞こえてきた歓声は、二人の結婚を祝福してくれている。

ロレッタとアレックスは顔を見合わせると、くすくすと笑い合いながらそこに向かって歩いて行った。

番外編　ワケあり王子様と婚約者

「あ、あっ、やだ、アレックス……っ」

薄暗い室内に響く声の艶めかしさに、アレックスはごくりと喉を鳴らした。後背位から貫いたロレッタの白い背中は、薄闇の中でぼんやりと光って見える。単に肌が白いから、というだけではなく、汗に塗れているからだ。

もう何度目になるのかわからない交わりが、先刻から続いている。体力のないロレッタは、アレックスにいいように揺さぶられ、喘ぎ声をあげるだけになっていた。

「ん、ロレッタ……ロレッタ……」

切羽詰まったような自分の声の、あまりの余裕のなさに苦笑が浮かぶ。肌を打ち付ける音、それからアレックスのものを抜き差しするぐちゅぐちゅという音が、何度も部屋の中に大きく響いていた。

はあ、と口からあふれる息が荒い。ロレッタの嬌声が耳に心地良く聞こえる。額から滴り落ちた汗がロレッタの肌ではじけて、流れていく。

その光景にますます興奮して、アレックスは背中にのしかかるようにして、彼女の胸に手を伸ばした。触れた胸の先端をきゅっと摘むと、またロレッタの唇から甲高い喘ぎが漏れる。その首筋に舌を這わせ、肌の甘さを味わう。そうすると、身体の下でロレッタがびくびくと身体を震わせて、ひときわ大きな嬌声をあげた。

「あ、あっ……は、あ、ああっ……！」

「ロレッタ……っ、う」

達したのか、先程よりも中がうねり、きゅうきゅうとアレックスのものを締め付けてくる。吐精を促すその動きをどうにかやり過ごし、きつく締まる中を何度も穿《うが》つ。腰を押し付け、中を掻き回すようにして動くと、頭が蕩けそうなほどに気持ちがいい。

やがてこみあげてきた衝動を、今度はやり過ごすことができなかった。低い呻きと共にどくどくと放たれる自分の欲望が、ロレッタの中を汚していく。この瞬間が、なんとも言えないほどに甘美な喜びをアレックスに与えるのだ。

まるで――ロレッタが自分に染まったような、そんな感覚がして。

ぐったりと脱力したロレッタの身体に覆い被さるようにして、アレックスは深い息を吐いた。

――ずっと、こうしてたい……。

次にこうして肌を合わせられる日が待ち遠しい。昼間顔を合わせるだけでは、もう物足りないのだ。

――そう思っているのは俺だけかもしれないけどな。

もう指を動かす気力すら残っていないらしいロレッタは、枕に顔を埋めたまま荒い息をついている。その身体を優しく抱きしめて、アレックスはそっとその淡い金の髪に顔を埋めた。甘く香るロレッタの匂いを吸い込んで、また小さく息を吐く。

――週に二度では到底足りない。毎夜一緒に過ごしたいのに……。

そんな気配を微塵も見せない婚約者が、少しだけ恨めしい。

彼女がそれどころではないことはわかっているのだけれど――アレックスは小さくため息をつくと、せめてロレッタの身体だけでも清めてやろうと体を起こした。


分厚い扉をそっと押して、物音を立てないように静かに室内に滑り込む。アレックスの姿を認めた教師は片眉をあげたが、口元に人差し指を立てると軽く肩をすくめて目の前の生徒に視線を戻した。

――頑張ってるな。

目的の人物の背中を見つめ、アレックスはわずかに口元をほころばせた。

勉強の邪魔にならないようにという配慮なのか、サイドを綺麗に編まれた淡い金髪。ほっそりした身体に纏っているのは、薄い紫色をしたドレスだ。

ロレッタが神殿に戻っていた一か月の間に仕立てさせたうちの一つだろう。ふんわりと膨らんだスカート部分は、薄い生地が何層にも重なりウエストからグラデーションを作っている。

アレックスが監修した中でも、一番彼女に似合うだろうと自負しているデザインだ。いろんな夜会を回って根回しに励みつつ、参加している令嬢たちのドレスを観察して流行を取り入れた自信作である。弟にも助言してもらったので、客観的に見ても良い出来のはずだ。

自分でも、口の端がゆるゆると緩むのがわかる。身に着けた姿を早く正面から見たくなって、それでも足音は立てないように気を配り、アレックスはそっと彼女のすぐ後ろまで近づいた。

「よお……やってるな」

「アレックス殿下」

既にアレックスの存在に気が付いていた教師は、落ち着いた態度で改めて一礼する。ええっ、と驚いた声をあげたロレッタは、その教師に睨まれて口元を押さえた。

振り返ったロレッタの、少し照れたように笑う顔にじんわりと心が温かくなる。控えめな笑顔がかわいいし、誂えたドレスも想像以上に似合っていてかわいい。

相好を崩してロレッタを抱きしめようと手を広げたアレックスだったが、それを邪魔したのは教師の「ゴホン」という咳払いの音だった。ハッと表情を変えたロレッタが、慌てて腰を落とし、一礼する。

「アレックス――殿下には、えー、ご機嫌麗しく」

「えー、は余計です」

ぴしゃり、とそう告げられて、ロレッタが肩をすくめた。広げた手の行き場を失くしたアレックスは、誤魔化すように肩をすくめて口を開く。

「いいじゃないか、そんな堅苦しい。婚約者なんだぞ、俺は」

「いいえ、そういうわけにはまいりません」

普段の心掛けが大切なのです、と続けた教師の言葉に真面目な表情でロレッタが頷く。

あの婚約宣言から約一か月。正式な婚約者になったロレッタは、行儀作法やダンスの特訓に明け暮れている。結婚して王太子妃になれば、社交の場に出るのはもちろん、誘われたらダンスに応じるのも役割の一つになるからだ。

夜に部屋を訪ねると、少しばかり疲れた表情を浮かべていることが多いのは気になるところである。

どうにも根が真面目なロレッタは、だいぶ根を詰めているらしい。ほとんど一からやりなおしの令嬢教育だ。きっと負担も大きいだろう。

けれど、アレックスはロレッタの口から、泣き言を聞いた例しはなかった。

——少しくらい適当でも、どうせバレやしないのに。

アレックスなんかはそう思うのだけれど、彼女はどうやら違うらしい。それとも、この真面目そうな教師の影響だろうか。人選はブルーノに任せてしまったが、失敗だったかもしれない。

——あんまりロレッタの重荷になるようなら、こんなことしなくたっていい。

にっこりと控えめな微笑みを張り付けたロレッタの頭をぽんと撫で、アレックスは胸中でそう呟いた。

だが、執務室に戻ったアレックスがそれをブルーノに言うと、彼から返ってきたのは意外な言葉であった。

「殿下が素のロレッタ様を好ましく思ってらっしゃるのは、もちろん理解しておりますよ。ですが、礼儀作法もなっていない、と侮《あなど》られるのはロレッタ様です」

ブルーノにそう諫《いさ》められ、アレックスは肩を落とした。今の彼女を守ってやりたい一心だったが、これから先のことを考えれば間違いなくブルーノの言《げん》が正しい。

「そう、だな……」

改めてロレッタに背負わせたものの大きさを噛みしめて、アレックスは小さく息をついた。

落ち込んだ様子のアレックスを見かねたのか、ブルーノが肩に手を置いて励ますように言う。

「ですから、殿下がロレッタ様の癒しになって差し上げてくださいね」

夫婦というのは、そういうものですよ――と宣《のたま》うブルーノとて、先ごろようやくエイマーズが折れて、ジャスミンとの婚約が調ったばかりの身だ。

わかったようなことを、と肘打ちをくれてやると、ブルーノは「はは」と肩を揺らして笑った。

――たまには、甘やかしてやろう。

今日は、ロレッタと夜を過ごせる日だ。朝から浮足立つアレックスを生ぬるく見つめるブルーノとチャーリーを定時で帰し、足取りも軽く自室への道を歩いていく。

思い返せば、アレックスはロレッタに甘えてばかりで、彼女を甘やかしてやったことなどなかったような気がする。

前にしてもらったように、髪を拭いてやったり――それから、膝枕なんかしてやったり。そういうのはどうだろうか。あれは正直、とっても良かった。

自分の膝に頭を乗せてくつろいでいるロレッタの姿を想像して、アレックスはくすりと笑った。

善は急げだ。自室へ戻ったアレックスは、湯を浴びるのもそこそこにして適当に身体を拭くと、急いでロレッタの部屋へと向かう。そういえばここのところ、二人でそんな風にゆっくり過ごす時間は少なかったような気がする。

どうしても、彼女と二人きりになると抑えが効かなくなって、すぐに寝台に引きずり込みたくなるからだ。いや、実際引きずり込んでいるのだけれど。

――本当なら、毎晩だってそうしたいんだけどな……。

いまだに婚約者の身であるからには、そう頻繁に夜を共にすることはできない。本来なら結婚してからというのが筋であるところを、どうにか目溢《めこぼ》ししてもらっている状態なのだ。

週に、たった二回。それが今の二人に許された夜の逢瀬の時間だ。

結婚を急ぎたいアレックスと、国事であるからにはそれなりの準備が必要だという重臣たちとの、いわば折衷案といったところか。

それだけは目をつぶってやるから、準備には少しばかり時間をかけさせろ、というわけである。

──正直、準備なんかどうでもいいんだけどな……。

しかし、女性は結婚式にそれなりに夢があるものだ、とチャーリーは力説していた。ロレッタもそうかもしれない。ならば、少しは我慢するのが男の見せ所というやつだろう。

軽くため息をついて、アレックスは彼女の部屋の扉を叩いた。

「はい、どうぞ」

まるで治癒室に患者を通す時のような言い方で、ロレッタが入室の許可を出す。噴き出しそうになるのを堪えて、アレックスは神妙に「失礼します」と言いながら扉を開いた。

「いらっしゃい、殿下。お加減は？」

アレックスの意図を察したのか、そんな風にロレッタがおどけた調子で聞いてくる。とうとう堪えきれなくなって噴き出すと、ロレッタも愉快そうに声をあげて笑った。

──やっぱり笑ってる時が一番かわいいな。

昼間の、ちょっとこわばった笑みを浮かべた彼女の表情を思い出して、アレックスは心の中でそう呟いた。もっと、こういう顔をしているロレッタが見たい。先刻思いついた通り、まずは甘やかしてやろうと持参したタオルを広げる。

ところが、それに目を留めたロレッタは「あら」と小さく呟いてアレックスの手からそれを取り上げた。

「殿下、また髪をちゃんと拭いてこなかったんですね？　いいですよ、ほら、頭を出して」

笑いながらそう言うや否や、ばさっとタオルを頭から被せられる。そのまま髪をわしわしと拭いてくる手つきは、雑に見えて案外優しい。

気持ちよさに、一瞬自分がしてやろうと思っていたことを忘れてしまう。

「ん、ほら……殿下、急いで来てくださるのは嬉しいですけど、お風邪をひいたら大変ですからね。治癒にも限度がありますから」

あらかた拭き終えたロレッタが、今度はタオルを外して髪をゆっくり手ぐしで梳いてくれる。その心地よさにうっとりしていたアレックスは、はっと自分の目的を思い出して彼女の手首を掴んだ。

「いや、そうじゃなくて、今日は俺が――」

そこで、正面にとらえた彼女の姿をまじまじと見つめる。夏の盛りの暑い時期を迎えていることもあって、着ているナイトドレスはだいぶ薄地だ。淡い桃色をしたそれは、やはりアレックスが吟味したもののうちの一枚である。ちなみに、あまりにも大量に用意しすぎて「着るのは一人なんですけど」とロレッタに呆れられたのは記憶に新しい。

これは、袖が少し膨らんでいて控えめなフリルが愛らしく、きっとロレッタに似合うだろうと思って選んだもの。真珠のような飾りボタンが一列に並んでいて、想像通りにロレッタの清純そうな容姿を引き立てている。

ごくり、とアレックスの喉が鳴った。

――この場で長椅子に押し倒して、ゆっくりこのボタンを外していったら……ロレッタはどんな顔をするだろう。

少なくない回数身体を重ねはしたが、ロレッタの反応はいつも初々しい。それでいて、すでにアレックスに馴染んだ体は触れただけで快感を思い出すのか、すぐにぐずぐずに蕩けてしまう。そのギャップがたまらなくアレックスを昂《たかぶ》らせるのだ。

想像だけで下半身に熱が集まってくる。握った手に力を籠めると、ロレッタがぴくりと身体をすくませた。それを無視してちょっと腕を引いただけで、その身体は簡単にアレックスの腕の中に納まってしまう。

「で、殿下……」

「アレックス」

外では「殿下」と呼称しなければいけないことはわかっている。けれど、そう習い始めてからロレッタは二人の時でもアレックスのことを「殿下」と呼ぶようになってしまった。

それが腹立たしくて、促すように自分の名を耳元で囁いてやると、ロレッタが頬を染める。

「ア、アレックス……」

小さな声でためらいがちに、それでもはっきりとロレッタが名前を呼んでくれた。それだけでもう、たまらなく愛しさがこみあげてくる。

――ああ、もう……。

そういうかわいい態度をとるから良くないのだ。

回した腕に力を込めて、ぎゅっと抱きしめる。そんな軽い触れ合いで薄紅色に染まった耳に軽く歯を立てると、ぴゃっと小さくかわいらしい悲鳴が上がった。

にんまりと口角をあげたアレックスは、ロレッタの小さな耳に舌を這わせ、時折気まぐれに息を吹き込んだりする。

そうすると、腕の中の彼女は面白いように身体をぴくんと跳ねさせて、逃れようと首を振った。

「だ、だめ……」

「だめ？」

かり、と軽く歯を立てると、またロレッタの肩がぴくりと跳ねる。腰をぐっと引き寄せてやると、ロレッタの口からはまた焦ったような悲鳴が漏れた。

身体に押し付けられた、すっかり昂っているアレックスのものに気づいたからだろう。

「な、なっ、アレックス、なんでぇ……？」

「んー……なんでって……」

そんなの聞かれるまでもない。ロレッタがかわいすぎるからだ。

もう待てない。アレックスは、がばりとロレッタの身体を抱え上げた。うわわ、と色気のない悲鳴をあげたロレッタの額に軽くキスをすると、首筋までもが赤く色づく。

――ほら、かわいい反応してくれちゃって……。

くすくすと笑うと、腕の中のロレッタが何とも言えない表情を浮かべた。眉を寄せて唇を尖らせているさまは確かにアレックスに抗議しているようにも見えるけれど、その瞳はうるうると潤んで艶っぽくこちらを見上げている。

――そういうとこだぞ。

教えてはやらない。意図しているわけではないだろうが、意識されると楽しみが半減――とまではいかないが、減ってしまう。

ロレッタ本人に言えば抗議されるだろうが、彼女のこういうところに振り回されているのはアレックスの方だ。無自覚にこちらの本能を煽ってくるのだから始末に負えない。けれど、それさえも愛おしいのだから仕方がない。

急く気持ちを宥めすかして、ロレッタを怖がらせないように慎重に寝台まで運ぶ。その場で押し倒さなかったことを褒めて欲しいくらいだ。

だが、ロレッタはこうして物欲しげな光を浮かべてアレックスを見つめるくせに、待って、と声をあげてくる。

「ほんとに待って欲しい？」

「……っ、そ、そりゃ」

心の準備が、とか、いきなりすぎて、とか。アレックスの問いかけに、ロレッタがもごもごと口の中で返答を呟く。けれど、やっぱり気づいていないのだろう。

そうやって口では「待って」と言うくせに――逃げる気になればたやすいことのはずなのに、真っ赤な顔でおとなしくアレックスの腕の中にいる。決して本心から嫌がっているわけではないのだ。

それに――。

「ここ……もう、ナイトドレスの上からでもわかるほどだけど……」

「っ、ん……ッ」

寝台にそっと下ろしたロレッタの胸元に手を這わせて、その頂を指先で撫でる。そんな些細な接触で、彼女の唇からは色めいた声が漏れた。恥ずかしそうに口元を押さえ、潤んだ瞳で見上げてくるロレッタに向かって「ん？」と、とぼけた声を投げかけてやる。

すると、ロレッタは抗議するようにまた唇を尖らせた。

ナイトドレスの上からでもはっきりとわかるほどにツンと存在を主張する胸の先を、擦ったり摘まんだり。そうしてやると、そこはますますぷっくりと膨れて硬さを増し、次なる刺激を待ちわびている。布越しの刺激にもどかしそうにロレッタが体をくねらせ、もじもじと足を擦り合わせ始めた。

その様子を見たアレックスの興奮もより高まっていく。

「ん、もっ……ア、レックス……っ」

「どう、心の準備……できた？」

にんまりと笑ったアレックスの問いかけに、ロレッタが息を飲んだ。頬を真っ赤に染めた彼女の、薄く開いた唇から覗く白い歯と小さな赤い舌は、まるでアレックスを誘っているように見える。返事を待つこともできず、吸い寄せられるように唇を重ね合わせ、舌を差し入れてぐるりとその白い歯を舐めてみた。

そんなはずもないのだけれど、ロレッタの歯はまるではちみつを固めたみたいに甘い。胸の先に触れた手はそのままに、思う存分その甘さを味わった後、さらに奥へと潜っていけば、舌先で触れた柔らかい舌はそれよりももっと甘かった。息苦しいのか時折漏れる声も、それからこぼれそうになる唾液も、全部。

「ん、んっ……ふぁ……」

夢中でロレッタの口の中を蹂躙していると、息苦しくなったのか彼女の口から不明瞭な呻きが漏れる。と、同時に、絡めていた舌がじゅうっと吸われ、ロレッタの喉が鳴った。息苦しさと、それから唾液を飲み込もうとした結果だ――とわかっていても、積極的に求められた感じがして胸が高鳴る。

「ロレッタ……」

唇を離すと、お互いの唇を銀の糸が繋ぐ。そっと頬に手を当てて、それを首元へと滑り落とすと、ロレッタの唇からは「はあ」と悩ましげなため息が漏れた。

濡れた唇が艶めかしい。潤んだ瞳も、首筋までうっすらと赤く染まった肌も、ロレッタの存在そのものがもう、自分の情欲を煽り立ててくるのだから。

小さく喉を鳴らして唾液を飲み込むと、アレックスはゆっくりと彼女の耳元に唇を寄せた。

「ね、ロレッタ？」

囁くように名前を呼ぶ。少し掠れたその声が、いかに自分が興奮しているかを如実に物語っていて、少しだけ情けない。けれど、ロレッタがこの声に弱いということも知っている。

案の定、蕩けたままの視線が少しだけ揺らいで、こくん、と小さく頷きが返された。

このまま、コトを進めてもいい、という合図だ。

にんまりと弧を描いた自分の唇をぺろりと舐めて、まずはゆっくりと飾りボタンを外していく。いっそのこと引きちぎってやりたいのだけれど、このまま彼女の表情を見ていたい、という欲の方が勝った。

真っ赤に頬を染め、恥ずかしそうにしているくせに――その瞳の奥には明らかに情欲の光が灯っていて、食い入るようにアレックスの指先を見つめている。

「……下、何も着てないんだ？」

「だって、マイラが……暑いでしょうから、って」

少し前までは、ナイトドレスの下にシュミーズを着ていたのに、ボタンを外した隙間から現れたのは真っ白ですべすべとした素肌だ。淡い桃色と白い肌の取り合わせは、アレックスの目を楽しませる。

そのまま肌の上を滑らせると、柔らかな双丘の上にまた薄い桃色が現れた。

「ん、ここも……同じような色してるな」

「……んっ、なっ」

すでに尖った先端を指先で掠めるように触れてやると、ロレッタの唇から押し殺したような声が漏れる。わずかに首を振った彼女は、恨みがましげな視線をアレックスに送ってきた。その視線ひとつで背筋にぞくぞくとしたしびれが走る。

は、とロレッタに気づかれぬよう小さく息を吐いて、アレックスは何事もなかったかのように平然とした表情を作り囁きかけた。

「ん？　どうした」

「ふっ……ん、ううん……」

アレックスの問いかけに、わずかに物欲しげな目をしたロレッタが、それでも首をかすかに振る。

強情なその様子に、今すぐにでもめちゃくちゃにしたい、という欲望がむくむくと湧き上がってきた。けれど、少しばかり苛《いじ》めてやりたいような気にもなって、先端を避け、焦らすように白くて柔らかい部分にばかり触れていく。形を確かめるようになぞり、色の変わる境目を爪の先でゆっくりと撫で、柔らかい部分を揉みこんだ。

そうすると、ふるりと揺れた胸の先端が硬くしこってその色を濃くし、まるでアレックスを誘っているように見えてくる。艶めかしいその様子に、ごくり、と喉が鳴った。

――もう少し……我慢だ……。

もどかしそうに身体を揺らすロレッタをしっかりと押さえ込み、やわやわと胸を揉みながら先端に息を吹きかける。びく、と肩が揺れ、真っ赤な顔をしたロレッタがアレックスを睨んだ。だが、その目には力がなく、アレックスの目には「もっと」とねだっているようにしか見えない。

「ちょっと触っただけなのに……こんなに尖らせて」

「や、言わないで、よ……ぉ」

自分でもそこがどんな状態かわかっているのだろう。ロレッタが唇を尖らせて、視線をそらす。淡い金の髪が流れて、その隙間から見える耳は真っ赤だ。

この反応がたまらなくかわいいから、もっと焦らしてやりたい。けれどもう、我慢も限界だ。

結局今日も自分の欲望に抗えず、アレックスは胸の先を一気に口に含むとちゅぱちゅぱと音を立てて舐めしゃぶった。突然の刺激にロレッタの身体が跳ね、口からは甲高い喘ぎがこぼれだす。耳に心地よく響くその声をもっと聴きたくて、アレックスはもう片方のふくらみの先に指を這わせると、そこをくりくりと捏《こ》ねだした。

「あ、あっ、やっ、んんっ、アレッ……ん、っ」

快感を逃そうと、ロレッタが首を振り、身をよじろうとする。けれど、アレックスの身体がのしかかっているせいでうまくいかない。

「あっ、あ……ッ……やあ、アレックスっ……！」

縋るものを求めて必死になったロレッタが、まだ着たままのアレックスのシャツを強く掴む。もぞもぞとすり合わせた太ももが、ズボンの下でぱんぱんに膨れ上がったものに擦れて、腰にぞくりとしびれが走った。

「んっ……なに、もう欲しい？」

アレックスは低く呻くと、にやりと笑って彼女の太ももに手を這わせた。ゆっくりと撫で上げて、ドロワーズの裾から指を侵入させていく。

しっとりと汗をかいた太ももは、胸とはまた違う弾力とハリがある。吸い付くような肌の感触を楽しみながら、アレックスはさらにその上——ぴっちりと閉じ合わされた足の間に指を滑り込ませた。

柔らかい和毛をかき分けたその先、熱く湿った場所に触れられると、ロレッタは身を震わせて身体を硬くする。

「やっ、ち、ちがっ……も、もう……っ」

これから何をされるかなんてわかりきっているだろうに、未だにここに触れようとするとロレッタは逃げようとする。いつもなら、もっとゆっくり進めるところなのだけれど、今日のアレックスはもう限界だった。

「こんなに濡れてるのに、まだ？」

差し入れた指を緩く動かすだけで、くちゅん、と湿った音が漏れてくる。そのままもう少し奥へと指を潜り込ませ、熱く濡れた蜜口をなぞりあげた。

「やっ、ち、ちがう……」

「違わない。なあ……ほら、ここも……」

たっぷりと蜜を纏わせてその少し上にある粒に触れる。そこは既にぷくんと膨らんでアレックスの指を待っていた。ぬるりとそこを撫でてやると、ロレッタが首を振りながら嬌声をこぼす。

「あ、あっ、だめ、駄目だっ……あ、んんっ、や、やめっ」

「ほんとにやめていいの？」

花芯を摘まみ、少し捏ねてやるだけでロレッタの身体が跳ねる。駄目、という言葉とは裏腹な身体の反応に、アレックスはくすりと笑うと再び胸の先端に吸い付いた。

舌先で飴玉を転がすようにして、ぷくりと膨れて硬くなった場所を刺激する。

「あ、あっ、あ、は、あ、や……ッ」

もう、意味のある言葉など発することもできないほどに感じているのだろう。アレックスのシャツを指の先が白くなるほど握りしめ、ロレッタが身体を擦り付けてくる。

臨戦態勢どころか、がちがちになったアレックスのものが、その柔らかな身体に擦れて、下着の中で痛みを訴えた。

けれど、それは眩暈がしそうなほどに甘美な痛みだ。

「あ、や……っ、あ、あっ……！」

あふれる蜜を掬い取り、硬さを増した粒を強めに擦ってやる。いや、と首を振るロレッタだけれど、その声は甘くてとても嫌がっているようには聞こえない。その声の調子に合わせて、強くしたり弱くしたり、緩急をつけてそこを丹念にかわいがってやると、ロレッタの身体ががくがくと震えだした。

腰が勝手に動くのだろう。ぎゅうっとアレックスの指に押し付けてきたタイミングに合わせ、胸の先端を軽く甘噛みしてやる。すると、彼女は甲高い嬌声をあげながら身体を縮こまらせ、それから一気に脱力した。

「ん、ロレッタ……かわいい……」

目尻に浮かんだ涙をそっと舐めとり、耳元に囁きかける。達した直後で少しぼんやりとした彼女の髪を撫でてやると、口元にうっすらと笑みが浮かんだ。

まるで、もうおしまいのような空気を醸し出しているが、むしろアレックスにとってはここからが本番だ。

ごそごそとシャツを脱ぎ捨て、ゆったりとしたズボンの腰紐を解く。ぼんやりとその様子を眺めていたロレッタは、自分のドロワーズに手をかけられてハッと身を起こそうとした。

「え、まっ……」

「待たない」

まだ身体に力が入らないのだろう。起き上がるのに失敗したロレッタの足を軽々と抱え上げ、するりとドロワーズを抜き取る。丈の短いそれをぽいっと放り投げて、がばりと足を広げさせた。

「や、み、見ないでっ……」

ロレッタの懇願の声も無視してとろとろに蕩けてひくつく蜜口を視界におさめる。にんまりと口の端をあげて、アレックスはそこに自分のものを押し当てた。

そのまま、少し腰を動かすだけで、ロレッタの中はうねり、歓迎するかのようにアレックスを呑み込んでいく。

「んっ……すご、ん、んんっ……」

「あ、アレックス……っ」

きゅうきゅうと締め付けられて、アレックスの口から声が漏れる。

自分の息が荒い。まるで獣のようだ、と思う。

――ああ、もうこのまま……一気に挿れてしまいたい……。

限界まで我慢していたアレックスの頭の中を、その考えが支配する。けれど、一つ首を振ってなんとかそれを堪え、ロレッタの負担にならないようゆっくりと腰を進めた。

入口こそとろとろにほぐれているが、指で慣らしていなかった中はまだきつい。それでも、表情を窺う限り痛みを感じている様子はない。

「ん、あっ……」

奥までたどりつくと、ロレッタの唇からため息が漏れた。アレックスもいつの間にか止めていた息を吐きだして、彼女の唇にキスを落とす。

啄むようなキスから深いものに変わるのに、それほど時間はかからなかった。アレックスが舌を伸ばすと、ロレッタもそれに応えて舌を伸ばし、絡め合わせてくれる。

唇を合わせたまま、腰を少し引く。ん、と小さな声が漏れて、きゅうっと中が収縮した。まるで引き留められているかのような反応に、胸が熱くなる。

――無理、もう無理……！

いじらしくてたまらない。理性を投げ捨てたアレックスは、両手に力を入れて彼女の足を抱え上げると、一気に腰を引き、すぐに打ち付ける。肌同士がぶつかる乾いた音と、ぐちゅんぐちゅんと濡れた音があたりに響いた。

合わせた唇からは、どちらのものかわからない唾液がこぼれ、くちゅくちゅと舌を絡め合わせる音と、ロレッタのくぐもった嬌声が漏れている。

「ん、ん、んっ……」

「っ、は……、ロレッタ、ん、も、やば……」

腰を引いて、激しく打ち付ける。ガツガツと腰を振る、その動作の一回ごとにロレッタの中がうねって絡みつき、吸い付いてきた。あまりの心地よさに、すぐに持っていかれそうだ。

目の奥がチカチカする。腰がぞくぞくしびれて、どんどん射精感がこみあげてくる。

「だめ、ロレッタ、もう」

「んっ、アレックス、アレク……っ」

滅多に呼ぶことのない愛称を口にしたロレッタが、背中に腕を回してぎゅうっとしがみついてくる。中がアレックスのものを絞り上げるように絡みつき、きゅうきゅうと締め上げた。

「——ッ！」

その動きに、声にならない呻きを発して、アレックスは欲を放った。はあはあ、と荒い息遣いだけが部屋の中に響く。

長い射精を終えると、一気に体が脱力して、アレックスは彼女の横に倒れ込んだ。ロレッタも再び達したあとらしく、少しぼんやりとした表情を浮かべている。その髪を撫でてやりながら、アレックスは、ふう、と大きく息を吐きだした。

「……しまったな」

「ん……？」

欲を解放したことで少しばかり冷静さを取り戻したアレックスの頭に、今夜の当初の計画がよぎる。今日は彼女を甘やかしてやるはずだったのに、結局我慢できずに寝台に引きずり込んでしまった。

――まあ、まだこれから……いくらでも時間はある、さ……。

さらさらとしたロレッタの髪は、触り心地がいい。ゆっくりと撫でながら彼女の顔を覗き込むと、いつのまにかすうすうと寝息を立てている。よほど疲れたのか、頬をつついてみても起きる気配はない。

簡単に身体を清めてやり、くにゃくにゃになった身体にどうにかナイトドレスを着せる。途中でムラムラしなかったか、と聞かれれば、正直した。けれど、疲れて寝てしまっているロレッタを起こしてまで、欲を解消したいわけではない。

――もう少し、体力もつけてもらわないとな……。

疲れもあるのだろうが、これくらいで体力が尽きるようでは困る。もう少し頑張ってもらいたいところだ。

ロレッタが知ったら「鬼畜！」と騒ぎそうなことをひっそりと思いながら、自身も身を清め、寝台に潜り込む。

そうすると、寝ているはずのロレッタがむにゃむにゃと何か呟きながら身を擦り寄せてきた。

その髪に鼻先を埋めて、ゆっくりと瞼を閉じる。ほどなくして訪れた睡魔に抗うことなく、アレックスもまた眠りに落ちていった。

うっすらと、瞼の裏に光を感じる。もぞもぞと身じろぎすると、腕の中の柔らかい塊が「んん」と小さく抗議の声をあげた。

――温かいな……。

もちろん、夏の盛りの朝だから、室内には熱気が籠って暑いほどだ。けれども、腕の中のそのぬくもりは、こうしてじんわりと汗をかいていてさえ、煩わしいどころか幸福感を連れて来てくれる。

一人寝の夜には慣れていた。それどころか、ずっとあのまま――誰かと共寝することも、こうして腕の中に愛しい相手を抱くこともなく生きていく覚悟さえ、半ば決めていたのだ。

それを、覆してくれた人。

――絶対手放したくないし、手放せない。

これほど自分が彼女に執着しているとロレッタは気づいているのだろうか。

カーテンの隙間から差し込んだ光に照らされて煌めく、淡い金の髪をそっと撫でて、それを一房掬い上げる。そっと唇を寄せてキスを落とすと、まだ眠っているロレッタの表情がふと緩んだ。

「うんん……」

「……ロレッタ？」

起こしてしまったのだろうか。一応、声を潜めて名前を呼んでみる。けれど、当の本人はすやすやと気持ちよさそうな寝息を立てていて、アレックスは小さく苦笑を漏らした。

いつまでも、こうして一緒の朝を迎えられたらいい。そのためにできることは、なんだってしよう。

時の経つのも忘れて、じっと――飽きることなくロレッタの寝顔を見つめる。そうしているうちに、ぴくん、と瞼が動いて、それからゆっくりと紫紺の瞳が姿を現した。

「おはよう」

「ん……おはよう、ございます……？」

まだ意識が覚醒しきっていないのか、ぼんやりとした声でそう言う彼女の肩を引き寄せて、唇にキスを落とす。ん、と小さく声を漏らしただけで、寝起きの彼女は従順にそれを受け入れた。

——このまま、もっとこうしていたい……。

その欲に突き動かされて、まだ力の入っていない唇の隙間から舌を差し込む。寝起きでまだ体温が高いせいか、口の中も、絡めた舌も熱く感じる。

しばらくそうして口腔内を探索しているうちに、ロレッタの声に艶が混じり始めた。

なんの予定もなければ、これからまた二人で、それこそどろどろに溶け合うほどに抱き合いたい。

けれど、そういうわけにいかないことはアレックスもちゃんとわかっている。

名残惜しく唇を離すと、とろんとした瞳のロレッタが不思議そうにアレックスの顔を見上げた。

「残念だけど、起きる時間だ」

「ん、んんん……んん？」

しばらくぼんやりしていたロレッタも、徐々に頭が覚醒してきたのだろう。間近にあるアレックスの顔に驚いたのか、目を瞬かせて距離を取ろうとする。

けれど、それよりも先にアレックスはしっかりと彼女の身体を捕まえた。

「今日の予定、覚えてる？」

「えーと、あー……あっ！」

ようやく頭が動き出して、ロレッタも今日の——重要な予定を思い出したらしい。慌てて寝台から飛び起きようとするのを捕まえて、強引に腕の中に戻す。

「おい、なんか忘れてないか」

「え？　え、あ……」

耳まで赤くなった彼女を見つめて、唇を突き出す。何も知らないのをいいことに、婚約者同士は朝起きたらお互いキスを送り合うものだ、と習慣づけたものの、いまだ彼女にはハードルが高いらしい。まったく、いつまでたっても初心《うぶ》なことである。

しばらく唸っていたロレッタだったが、もう一度アレックスが腕を引いて催促すると、ようやく覚悟を決めたようだ。

ちゅ、と軽く唇を合わせたあと、ぱっと身を翻して逃げようとする。相変わらず逃げ足が速い――が、アレックスも逃がすつもりは毛頭ない。掴んだままの腕を引っ張って、もう片方の手で頭を押さえこむ。

「今度は俺からだろ？」

本当は、もう既に一度しているのだけれど、きっと寝ぼけた彼女は覚えていないだろう。思った通り、うっと息を詰まらせた彼女はしぶしぶながらも目を閉じて、唇を突き出した。

「は、早くしてくださいね……今日は、ドレスの仮縫いもあるんですから……」

そう、今日の重要な予定の一つ。それは、五か月後に行われるアレックスとロレッタの結婚式で着る衣装の仮縫いだ。

「楽しみだな……」

そう囁いてから、ごく軽く彼女の唇にキスを落とす。本当なら、もっと深く口付けたいが、そうすると今度こそ寝台から出られなくなりそうだ。

これを理由に、また結婚式までの日にちが延ばされては困る。

「はあ……早く結婚したい……」

アレックスがため息を漏らしながらそう言うと、ロレッタが肩をすくめた。

「今だって、そう変わらないでしょう？」

「いいや、変わるさ」

起き上がったロレッタの寝乱れた髪を手櫛で梳いてやりながら、アレックスは呟いた。

「なにが？」

「毎日一緒に寝て、毎日起きてすぐ顔が見られるようになる」

そうなったら、覚悟しとけよ。声には出さず、心の中でそう続けると、ロレッタがくすくすと笑いながら答えた。

「そう、それは楽しみですね」

「あー……ほんっと、そういうとこ……」

そうやって、ロレッタはすぐにアレックスを骨抜きにしてしまう。しかも、本人は無自覚に。

ええ、と不思議そうな声をあげて眉を寄せた彼女の髪を一房掬い、もう一度それに口づける。またしても赤くなったロレッタの顔を見て、アレックスは大きな笑い声をあげた。

書き下ろし番外編
ワケあり王子様と初心な新妻

「ただいま」

夕刻になり、ロレッタの待つ部屋に戻ってきたアレックスは、上着を放り投げ、ソファにどっかりと身を沈み込ませると、小さな吐息を漏らした。

その横顔が少し疲れて見えるのは、おそらくロレッタの気のせいではないだろう。

結婚して、およそ四か月。新婚だと浮かれていられたのも最初のうちだけで、妻帯したアレックスはだんだんと国政の重要な部分を任され、忙しい毎日を送っている。

今は水路の補修計画に携わっているのだという。専門家の意見を仰ぎ、時には直に補修箇所の視察に出かけたりしていて、帰ってくるのが遅い日も少なくはなかった。

だが、今日はロレッタが予想していたよりも戻りがだいぶ早い。どうしたのだろう、と内心首を傾げた彼女に向かい、アレックスはちょいちょいと手招きをして、隣に座るよう身振りで示した。

特に断る理由もないロレッタは、その求めに応じて素直に着席する。

すると彼は、ぱたりと寝転がり、その膝の上に頭を乗せた。

「ん～……やっぱ最高だな、ロレッタの膝枕は……」

「お褒めにあずかり光栄です」

いつだったかも聞いたような、大袈裟な褒め言葉に苦笑しながら、そっと赤い髪に指を通す。見た目より柔らかいのは、以前と変わっていない。あの時よりも少しだけ短いその髪をゆつくりと梳いていると、アレックスがほっとしたように微笑んだ。

「あのさ、ロレッタ」

「なんですか？」

「いや、やっと仕事が一段落ついてさ、しばらくゆっくりできそうなんだ」

アレックスはそう言うと、手を伸ばしてロレッタの髪に触れた。部屋にいたので下ろしたままのそれをひと束掬うと、ロレッタがしていたように指で梳く。

さらさらと手からこぼれ落ちる様子に目を細め、彼は言葉を続けた。

「それでさ、俺たち、結婚してからまだどこにも出かけていないだろ？　折角だから少し遠出しようかと思って」

「遠出」

「ま、いわゆる新婚旅行、ってやつかな」

「新婚旅行……！」

突然の話に驚いて目を丸くし、おうむ返しすることしかできないロレッタに、アレックスは得意げに笑って「そう」と頷いた。

そんなやりとりを経て、数日後。

ロレッタとアレックスは、レイクニー王国の東部、ユユエ山脈の麓にあるという温泉地へとやってきていた。

宿泊施設や飲食店、土産物屋などが建ち並ぶ一帯は大変賑わっていて、そこかしこでそぞろ歩く人たちの姿が見える。

ロレッタたちを乗せた馬車はそこを通り過ぎ、更に奥まった場所にあるという王家所有の離宮へと向かっていた。

生い茂る木々の間を縫うようにしてしばらく走っていくと、突然ぱあっと視界が開ける。綺麗に手入れされた芝生の庭に、整備された花壇。その先に見えるのは、白い壁に赤い屋根をした、ちょっとこぢんまりとした建物だ。

何代か前の王が、王妃と静かに過ごしたい、という意向で建造したという、ユユエ離宮である。

「かわいらしい建物ですね……！」

「気に入った？」

ユユエ離宮は、外装も内装も女性が好みそうな設えになっていて、ロレッタは玄関に降りたってから部屋に入るまで、あちこちを眺め回してきゃいきゃいとはしゃいでしまった。

気分が落ち着いてくると、自分の行動が少し恥ずかしくなってきたが、アレックスは楽しそうにそんなロレッタを見つめている。

「俺も初めて来たけど……ここは、当時の王妃の趣味を最大限反映して造らせたって話だからな」

「そうなんですか……愛妻家だったんですね」

へぇえ、と感心しながら相づちを打つ。すると彼はにんまりと笑い、ロレッタの腕を掴むとぐっと引き寄せて自分の腕の中へと囲い込んだ。

「俺だって愛妻家だろ」

「……そ、そうかもですけど」

それについては、この四か月の間に嫌というほど教えられた。そのあれこれを思い返して顔を赤くすると、アレックスがそれを見てくすくす笑う。

「……なに考えてるんだよ」

「な、なにって……」

からかうような口調に、思わず唇を尖らせる。すると、そこに彼の唇が落ちてきた。ちゅっと軽い音を立てるキスが二度、三度と繰り返され、それがいつの間にか、だんだんと深く淫らなものに変わっていく。

するりと口の中に侵入してきた舌が器用に動き回り、上顎をくすぐる。普通なら触れられることのない敏感なそこは、ロレッタの弱点だ。

は、とかすかに声を漏らすと、してやったりと言わんばかりに更に奥へと彼の舌が潜り込む。舌の付け根をくすぐられ、絡め取られるとぞくぞくとした感覚が背筋を這い、じんわりとお腹の奥が重くなった。

背後に回されていた手が、腰から背中をゆっくりとなぞりあげていく。その手の熱さに思わず身体を震わせると、彼の唇がゆっくりと離れていった。

「ロレッタ……」

囁くように名を呼ぶ声には、情欲の響きがある。見上げると、彼の青緑の瞳はぎらぎらとした光を湛え、じっとロレッタを見つめていた。

その視線の熱さに、つい頷きそうになる。けれど――。

「だ、だめ……だって、ずっと馬車に揺られてきて……汗も掻いているし……」

それになにより、まだ早い時間だ。そう訴えようとしたが、アレックスは「ふむ」と呟くと、にんまりと笑みを浮かべた。

「そうだな……幸い、ここの風呂は温泉だ。折角だし、ゆっくり堪能しようか」

どうやらこちらの要望を聞いてくれそうだ、と安心したのも束の間、ロレッタは突然アレックスに抱え上げられ目を瞬かせた。

「ちょ、ちょっと……？」

「さ、善は急げって言うからな」

「何が善……って、ちょっとアレックス……!?」

この後の展開を悟り、ロレッタが悲鳴じみた声をあげる。だがアレックスはそれに構うことなく、どこかうきうきとした足取りで、ロレッタを抱え上げたまま移動する。

どうやら、この離宮では浴室は寝室とは少し離れた場所にあるようだ。初めて来たというわりに迷いのない足取りから察するに、事前に下調べしてあったのだろう。

「もうっ……！」

ぷくりと頬を膨らませ、彼の顔を軽く睨みつけてみたが、特に効果はない。あっさりと連れ込まれた浴室の脱衣所は広く、隅には木製の長椅子が置かれていた。そこにすとんと降ろされて、あっという間にドレスを脱がされてしまう。

確かに今日は、旅装ということもあって脱ぎ着しやすいドレスにしてきた。だが、それにしても手際が良すぎないだろうか。

つい一年近く前までは、脱がせるのも手探りだったくせに、と思ってみても現実は変わらない。

自らもさっさと衣服を脱ぎ捨てたアレックスに手を引かれ、あっという間に浴室内に連れ込まれてしまう。

「ほら、ロレッタ」

「ま、待ってってば……！　う、わあ……」

城のものとは違い、ユユエ離宮の浴室の中はもうもうと湯気が立ちこめていた。広い浴槽には湯がなみなみと張られ、ふちから少しずつあふれだしている。

よく見ると、ぷつぷつと気泡のようなものが底の方から上がってきているようだ。

「ロレッタ、気をつけて」

「え、わ……っ」

洗い場はつるつるとした石でできていた。あふれるお湯のせいで少し滑りやすくなっているらしく、浴槽の中に気を取られていたロレッタはバランスを崩して転びかけてしまう。

そこを、アレックスが支えてくれて、ロレッタはほっと息をついた。

「何してんだよ、危ないな……ほら、こっちへ」

「う、うん……」

ゆっくりと手を引かれ、ロレッタは湯船の中へと足を入れた。そのまま身体を沈めると、わずかにぱちぱちと弾けるような感覚がするのが面白い。それに、普通のお湯と違って少しだけぬるりとしている。おそらくこのせいで、先ほどは足を滑らせてしまったのだろう。

いつもと違う感覚に、わあ、と目を輝かせたロレッタの背後で、アレックスが湯船の中へと入る音がした。続けて「はあぁ」と深く息を漏らすのが聞こえてくる。

広い浴槽だ、ゆったりと手足を伸ばしても、二人くらいは余裕そうだ。どうやらゆっくり温泉を堪能する、という言葉は文字通りの意味のようである。

浴室に連れ込まれたときはどうなるかとドキドキしていたロレッタも、ようやくほっとして身体から力を抜いた——のだが。

どうやら、その考えは甘かったようだ。

「ロレッタ」

楽しげに名前を呼ぶ声と共に、背後から伸びてきた腕ががっしりとロレッタの体を拘束した。そのまま彼の足の間に座らされ、首筋に熱い息がかかる。

「ちょっと、アレックス……っ、ん……」

伸びてきた不埒な手に、背後からゆっくりと胸を揉まれ、ロレッタは身を震わせた。

ぬるりぬるりとした指の感触に、ぞくぞくとした感覚が背筋を走る。まだ触れられていない乳嘴がぷくりと膨らんで、そこからじんじんとした疼きが沸き起こった。

はあ、と熱の籠もった吐息が漏れ、お腹の奥からとろりと蜜のあふれる気配がする。

「どうした、ロレッタ」

足を擦り合わせると、背後から耳に唇を寄せたアレックスが吐息混じりの声でそう囁きかけてきた。耳朶に吹きかかる息の熱さに息を呑んだ瞬間、彼の指先が膨らんだ乳の先端を摘まむ。

そのままこりこりと転がされると、びりびりと痺れるような快感が身体の中を走り抜け、ロレッタはあられもない声をあげながら身もだえした。

「あ、んっ……や、アレックス……っ」

「ん、ロレッタ、おま……っ」

揺らめかせた腰に、熱く猛った彼のものが押し付けられ、ロレッタの身体がひくついた。ぬるりと滑る感覚がするのは、おそらくこのお湯のせいだろう。

気持ちが良いのか、かすかな呻き声を漏らしたアレックスが、ゆるゆるとそれを擦り付けてくる。そのたびに熱さと硬さ、そして質量までもが増していくようだ。

それを敏感に感じ取り、ロレッタはごくりとつばを飲み込んだ。

——こんなの、中に挿れられたら……っ……！

もう何度もそれを受け入れた経験を身体が思い出し、お腹の奥がきゅうっと収縮する。こぷりと蜜があふれ出し、心臓がどくどくと音を立て始めた。

だめだ、と思えば思うほど、浅ましい期待で頭の中が一杯になっていく。

「ん、あ、やっ……」

甘さを増した声が唇からあふれ、乳嘴が痛いほどに勃ちあがる。そこをくりくりと摘まれ、腰に彼のものを擦り付けられて、ロレッタの身体がわなないた。

だが、この先を知っている身体は貪欲に、さらなる悦楽を求めてもどかしさに震えている。

「アレックスぅ……！」

「ん」

甘えた声で名を呼べば、アレックスは「わかっている」と言わんばかりににやりと笑い、ロレッタの足の間に指を忍び込ませた。

ぬるり、と指の滑る感覚がして、一瞬身体が跳ねる。

背後から小さく笑う気配がして、ロレッタの頬がかっと熱くなった。

「ロレッタ、ここ……わかる？　すごくぬるぬるしてるの……これ、お湯のせいじゃないよな？」

からかうような声音に、更に頭に血が上る。くらくらする頭を軽く振り、ロレッタはもどかしげに指に花弁を擦り付けた。

そうすると、にゅるにゅると滑る指が敏感な部分を刺激する。目の前に星が散り、あられもない声がひっきりなしに唇から漏れた。

「は、あん……っ、あ、だ、だめ……っ」

「だめじゃ、ないだろ……っ、自分でしてるくせ、に」

だめ、と口にしつつ、揺れる腰を止められない。アレックスも気持ちが良いのか、掠れた声でそう言うと、ぐりぐりと猛りをお尻の辺りに押し付けてくる。

ばしゃばしゃという水音と、二人分の荒い吐息が浴室内にこだまし、目の前が白く霞んだ。

もう何も考えられず、快感を貪るロレッタの耳元に、アレックスが囁き声を落とす。

「ロレッタ、そこ……掴んで」

「……っ、ん……っ？」

言われるがまま、ロレッタは浴槽の縁に手をついた。すると、アレックスが突然ロレッタの腰を抱え上げ、後ろからのしかかってくる。

蜜口に熱くて硬いものが押し当てられ、ロレッタははっとした。だが、時既に遅し――二、三度くちゅくちゅと馴染まされたそれが、一気に中へと押し入ってくる。

「まっ……あ、ああっ……んっ」

「はっ、すっご……吸い付いてくる……っ」

ぐちゅぐちゅと淫らな音を立て、アレックスの猛りがロレッタの蜜洞を行き来する。腰の動きがだんだんと激しさを増すごとに、肌と肌が打ち合わされる音と、それからかき回されるお湯のじゃぶじゃぶという音が浴室内に響き渡った。

「んあっ、あ、あ……アレックス、は、激し……っ」

「だめだ、腰、とまらなッ……!」

アレックスに激しく揺さぶられ、ごりごりと中を抉られると、頭の奥がじんじんと痺れていく。乱れた吐息と掠れた声に、彼もまた快感を得ていることを教えられ、熱杭を食んでいる箇所がきゅうきゅうと収縮した。

は、と息を詰めたアレックスが、さらに律動を激しくする。

ぱんぱんと音を立て、彼が腰を打ち付けると、目の前が白く染まり、ひときわ甲高い嬌声が唇からこぼれ落ちた。

もう何も考えられず、ロレッタはアレックスの与える甘美な熱に溺れていく。

彼の額から、汗かお湯か分からない液体がポタポタと垂れて、ロレッタの背中を滑り落ちた。鋭敏になった感覚は、そんな些細な刺激さえも拾い上げ、快感に変換する。

びくり、と身体が揺れ、ロレッタの蜜洞がきゅうきゅうと彼のものを絞り上げた。

「ああっ、あ、あっ、やっ、イっちゃ……」

「ん、俺もっ……」

ぐぐっと身体の奥に熱い楔を押し付けられ、ロレッタはびくびくと身体を弓なりに反らして頂点を極めた。一拍遅れて、小さく呻いたアレックスが熱い飛沫を放つ。

それを奥に感じながら、ロレッタの意識が白く霞み、ぐらぐらと身体が揺れた。そのまま、崩れ落ちるように浴槽の縁にへたり込む。

「お、おい……ロレッタ……！」

珍しくどこか焦ったようなアレックスの声が遠くに聞こえ――ロレッタはふっと意識を手放した。


「……もう絶対アレックスとはお風呂に入りませんからね……」

「悪かったって」

後ろ頭をぼりぼりと掻きながら、アレックスが肩をすくめる。グラスに注がれた冷たい水をひとくち飲んで、ロレッタはそんな彼に恨みがましい視線を送った。

どうやら、長いこと湯に浸かったまま「激しい運動」をしたせいで、ロレッタはすっかりのぼせてしまったらしい。

気づけば寝台に寝かされて、額には冷たいタオルが載せられていた。

気を失っていたのはほんのわずかな時間だったようだが、まだなんだか身体がだるくて熱が内側に籠もっているような気がする。

同じように湯に浸かっていたはずのアレックスが元気なのが、また余計に腹立たしい。

――初日からこれって、先が思いやられるわ……。

なにしろ、ここには一週間滞在する予定だ。その間、毎日こんな調子では、身体が持たないだろう。

少しは反省して、セーブしてもらわなくては。だって、ロレッタだってゆっくり温泉を楽しみたいし、少しは外歩きもしてみたい。美味しい料理も楽しみにしているのだ。

そう強く思ったロレッタだったが――彼女がその後どうなったかは、数少ない随行員たちだけが知っていた。

あとがき

こんにちは。綾瀬《あやせ》ありるです。

「ワケあり王子様と治癒の聖女　～患部に触れないと治癒できません！～」をお手にとっていただきありがとうございます。

こちらは、二年前にロイヤルキスさまより電子書籍として配信されたものです。それが今回、新たに書き下ろし番外編を加えて、紙書籍として文庫版を刊行していただけることになりました。

番外編は、本編が完結した後、つまり二人が結婚した後のお話になっています。

これまでに書いた番外編は、ほぼ婚約者時代の二人の話ばかりでしたので、その後の様子をお見せしたいなと思って書きました。

いかがでしたでしょうか。お楽しみいただけていれば幸いです。

さて、この「ワケあり王子様～」という作品は、Ｗｅｂ連載していたものを電子書籍化していただいた作品ということで、執筆したのはおおよそ三年ほど前になります。

電子書籍版のあとがきでも書きましたが、執筆中はアレックスとロレッタがずっと頭の中で勝手に動き回っていて、私はそれを書き起こしているという感覚でした。

それだけに、今回こうして文庫化のお話をいただき、久しぶりに番外編を書くことになった時は、ちょっぴり不安でした。けれど、実際に頭の中にはまだ二人がいて、その後の様子を教えてくれて。

ああ、相変わらずだなぁという懐かしさと共に、また二人に会えたことがとても嬉しくて、楽しく作業することができました。

このような機会に恵まれましたのも、素晴らしい表紙、挿絵を描いてくださった天路《あまじ》ゆうづ先生、そして親身にご指導くださった担当さまならびに編集部の皆さま。

さらには電子書籍を読んで応援してくださった皆さまのお陰です。ありがとうございました。

そして今回、文庫版の「ワケあり王子様と治癒の聖女」をお手にとってくださった皆さまにも。

ありがとうございます。またどこかでお会いできることを祈っております。

綾瀬ありる

ロイヤルキス文庫 more をお買い上げいただきありがとうございます。
先生方へのファンレター、ご感想は
ロイヤルキス文庫編集部へお送りください。

〒102-0073　東京都千代田区九段北3-2-5　5F
株式会社Jパブリッシング　ロイヤルキス文庫編集部
「綾瀬ありる先生」係　／　「天路ゆうつづ先生」係

✦ロイヤルキス文庫HP✦ http://www.j-publishing.co.jp/tullkiss/

ワケあり王子様と治癒の聖女
～患部に触れないと治癒できません!～

2023年10月30日　初版発行

著　者　綾瀬ありる
©Ariru Ayase 2023

発行人　藤居幸嗣

発行所　株式会社Jパブリッシング
〒102-0073　東京都千代田区九段北3-2-5　5F
TEL　03-3288-7907
FAX　03-3288-7880

印刷所　中央精版印刷株式会社

ISBN978-4-86669-616-4　Printed in JAPAN